D0627703

Chères lectrices,

Les héros de nos romans d'avril ont vraiment tout pour plaire ! Courageux, amoureux, beaux comme des dieux, ils mordent à belles dents dans la vie, contournant tous les obstacles et déjouant les pièges du destin pour bâtir leur existence et séduire les élues de leur cœur.

Lewis, depuis l'enfance, nourrit une sourde colère contre le monde qui l'entoure, mais grâce à Phoebe, la femme de sa vie, il va percer le secret de ses origines et construire l'univers stable dont il a tant besoin (n° 769). Joe Wallace, peu décidé à convoler malgré l'insistance de son notaire de père, va tomber dans les filets de la belle Miranda venue sauver la maison de ses ancêtres (n° 770). Nat Grady, qui a quitté celle qu'il aimait pour travailler dans un camp de réfugiés, découvre à son retour qu'un autre combat l'attend, dans son propre pays cette fois (n° 771). Quant à Eli, vétérinaire au grand cœur, homme tendre et dévoué, il va laisser venir à lui celle qui l'avait oublié, illustrant ainsi de belle manière la morale de La Fontaine : « Patience et longueur de temps font plus que force ni que rage » (n° 772).

Découvrez les aventures de ces hommes aux caractères différents, de cultures et de milieux parfois très éloignés les uns des autres, mais qui sont animés par un même enthousiasme et mus par une même quête : celle de l'amour et du bonheur à deux.

Bonne lecture à toutes !

La responsable de collection

Une femme de cœur

BOBBY HUTCHINSON

Une femme de cœur

HARLEQUIN

AMOURS D'AUJOURD'HUI

Si vous achetez ce livre privé de tout ou partie de sa couverture, nous vous signalons qu'il est en vente irrégulière. Il est considéré comme « invendu » et l'éditeur comme l'auteur n'ont reçu aucun paiement pour ce livre « détérioré ».

Cet ouvrage a été publié en langue anglaise sous le titre :
THE BABY TRUST

HARLEQUIN®
est une marque déposée du Groupe Harlequin
et Amours d'Aujourd'hui®
est une marque déposée d'Harlequin S.A.

Illustration de couverture
Femme : © GETTYONE - STONE / JAMES DARELL

Toute représentation ou reproduction, par quelque procédé que ce soit, constituerait une contrefaçon sanctionnée par les articles 425 et suivants du Code pénal.
© 1999, Bobby Hutchinson. © 2002, Traduction française . Harlequin S.A.
83-85, boulevard Vincent-Auriol, 75013 Paris — Tél. : 01 42 16 63 63
Service Lectrices — Tél . 01 45 82 47 47
ISBN 2-280-07773-6 — ISSN 1264-0409

Prologue

Londres, 16 juin 1900

— Par tous les diables, que lui est-il arrivé ?

Pour la troisième fois en dix minutes, Harold Wallace tira sa montre gousset de son gilet, et, la tenant à bout de bras, plissa les yeux pour consulter l'heure. Etait-il possible que ce joli spécimen d'horlogerie suisse lui joue des tours ?

Voyons, quel contretemps avait pu retenir Cordelia ? Elle avait maintenant trente-trois minutes de retard pour leur rendez-vous fixé à 14 heures, or depuis seize ans que Harold était son notaire et son conseiller financier, jamais elle n'avait commis pareille entorse à la ponctualité.

Quelle chaleur infernale ! Une canicule précoce sévissait sur Londres depuis un jour ou deux, et aucun souffle d'air n'agitait les rideaux des fenêtres grandes ouvertes du bureau de Harold. C'était pourtant la pièce la plus confortable de l'étude dont il était l'un des deux fondateurs, comme l'indiquait l'intitulé légal sur la porte : Wallace and Houmes.

Harold glissa un doigt sous son haut col dur immaculé, avant d'essuyer la transpiration qui perlait à ses tempes. Il utilisait pour cela un mouchoir chiffonné qu'il gardait dans le premier tiroir de son bureau, de façon à conserver impeccable celui en batiste qui dépassait discrètement de sa poche de poitrine.

Cordelia avait déclaré un jour qu'elle appréciait qu'un homme soit attentif à sa mise, même dans les plus infimes détails. Harold ne l'avait jamais oublié.

En vérité, il se rappelait à peu près tout de ce que lui avait dit Cornelia, depuis le jour où elle était apparue dans son bureau, beaucoup plus modeste à l'époque, de Chancery Lane, il y a bien des années. Il n'avait alors que trente-quatre ans, et luttait pour se faire une réputation de jeune notaire brillant et fiable pour gagner la clientèle londonienne huppée.

Ce qui l'avait d'abord frappé, ce matin-là, c'était la beauté de la jeune femme. Avec ses yeux très sombres, ses cheveux de jais, son allure et ses gestes pleins d'élégance, Cordelia était éblouissante. Quand il avait su qu'elle avait neuf ans de plus que lui, et une fille, Geneva, âgée de vingt-trois ans déjà, Harold ne s'en était pas ému outre mesure.

Et, toujours en ce premier jour, la seconde chose qu'il avait notée était la détermination inflexible de Cordelia. A son grand soulagement, elle venait de perdre son mari —certains chuchotaient même qu'elle l'avait empoisonné ! —un homme qui l'avait contrainte à vivre dans le plus humiliant dénuement, malgré des moyens financiers certains, ne leur octroyant, à elle et à sa fille, que le strict nécessaire pour vivre, voire survivre. Résultat, elle avait désormais l'intention de s'occuper elle-même de ses intérêts financiers, désir fort singulier chez une femme vivant en Angleterre en 1884.

Aujourd'hui, bien sûr, en ce siècle finissant, tout avait changé... Les femmes réclamaient même leur émancipation, mais à l'époque, le comportement de Cordelia, qui avait tenu à reprendre légalement son nom de jeune fille et à se renseigner dans les détails sur la gestion du petit capital que lui avait laissé son époux, était tout à fait inhabituel.

Selon la loi anglaise, l'héritage se transmettait au parent de sexe masculin le plus proche du mari ou de l'épouse, car les femmes étaient considérées comme incapables de s'occuper d'affaires d'argent. Harold avait donc demandé à Cordelia s'il y avait des hommes, dans sa famille, susceptibles de s'opposer à sa décision, mais elle avait répondu qu'elle était enfant unique, et son mari également. Elle avait accompagné cette affirmation d'un « Dieu merci ! » retentissant, et avait ajouté, les yeux brillant d'une rage contenue, qu'une bonne partie du capital laissé par son époux provenait de sa propre famille, car à la mort de ses parents, leurs biens lui étaient revenus directement. Tout cela avant de conclure qu'elle ne réclamait que ce qui lui revenait, mais qu'elle avait assez de bons sens pour comprendre qu'il lui fallait un excellent conseiller pour la guider. Harold, en était-il capable ?

Tant de naïveté avait fait sourire l'intéressé, et, bien entendu, il l'avait rassurée sur ce point. Maintenant, il pouvait dire, sans exagération aucune, qu'au fil des années, il avait fait avec Cordelia un excellent travail. Mais il devait reconnaître qu'elle était une élève remarquable et possédait un sens des affaires sans faille. Ses investissements s'étaient révélés profitables, et sa fortune avait très sensiblement augmenté. Aujourd'hui c'était une femme très riche.

Cordelia avait accepté son invitation à dîner, le premier soir, et dans le mois qui avait suivi, ils étaient devenus amants. Il avait fallu à Harold six mois de folle passion vécue secrètement pour admettre qu'il était amoureux de la jeune femme, et six autres mois pour la demander en mariage. La raison en était qu'il savait que ses parents n'approuveraient pas son choix : Cordelia était trop âgée, elle avait une personnalité trop forte et n'était pas issue d'une famille assez riche ni assez en vue.

Il avait été stupéfait, vexé et profondément blessé quand Cordelia avait repoussé sa demande en mariage, mais il n'avait pas cessé de l'aimer pour autant. Depuis, il lui avait demandé de l'épouser de multiples fois, obtenant toujours la même réponse. Cordelia considérait son premier mariage comme un désastre et ne recommencerait jamais l'expérience. Elle ne voulait plus d'enfant, et son indépendance lui plaisait. Elle aimait Harold, mais elle ne l'épouserait jamais.

Au fil des années, Harold l'avait suppliée, menacée. Il avait même laissé entendre que, faisant fi des convenances, tous deux pouvaient simplement vivre ensemble, mais Cordelia n'avait pas fléchi. Elle serait son amante, mais jamais sa maîtresse, ni sa femme.

Quinze ans s'étaient écoulés. Cordelia avait pris des professeurs pour que Geneva rattrape les études que son pingre de père lui avait refusées. La jeune femme était devenue médecin, un courageux exploit pour une femme à cette époque. Il est vrai que Geneva était la digne fille de sa mère dans tous les domaines.

L'été précédent, Cordelia avait vendu son somptueux hôtel particulier de Londres pour s'établir à la campagne. Plus précisément à Bethel Farm, une propriété assez importante, dans les Cotswolds, au cœur de l'Angleterre rurale, qui lui venait de sa famille à elle. C'est là qu'elle avait passé les années les plus heureuses de son enfance.

Cette décision avait bouleversé la vie de Harold, cependant il rendait visite à Cordelia à Bethel Farm aussi souvent que son travail le lui permettait, et si elle ne venait que rarement à Londres, il attendait néanmoins ces occasions avec la plus grande impatience.

Il avait eu cinquante ans le mois dernier, et c'est avec nostalgie, qu'il s'était rendu à l'évidence : il n'était plus jeune. Heureusement, il avait un frère qui avait donné à leur père, très âgé maintenant, un héritier du nom. Malgré cela, il arrivait à Harold, de rêver tristement qu'il avait une famille à lui, et une femme à ses côtés... mais seul Bucky, son fidèle labrador noir, l'attendait, le soir, quand il rentrait chez lui.

Il regardait de nouveau l'heure quand on frappa discrètement à sa porte. Un jeune secrétaire apparut, un sourire obséquieux sur les lèvres.

— Mlle Irving est arrivée, monsieur.

— Eh bien, qu'attendez-vous pour la faire entrer, Ruscombe ?

Harold lissa ses cheveux un peu clairsemés maintenant, et, en hâte, se tamponna une ultime fois le front. Il entendit d'abord le froufrou de sa robe de soie, puis Cornelia se glissa dans le bureau.

A peine la porte fut-elle refermée sur elle qu'il la prit dans ses bras pour l'embrasser. Comme d'habitude, elle sentait la rose de jardin, et sa bouche avait un goût de menthe. Elle avait si peu changé, au fil des années ! Harold s'en émerveillait chaque fois qu'il la retrouvait. Oh ! bien sûr, quelques fils blancs apparaissaient maintenant dans ses cheveux toujours aussi abondants et rassemblés en un lourd chignon, sa peau douce et lisse était creusée de minuscules ridules au coin des yeux et de la bouche, et elle avait pris un peu de poids, mais tout cela la rendait encore plus belle à ses yeux.

Elle lui rendit son baiser avec ardeur, le serrant contre elle un peu plus longtemps qu'il ne s'y attendait. Puis ils se sourirent, se regardant droit dans les yeux avec cette tendre complicité que donnent des années d'intimité amoureusement partagée.

— Vous êtes très en retard, chère amie, dit-il, sur un ton de reproche feint. Vous d'ordinaire si ponctuelle ! Je commençais à m'inquiéter.

— Ne m'en veuillez pas, Harold, je n'ai pas pu prendre le premier train du matin, comme c'était mon intention. Bébé n'était pas bien, elle a pleuré cette nuit, et à l'aube quand j'allais partir, Geneva a dû aller soigner un palefrenier souffrant d'une côte cassée à cause d'un coup de pied de cheval. Je suis donc restée auprès de la petite jusqu'à son retour.

Bébé, qui se prénommait Pearl, était la petite-fille adorée de Cordelia que Geneva avait eue hors des liens du mariage, deux mois plus tôt. Comme cette dernière, le père de l'enfant était médecin, mais Geneva, fidèle à la tradition des Irving, avait refusé de l'épouser. Peu de temps avant la naissance de l'enfant, le jeune homme était parti se battre dans la guerre des Boers, où il avait péri tragiquement. Cordelia ne l'admettrait jamais, mais c'était la grossesse scandaleuse de Geneva, qui l'avait poussée à s'installer avec celle-ci à Bethel Farm.

Harold enviait cette petite-fille à Cordelia plus qu'il ne l'aurait cru possible, cependant, dans le secret de son cœur, la conduite irresponsable et inconsidérée de Geneva l'atterrait. Evidemment, il n'en parlait jamais avec Cordelia.

Glissant un bras autour de sa taille, il entraîna celle-ci vers sa table.

— Prenez un siège, chère amie, et occupons-nous des affaires qui vous amènent. Puis nous sortirons prendre le thé. J'ai réussi à avoir des places pour le concert de ce soir à l'Albert Hall.

— Oh ! c'est merveilleux, Harold.

Cordelia prit le meilleur fauteuil, tandis qu'il prenait place derrière son bureau comme il en avait l'habitude.

— Quelle est la raison de votre visite à Londres, Cordelia ?

Elle ne répondit pas immédiatement, et tout à coup, Harold comprit qu'il se passait quelque chose d'anormal : elle, si parfaitement maîtresse d'elle-même d'ordinaire, semblait en proie à une extrême agitation. Sa main allait de son sac à main, au camée d'ivoire qu'elle portait à son cou, avant de revenir lisser en un geste nerveux la soie lilas de sa jupe. Et surtout, elle fuyait son regard. Harold fut saisi d'un sombre pressentiment.

— Qu'y a-t-il, ma chère ? Quelque chose vous préoccupe ?

Elle prit une longue inspiration, puis d'une voix basse mais décidée, lui dit :

— J'ai besoin de votre aide et de vos compétences, Harold. Je veux créer une fondation.

— Quel genre de fondation, Cordelia ?

— Une sorte d'association qui assurera aux femmes Irving des générations à venir un toit et des revenus propres. Bethel Farm devra toujours demeurer leur propriété, mais je veux aussi que la maison puisse accueillir des femmes dans le besoin qui pourront travailler à la ferme en échange du gîte et du couvert.

Elle parlait vite, maintenant, Harold avait du mal à la suivre, et elle poursuivit, plus vite encore :

— Evidemment, les descendantes Irving seront prioritaires si elles veulent s'installer à Bethel Farm, et la propriété passera de mère en fille. Cependant elle ne devra jamais être ni hypothéquée, ni vendue. Bethel Farm est rentable, comme vous le savez, mais au cas où elle ne le serait plus, j'ai l'intention de doter cette fondation d'un capital conséquent qu'il faudra gérer avec prudence et compétence.

Sur ces mots, Cordelia ouvrit son sac à main pour en sortir plusieurs feuilles de papier manuscrites qu'elle tendit à Harold.

— Vous trouverez ici certains détails qui, j'y tiens, doivent figurer dans les statuts de l'association. Je sais que je peux vous faire confiance, Harold : vous ferez un travail juridique sans faille.

Fronçant les sourcils, Harold prit les papiers.

— Je ne comprends pas bien, chère Cordelia. Votre testament stipule déjà que vous laissez Bethel Farm à Geneva, qui très certainement léguera la propriété à Pearl. Quant à cet abri que vous voulez créer, vous ne songez tout de même pas à cohabiter avec les pauvres créatures dont vous parlez ?

Cordelia sourit, devant l'air franchement choqué de Harold.

— Non bien sûr, il n'est pas question que je vive avec elles, mais je veux que la maison soit ouverte à des femmes qui pourraient se trouver dans une situation identique à la mienne lorsque j'étais mariée. Je ne pouvais fuir nulle part, Harold, je n'avais personne auprès de qui me réfugier. Mon mari me tenait prisonnière. Je ne l'oublierai jamais.

Elle regarda Harold droit dans les yeux et conclut d'une voix tremblante :

— C'est que, voyez-vous mon ami, je ne compte pas demeurer beaucoup plus longtemps à Bethel Farm. Nous en avons longuement discuté, Geneva et moi, et nous... nous avons décidé d'émigrer. En Amérique. Nous nous installerons dans la ville de Seattle où Geneva a une amie, une femme médecin comme elle, qui lui a proposé de travailler avec elle. J'ai déjà retenu nos cabines de bateau. Nous partons en août.

Le choc terrassa Harold, au point que durant quelques

instants, il fut incapable de parler. En dépit de la chaleur, il se sentait glacé. Il finit par articuler :

— Emigrer ? En Amérique ?

Une seule pensée occupait son esprit : Cordelia allait le quitter. C'était une certitude. Quand elle serait en Amérique, il ne la verrait sans doute plus jamais. A sa grande honte, il sentit les larmes lui monter aux yeux, et se leva vivement pour gagner la fenêtre. Quand il put de nouveau contrôler sa voix, il demanda :

— Mais pourquoi, Cordelia ? Pourquoi faire une chose pareille ?

— Oh, mon chéri, je suis si désolée ! Je redoutais tellement de vous annoncer la nouvelle.

Il comprit qu'elle était aussi malheureuse que lui, cependant il ne se retourna pas, et elle resta où elle était.

— C'est à cause de Pearl, reprit-elle d'une voix résignée. Même là-bas, à la campagne, les gens parlent, disent que c'est une enfant illégitime, et les choses iront en empirant à mesure qu'elle grandira. Toute sa vie s'en ressentira. La société anglaise la rejettera, vous le savez. Or, Geneva et moi nous l'aimons et nous voulons son bonheur.

« Et notre bonheur à nous ? » Voilà ce qu'avait envie de hurler Harold, mais il n'en fit rien, serra les mâchoires, et écarta les rideaux pour regarder la rue animée.

Sa vie était sur le point de changer irrémédiablement, et il était incapable d'entrevoir l'avenir.

Cordelia reprit la parole. Il se força à l'écouter pour oublier la douleur lancinante qui lui déchirait le cœur.

— Il serait plus sage de vendre Bethel Farm, je le sais, disait-elle, mais pour des raisons sentimentales, je ne puis m'y résoudre. C'est là que j'ai passé les meilleures années de mon enfance, Geneva s'y plaît, et c'est là aussi qu'est née Pearl. Je veux que vous soyez l'administrateur de cette association, Harold, et à votre retraite, vous désignerez, pour prendre votre succession, quelqu'un de cette étude, celui en qui vous aurez le plus confiance. Vous serez bien évidemment rétribué annuellement, et votre successeur également.

— Voilà qui risque d'être très onéreux, au fil des ans. Quelle durée envisagez-vous pour cette fondation ?

Se concentrer sur les détails légaux aidait Harold. Ainsi il fut bientôt capable de reprendre son siège derrière son bureau. Mais quand il voulut coucher sur le papier les clauses que Cordelia stipulait, il s'aperçut que sa main tremblait.

— En général, une fondation est prévue pour une durée déterminée. Il serait préférable d'envisager une certaine période d'existence. Tout change, même les lois, et à la date d'expiration de l'association, il sera toujours possible d'en créer une nouvelle selon des modalités identiques.

Cordelia réfléchit.

— Eh bien, disons cent ans ! Créons cette fondation pour un siècle, et elle expirera en l'an 2000, avec le millénaire.

Harold posa sa plume, choqué.

— Voilà qui paraît un peu excessif, Cordelia. Comment prédire ce que le monde sera d'ici à un siècle ! Voyez les changements fondamentaux qui se sont opérés durant ces cent dernières années. Tout document légal établi en 1800 est complètement obsolète, maintenant que nous sommes en 1900.

Cordelia secoua la tête.

— L'argent et les biens immobiliers ne changeront jamais, Harold. Pearl est vigoureuse, du sang anglais coule dans ses veines. Elle pourrait bien vivre centenaire, je l'espère et je prie pour qu'elle y arrive. Mais même dans le cas contraire, même si à la fin de ce siècle il n'y a pas de descendante Irving, il y aura toujours des pauvres femmes malheureuses qui auront besoin d'un refuge. Et si d'aventure, la race des femmes Irving venait à s'éteindre, je veux que Bethel Farm demeure un abri tant que la propriété se suffit financièrement à elle-même.

— Et si la descendance Irving ne comportait que des hommes ? Faudrait-il les exclure uniquement à cause de leur sexe ? Chéririez-vous moins Pearl si elle était un garçon ?

Cordelia regarda Harold longuement, puis un petit sourire passa sur ses lèvres : c'était une remarque judicieuse.

— Vous avez raison, mon ami. Il serait injuste de ne réserver cette association qu'aux femmes.

— Dans ce cas, parlons seulement de descendance. Maintenant qu'envisagez-vous à l'expiration de l'association, en l'an 2000 ?

Cordelia réfléchit encore.

— La propriété reviendra au plus jeune rejeton Irving encore mineur. S'il n'y en a pas, la propriété sera vendue, et le produit de la vente sera remis à une œuvre caritative.

Cordelia lança à Harold un regard de défi.

— Une œuvre caritative au profit des femmes malheureuses, Harold. J'accepte à regret de ne pas faire de discrimination sexuelle en matière d'héritage, mais je ne puis croire que même dans cent ans, l'égalité régnera entre les sexes.

Ainsi ces derniers mots résumaient leur relation. C'était à cause de cette inégalité qu'elle n'avait jamais voulu donner à Harold ce qu'il avait tant désiré. C'était pour cela qu'elle avait refusé de l'épouser ou de vivre avec lui. Son mariage l'avait irrémédiablement blessée, et la plaie ne guérirait jamais.

— Je m'y emploierai de mon mieux, Cordelia.

Elle posa les yeux sur lui, il y lut une grande tristesse.

— Vous avez toujours fait de votre mieux pour moi, Harold, et je vous en sais gré.

La fondation durerait longtemps et ils auraient tous deux quitté cette terre lorsqu'elle disparaîtrait. D'une étrange façon, Harold en conçut un curieux réconfort. Ce serait leur enfant, l'unique progéniture de Harold Wallace et de Cordelia Irving, née des cendres de leurs rêves défunts.

1.

31 Décembre 1998

Derrière ses lunettes, Miranda Jane Irving écarquillait les yeux pour tenter de voir clair à travers le pare-brise. Avec cette neige qui tombait dru, mieux valait ne pas prendre le risque de descendre le chemin d'accès à la maison.

Elle fit demi-tour avec son beau 4x4 tout neuf, et, grâce aux roues motrices, escalada le bas-côté de la route pour aller se garer un peu plus loin, sur un petit terre-plein envahi par les congères.

On était le 31 décembre, en milieu d'après-midi, et Seattle connaissait l'une des pires tempêtes de neige de ces dernières années. Les cantonniers travaillaient dur pour dégager les routes, mais les flocons tombaient de plus en plus vite, et pour rentrer du centre-ville, Miranda avait eu des problèmes à plusieurs reprises à cause de la visibilité très réduite et de la chaussée glissante.

Quel soulagement d'être enfin à la maison ! Et quelle chance de n'avoir plus à sortir pendant deux jours ! Elle allait passer le réveillon et le premier jour de l'année avec Gram, tranquille, bien au chaud.

Miranda resta quelques instants dans sa voiture respirant avec volupté l'odeur du neuf. Elle s'était offert ce luxueux véhicule pour son anniversaire, et elle l'adorait. Elle en avait pris possession hier seulement, et commençait à peine à s'habituer à le conduire. C'est pour cette raison qu'elle avait eu tant de mal à rentrer du centre-ville. Alma Hamanda, une de ses collègues, institutrice comme elle, l'avait invitée à déjeuner. Elle lui avait offert un joli panier rempli de savons parfumés et de sels de bain, et avait préparé un superbe gâteau au chocolat avec des bougies.

Quand Miranda les avait soufflées, Alma avait fait cette remarque :

— On t'a joué un sale tour en te faisant naître un 31 décembre. Ce jour-là, les gens réveillonnent, ils se sont déjà ruinés en cadeaux de Noël, et ils n'ont pas envie de recommencer.

Alma n'avait pas tort. Vingt-huit ans plus tôt, à dix minutes près, Miranda avait failli être un bébé de la nouvelle année. Depuis, elle s'était souvent dit que ce premier contretemps symbolisait assez bien sa vie. Elle était toujours un peu décalée, pas très en phase avec son époque.

Avec un soupir, elle prit le sac contenant son cadeau et sortit du 4x4. Un vent glacé soufflait de la mer, et elle resserra les pans de son manteau pour s'en protéger. Vivre au bord de l'océan était un privilège, mais certains jours, le froid était insoutenable.

Elle prit le courrier dans la boîte aux lettres, et le glissa dans son sac avant de s'aventurer prudemment sur le chemin verglacé qui descendait en pente raide jusqu'à la maison.

Elle réussit, Dieu sait comment, à ne pas glisser, et se précipita dans la maison dans un tourbillon de neige. Comme il faisait chaud à l'intérieur ! Et comme ça sentait bon ! Gram avait dû se mettre aux fourneaux.

— Gram, c'est moi, cria Miranda en se débarrassant d'abord de ses gants, puis de ses bottes et de son manteau. Elle sourit en voyant Pearl sortir de la cuisine pour venir à sa rencontre.

— Qu'est-ce que tu prépares, dis-moi ? Ça sent rudement bon.

Miranda parlait fort parce que sa grand-mère devenait de plus en plus sourde et refusait obstinément de porter un appareil. Pearl Irving avait décrété, une bonne fois pour toutes, qu'à quatre-vingt-dix-huit ans on ne faisait pas ce qu'on n'avait pas envie de faire, et Miranda ne voulait pas la contredire.

— J'ai préparé un bon petit plat pour ce soir, ainsi qu'un pain maison à ma manière.

Un immense tablier en jeans enveloppait la frêle silhouette de Pearl, et sa joue ridée était maculée de farine. Quand Miranda se pencha pour l'embrasser, leurs lunettes s'entrechoquèrent.

— Dieu du ciel, tu es gelée, ma fille. Comment s'est passé ton déjeuner ?

— Formidable.

Miranda raconta tout le mal qu'Alma s'était donné, et montra son cadeau.

— Je me doutais qu'elle te ferait un gâteau, c'est pourquoi j'ai préparé un pudding aux pommes. On mettra des bougies dessus pour respecter la tradition.

Miranda prit la vieille dame par les épaules et la serra contre elle.

— Solange n'est pas encore partie, demanda-t-elle ?

Elle savait que sa mère passait le réveillon dehors.

Pearl indiqua l'escalier.

— Elle se prépare pour sortir avec le révérend persuadée que ce crétin va affronter la neige pour venir la chercher.

— La route goudronnée est dégagée, mais notre chemin est impraticable. S'il vient, il devra se garer en haut, sur la route, comme je l'ai fait moi-même.

Miranda n'avait pas terminé sa phrase qu'elle entendit un véhicule s'immobiliser derrière la porte d'entrée. Pearl s'approcha de la fenêtre dont elle écarta discrètement un rideau.

— Quel âne ! Il est descendu jusqu'ici ! Il ne pourra jamais remonter !

La sonnette retentit, Pearl regagna en hâte sa cuisine, laissant à Miranda le soin d'ouvrir la porte.

— Je vous souhaite une bonne et heureuse année, Miranda.

Leon Baillie entra prestement, arborant un chapeau noir à large bord, et un long manteau en peau de mouton qui engonçait sa silhouette fort imposante. D'un geste cérémonial, il tendit à la jeune femme une rose rouge que le froid flétrissait déjà.

— Que Dieu vous bénisse et vous accorde tout ce que votre cœur désire en ce monde.

L'intention n'était pas mauvaise, mais la voix sirupeuse de Baillie agaça Miranda. Quand il parlait, on avait toujours l'impression qu'il était en chaire et s'adressait à une assemblée de fidèles. Certes, il avait des adeptes, mais pas suffisamment, de ce que savait Miranda, pour justifier les accents emphatiques qu'il donnait à sa voix.

— Sale temps, très sale temps...

Il se frotta énergiquement les mains en frissonnant dans un geste théatral, avant d'ajouter :

— Mais n'oublions pas, comme l'a si bien écrit Shelley que « Quand vient l'hiver, le printemps ne peut plus être loin ».

Satisfait de son érudition, Baillie sourit, révélant de larges dents blanches égales comme des touches de piano, dans un visage un peu rouge, mais plutôt beau. En tant que pasteur, il animait une émission religieuse hebdomadaire sur une chaîne de télévision locale de Seattle, et même Pearl, qui l'avait regardé une fois, avait dû admettre, à contrecœur, qu'il passait plutôt bien à l'écran.

— Peut-être auriez-vous dû laisser votre break en haut du chemin, Leon, suggéra la jeune femme, la pente est très glissante.

— Pour nous autres Canucks, la glace et la neige n'ont pas de secret.

Baillie se plaisait toujours à rappeler que ses ancêtres étaient originaires du grand nord canadien.

— Et alors, comment allez-vous, ma chère petite? reprit-il avec une sollicitude horripilante.

— Bien, Leon. Débarrassez-vous donc de votre manteau et prenez un siège. Solange n'est pas encore descendue, je vais la chercher.

« Et je ne suis pas votre chère petite », marmonna Miranda en filant jusqu'à la chambre de sa mère située au premier étage de l'immense vieille maison.

Debout devant son miroir en pied, Solange examinait attentivement son reflet. Sa silhouette tout en rondeurs gracieuses disparaissait dans un exquis froufrou de mousseline rouge, et les multiples robes abandonnées en tas sur le lit prouvaient à quel point elle avait eu du mal à choisir sa toilette. Ses cheveux courts, soigneusement colorés, encadraient son visage aux traits ravissants comme un casque cuivré. A cinquante-six ans, elle était encore superbe, faisait vingt ans de moins que son âge et s'habillait en conséquence.

— Comment me trouves-tu, mon chou? demanda-t-elle, souriant à Miranda dans le miroir. Elle est mettable, cette robe? J'ai failli choisir le fourreau noir, mais nous allons dans un restaurant très collet monté où l'on dansera après le dîner, et le noir est si banal. En outre je voulais une jupe un peu ample. On est mal à son aise pour danser avec une robe longue quand elle est étroite.

Celle qu'elle portait s'arrêtait largement au-dessus du genou.

— Tu es très belle.

C'était sans doute la première phrase que Miranda avait dite à sa mère, quand elle avait su parler. Et elle la lui avait répétée un nombre incalculable de fois depuis. Solange ne se lassait jamais de l'entendre. Radieuse, elle s'approcha de sa fille et, se hissant sur la pointe des pieds, déposa un léger baiser sur sa joue.

— Joyeux anniversaire, chou, j'ai du mal à croire que tu aies déjà vingt-huit ans. Et chaque année, je trouve que tu ressembles davantage à ton père.

Ce n'était pas un compliment, Miranda le savait. Elle avait hérité du corps long et osseux de son père. De lui elle avait également pris les jambes interminables, les traits énergiques du visage, et les grands yeux bleu profond au regard perdu de myope. Bref, elle n'était pas vraiment jolie et n'avait rien pris de sa mère, menue et tout en courbes adorables.

Le pire, c'étaient ces taches de rousseur, partout sur son nez et ses joues. Elles désolaient Solange qui avait, elle, un teint de lis.

Même côté cheveux, Miranda n'avait pas eu de chance. Ils étaient bouclés, et d'une couleur indéfinissable : châtain moyen, sans reflets ni éclat, et Solange avait depuis longtemps renoncé à convaincre sa fille de leur faire subir un traitement pour qu'ils soient plus lumineux.

D'ailleurs, Miranda ne regrettait pas de ne pas avoir hérité du physique spectaculaire de sa mère. Solange avait besoin d'être reconnue comme la beauté de la famille. Et pour tout dire, Miranda n'était pas mécontente de ressembler à son père.

Car John Graham avait été un homme merveilleux, sûr, équilibré, dont la seule folie avait été Solange. Et, par moment, comme en cet instant par exemple, tandis qu'elle regardait sa mère se préparer pour sa soirée, Miranda rêvait d'avoir elle aussi un brin de folie qui métamorphoserait sa vie.

Solange dans un bruissement de mousseline tira de sous le monceau de robes échouées sur le lit un paquet enveloppé d'un joli papier et le tendit à Miranda.

— Tiens, mon chou. Ouvre ton cadeau, je suis sûre que tu vas adorer.

Miranda défit avec précaution le papier qui enveloppait une élégante boîte en carton. A l'intérieur se trouvait une chemise de nuit à très fines bretelles, en satin bleu profond, ainsi qu'un déshabillé. Une tenue de nuit sensuelle, élégante et sophistiquée, faite pour séduire et se laisser séduire... Bref, une chose que Miranda ne porterait jamais !

— C'est ravissant, murmura-t-elle, caressant l'étoffe soyeuse.

C'était vrai, mais quand aurait-elle l'occasion de mettre une chemise de nuit pareille ?

— Merci, Solange.

Elle avait appris depuis bien longtemps à ne pas montrer sa déception pour ne pas contrarier sa mère.

Celle-ci, visiblement contente de sa bonne idée, s'exclama :

— Quand j'ai vu ce déshabillé, j'ai su qu'il était pour toi. Essaie-le donc tout de suite, chérie, qu'on voie si c'est la bonne taille.

Miranda n'y tenait vraiment pas.

— Ce n'est pas le moment. Leon t'attend en bas.

— Eh bien qu'il attende, ça lui fait du bien !

Mais avec son manque de suite dans les idées, Solange

avait déjà oublié le déshabillé et était en train de chausser ses sandales à très hauts talons. Elle s'approcha de la glace pour rectifier une dernière fois son maquillage et dit à sa fille sur le ton de la confidence :

— Je te le dis entre nous, mon chou, mais je pense que Leon va me demander en mariage ce soir. Je me trompe rarement dans ce domaine.

Miranda fronça les sourcils, tandis qu'une sensation de malaise l'envahissait.

— Tu ne vas tout de même pas lui dire oui ?

Solange ne répondit pas. Penchée sur un tiroir de sa commode, elle en tira un sac à chaussures en satin rouge, puis une petite pochette noire qu'elle garnit de tubes et de pots, ainsi que d'un vaporisateur de parfum de poche.

— Oh comme cette neige est pénible, soupira-t-elle, j'en ai assez de sortir en bottes et de devoir transporter mes talons ! Tu ne trouves pas ce temps détestable, mon chou ?

— Tu ne songes pas vraiment à épouser Baillie, dis-moi ?

Miranda essaya de se rassurer en se disant que des légions d'hommes avaient demandé sa mère en mariage, et qu'elle avait toujours refusé.

S'efforçant de prendre un ton badin, elle poursuivit :

— Jamais une femme de la famille Irving ne s'est mariée. Tu ne ferais pas pareille entorse à la tradition, j'imagine ?

Ah, si seulement Solange avait pu répondre : « Me marier, moi ? Tu es folle. Bien sûr que non ! » Mais elle n'en fit rien, se contentant de hausser les épaules.

— Je n'accepterai certainement pas la première fois qu'il me le demandera. Les hommes, il faut les faire languir, ça les rend fous.

— Mais tu n'épouseras jamais Leon Baillie, n'est-ce pas ? Tu ne l'envisages pas sérieusement ?

Miranda, dans sa crainte, avait parlé plus fort qu'elle ne voulait, et Solange, fronçant les sourcils, porta son index à sa bouche.

— Chut... il ne faut pas qu'il nous entende !

S'approchant de nouveau de son miroir, elle remit en place une mèche de cheveux, puis plissa les yeux pour mieux admirer le résultat. Quand enfin elle répondit à sa fille, ce fut avec le plus grand sérieux.

— Je n'ai encore rien décidé, Miranda. Le mariage est une chose inconnue pour moi. Ton père voulait m'épouser, bien entendu, mais sa garce de femme ne voulait pas entendre parler de divorce, et il est mort si jeune... Vois-tu, je commence à me demander si j'ai envie de devenir une vieille fille. J'en ai un peu assez d'être célibataire.

Horrifiée, Miranda demeura sans voix, mais Solange ne parut pas s'en apercevoir et se mit à ranger ses robes dans son placard.

— Voilà, je suis prête, descendons, dit-elle enfin.

Au salon, Leon s'était assis au coin du feu. Il avait enlevé son manteau, mais gardé son chapeau à large bord. Quand il vit Solange, il bondit sur ses pieds, l'ôta d'un ample geste, et s'inclina exagérément, révélant ainsi le sommet de son crâne clairsemé, qu'il dissimulait généralement par une coiffure soigneusement étudiée.

Solange pointa un doigt sur lui en éclatant de rire.

— Leon, tu es fou ! Où as-tu déniché un couvre-chef aussi ridicule ? On dirait que tu sors d'un western !

Devant l'air déconfit du pasteur, Miranda comprit qu'il s'attendait à une réaction un peu différente, mais il se reprit vite, et, prenant le manteau de fourrure de Solange, il le lui tint pendant qu'elle se baissait pour enfiler ses bottes.

— Bye bye, mon petit chou, lança Solange en

envoyant un baiser de sa main gantée à Miranda, puis, un ton plus haut, elle ajouta : bye, maman !

Dans la cuisine, un bruit de casserole retentit. Ce fut la réponse de Pearl.

— Ah, si seulement elle acceptait de porter un sonotone, s'exclama Solange, exaspérée. Ça me rend folle de hurler sans arrêt pour qu'elle m'entende.

— Un peu de compassion, ma chérie, susurra Baillie, quand nous serons vieux, nous non plus nous n'entendrons plus très bien.

Il ouvrit la porte d'entrée, laissant s'engouffrer dans la maison bien chaude une rafale de vent glacé accompagnée d'un tourbillon de neige.

Miranda, qui pensait toujours à ce que lui avait dit sa mère, entendit vaguement le bruit des portières, puis la voiture démarra en patinant sur la glace.

Pearl se mit à la fenêtre et Miranda la rejoignit. Ensemble elles observèrent le break dont le moteur s'emballait lamentablement dans un effort désespéré pour gravir la côte verglacée. Elle finit par s'immobiliser à mi-pente, et Baillie entreprit de redescendre en marche arrière pour tenter une nouvelle fois de repartir avec un peu plus d'élan.

Pearl secoua la tête, écœurée.

— Cet homme est bête comme ses pieds ! Il n'y arrivera jamais ! Je n'ai qu'une peur c'est que nous soyons obligées de supporter sa présence toute la soirée, et une partie de la journée de demain, jusqu'à ce qu'il puisse se faire dépanner.

Les craintes de Pearl étaient fondées, mais Leon, sans se décourager, livra encore quelques vains assauts avant de renoncer. Le break était maintenant immobilisé en travers du chemin, son pare-chocs avant encastré dans un monticule de neige.

Solange entra en trombe dans la maison, son chevalier servant sur ses talons. Cet imprévu l'avait mise de fort méchante humeur. Leon se défendait comme il pouvait, jurant haut et fort que ce n'était pas sa faute.

— C'est cette satanée neige, trésor, celle qui vient de la mer, répétait-il. C'est la pire, la plus terrible. Elle est lourde, et se transforme tout de suite en gadoue glacée. Avec une neige normale, mon break aurait gravi la pente sans problème. Ecoute, je vais appeler un taxi.

Mais ses multiples appels reçurent tous la même réponse : avec cette tempête, aucune compagnie de taxi n'enverrait une voiture dans un endroit aussi éloigné de la ville.

— La race humaine me déçoit, soupira Baillie en raccrochant après sa dernière tentative. Il suffit d'un peu de neige pour que tout le système s'enraie. Qu'adviendrait-il si nous avions une véritable catastrophe ?

C'était son sujet favori. Exaspérée, Pearl lança d'un ton sec :

— Vous nous cassez les pieds avec vos catastrophes. N'importe qui doté d'un peu de cervelle aurait laissé sa voiture en haut du chemin, comme l'a fait Miranda avec son 4x4.

La jeune femme surprit alors l'expression de Baillie, un affreux pressentiment la saisit.

Sa cage était engloutie dans la prison, son chevalet appuyé sur ses roues. [illegible] mécanique [illegible]. [illegible] pas [illegible].

— C'est certainement [illegible], celle qui [illegible] la mer, [illegible]. C'est la [illegible] la plus terrible. Elle est longue, et se [illegible] tout de suite [illegible] avec une [illegible], mais [illegible] la grotte [illegible].

Mais [illegible] trouvés [illegible] avec [illegible] dans [illegible] éloigné de la ville.

— La [illegible] déposé [illegible] en [illegible] sur sa dernière [illegible] ?

[illegible] son [illegible].

[illegible] l'emporte [illegible] car elle aurait laissé sa voiture [illegible] Miranda [illegible].

La [illegible] femme [illegible] Bailla [illegible].

2.

— Si j'osais, je vous demanderais de me prêter votre voiture, chère Miranda. J'en prendrais le plus grand soin, cela va de soi, d'ailleurs, je conduis parfaitement. Il le fallait bien, dans la Police Montée Canadienne.

Baillie ne manquait pas d'audace en vantant ainsi ses qualités de chauffeur, alors qu'il venait de se donner en spectacle lamentablement au volant, quelques minutes plus tôt.

Solange ouvrit de grands yeux implorants.

— Oh, mon chou d'amour, s'il te plaît, prête-nous ta voiture, j'ai tellement envie de sortir. Cette neige me rend claustrophobe !

Miranda jeta un coup d'œil à Pearl : celle-ci secouait la tête avec véhémence, mais Miranda n'avait pas le choix. Pas question de supporter le révérend toute la soirée, et pour l'éviter, c'était le seul moyen.

— D'accord, prenez ma voiture, dit-elle de mauvaise grâce, mais je vous préviens, j'en ai besoin demain à midi.

C'était faux, mais il était inutile de le leur dire. Avec le sentiment désagréable de s'être fait avoir, elle sortit les clés de son sac et les tendit à Solange.

— Je préférerais que ce soit toi qui conduises, dit-elle brièvement.

Baillie lui lança un regard haineux qui se transforma miraculeusement en sourire contrit lorsque la jeune femme le fixa droit dans les yeux.

Après leur départ, Pearl dit à sa petite-fille sur un ton de reproche :

— Tu as eu tort, Miranda. Cet idiot risque d'amocher ta voiture toute neuve. Solange ne voudra jamais conduire par un temps pareil.

Miranda le savait, mais qu'y faire ?

— En tout cas, nous aurons au moins une soirée tranquille toutes les deux, Gram.

Le repas fut délicieux, bien que Miranda n'eût pas très faim. Elle était préoccupée par les projets matrimoniaux de Solange avec Baillie. Sans parler du fait qu'elles ne le supportaient pas, Gram et elle, un mariage avec Leon Baillie poserait des problèmes matériels évidents. La maison et quelques revenus d'un modeste capital étaient la propriété commune des trois femmes, selon la volonté de Geneva, l'arrière-grand-mère de Miranda. Solange ne s'était jamais intéressée aux affaires d'argent, mais ce n'était certainement pas le cas de Baillie.

Ce serait plus grave encore si Solange et Baillie décidaient d'habiter ici. Apparemment, le révérend avait un appartement à Seattle, mais Solange était propriétaire pour un tiers de la maison au bord de l'océan... et si Baillie s'y installait, Miranda partirait.

Que deviendrait Gram, dans ce cas ? Elle était née en Angleterre, à Bethel Farm, mais elle avait passé son enfance et toute sa vie dans cette maison. A quatre-vingt-dix-huit ans, il n'était pas question de lui demander de déménager, et Miranda ne l'abandonnerait jamais.

Bref, de quelque point de vue qu'on se place, si Solange se mariait, ce serait un désastre.

La petite-fille et la grand-mère passèrent dans le salon pour le dessert et le café. Miranda souffla les bougies que Gram avait plantées sur le pudding, et ouvrit son cadeau. Elle eut les larmes aux yeux en le découvrant : c'était un album de photographies réalisées par les photographes femmes les plus illustres, et sur la page de garde, Gram avait écrit : « Miranda Jane, tu figureras dans la prochaine édition. »

— Oh Gram, c'est magnifique, merci beaucoup !

Miranda serra sa grand-mère, consciente de son extrême fragilité.

— Je suis sincère pour la prochaine édition, dit Pearl. Tu as beaucoup de talent.

Le compliment toucha la jeune femme, bien qu'elle ait renoncé depuis des années à vivre de la photographie. Le métier d'institutrice était beaucoup plus sûr. La photo demeurait son passe-temps, rien de plus.

Pearl s'assit dans son fauteuil favori et alluma la télévision. Elles tombèrent sur un programme intitulé « Prophéties anciennes », qui prédisait cataclysmes et désastres pour le troisième millénaire.

— Ils auraient dû convoquer Baillie, dit la vieille dame en plaisantant, lui qui joue les oiseaux de mauvais augure et nous prévoit toujours des catastrophes pour l'an 2000 !

Miranda partit bientôt ranger la cuisine. Quand elle revint, Pearl s'était endormie. La jeune femme sortit le courrier qu'elle avait fourré dans son sac et regarda les enveloppes. L'une, en vélin épais, portait l'en-tête de Wallace et Houmes, l'étude londonienne chargée de la fondation de Bethel Farm. Miranda l'ouvrit et en tira plusieurs feuillets qu'elle parcourut rapidement avant de les relire plus en détail. Voilà des nouvelles qui allaient contrarier Gram !

Celle-ci venait d'ouvrir les yeux.

— Tu as reçu une lettre d'amour, ma chérie ? dit-elle sur un ton d'affectueuse taquinerie, avant de remettre ses lunettes en place sur son nez.

— Pas du tout, c'est au sujet de la propriété des Cotswolds, Gram.

Mieux valait lui dire la vérité sans attendre. Miranda poursuivit :

— Une firme américaine spécialisée dans la fabrication de tracteurs aimerait acheter Bethel Farm pour y implanter une usine.

— Une usine ?

Gram était horrifiée.

— Le notaire dit que le marché de l'immobilier se porte mal en Angleterre, et que l'offre américaine est intéressante, d'autant plus que les bâtiments de la propriété sont vétustes et délabrés, et qu'il faudrait dépenser beaucoup d'argent pour les remettre en état.

Aux termes du testament de Geneva, Miranda était l'héritière légale de la fondation depuis qu'elle était majeure, donc la décision ultime lui revenait. Mais c'est Pearl qui était attachée à Bethel Farm.

— Je suis née dans cette propriété, murmura la vieille dame. Ma grand-mère Cordelia y avait passé son enfance et elle l'adorait. C'est là-bas aussi que j'ai accouché de Solange. Tu es la seule à n'y être jamais allée, ma chérie, et tu ne connais pas non plus la beauté et la sérénité de la campagne anglaise. Comme c'est dommage ! Oh, je ne peux imaginer que cette ferme sorte de la famille. Surtout pour tomber aux mains d'un fabricant de tracteurs !

Miranda était envahie par un sentiment de culpabilité. Si la famille perdait Bethel Farm, elle en serait seule responsable, car elle n'avait pas d'enfant.

— La lettre est signée de Gabriel Wallace ?

— Non, de Joseph Wallace.

— Ce doit être le fils de Gabriel. Je ne le connais pas.

Pearl n'était pas allée en Angleterre depuis très longtemps.

— Il a joint un bilan financier, dit Miranda en tendant une feuille à sa grand-mère. Les revenus de la ferme couvrent à peine les frais. Si j'ajoute les impôts fonciers, elle est dans le rouge. Or, nous n'avons pas fini de payer les dépenses engagées ici l'an dernier pour refaire l'électricité et le chauffage. Et les taxes immobilières ne cessent d'augmenter en bord de mer. Vraiment, Gram, si tu n'étais pas si attachée à cette propriété, tu reconnaîtrais sûrement qu'il est plus sage de la vendre. Ne serait-ce que pour ne plus avoir à payer les frais de notaire.

Jusqu'à l'effondrement de la Bourse en 1929, les Irving avaient été riches. L'arrière- grand-mère Geneva avait été un excellent médecin, mais elle n'avait pas hérité du sens des affaires de sa mère, Cordelia. Celle-ci, morte pendant l'épidémie de grippe de 1918, avait fait d'excellents placements grâce à son flair exceptionnel. Geneva par contre, avait tout misé sur la Bourse et obtenu des résultats catastrophiques.

— Nous n'avons pas les moyens de refuser cette offre, Gram, reprit Miranda. L'argent de la vente améliorerait vraiment notre situation.

Sans être dans le besoin, les trois femmes Irving étaient loin d'être riches.

— Je sais que tu as raison, ma chérie, soupira Pearl. Hélas, je tiens autant à Bethel Farm qu'à cette maison ici, au bord de la mer.

Les yeux de la vieille dame étaient tout tristes, derrière ses lunettes.

— J'ai toujours espéré y retourner une dernière fois, dit-elle encore, mais à présent, je suis trop vieille.

— Allons, Gram, il te reste encore de belles années.

Miranda avait parlé sur un ton brusque parce qu'elle détestait que sa grand-mère soit triste. Pour lui changer les idées, elle se résolut à lui parler des projets de sa mère.

— Solange envisage d'épouser Baillie, dit-elle sans préambule. Je n'en croyais pas mes oreilles quand elle me l'a avoué.

— Allons, elle ne ferait pas une bêtise pareille. Elle a voulu te tester, c'est tout.

Miranda secoua la tête.

— J'ai bien peur que non. Elle ne plaisantait pas. Elle pense qu'il va la demander en mariage ce soir.

— Evidemment qu'il va le faire, ce crétin, ricana Gram. Tous les amoureux de Solange passent par là tôt ou tard. Et immédiatement après, elle se désintéresse d'eux.

— N'empêche que cette fois, ça semble différent, soupira Miranda. Je me demande ce qu'elle trouve à ce type, c'est le plus assommant de tous ceux qu'elle nous a amenés ici depuis des années.

Gram réfléchit un moment, puis secoua la tête.

— Peut-être qu'elle se sent vieillir, dit-elle pensivement. A son âge les femmes prennent conscience du temps qui passe. Je m'en souviens : le jour de mes soixante ans, je me suis dit qu'il ne me restait plus très longtemps à vivre ! Pauvre idiote que j'étais ! J'avais encore une vie entière devant moi.

Pearl sourit avec malice à sa petite-fille.

— Mais aujourd'hui, à quatre-vingt-dix-huit ans, je me sens vraiment vieille, tu sais !

La jeune femme se mit à rire, heureuse que sa grand-mère ne s'apitoie plus sur son sort.

— Tu es en pleine forme, Gram, tu pourrais même te trouver un amoureux.

— Il n'y a pas de danger ! Mon seul amour a été, et restera Jacques. A ce propos, tu ne sembles pas très pressée de te marier, Miranda. Et de nous trois, c'est pourtant toi la plus concernée.

C'était une façon détournée de revenir sur le sujet de Bethel Farm. Miranda n'était pas dupe, car la fondation stipulait qu'en cas d'absence d'héritier en l'an 2000, la propriété serait vendue. Mais la jeune femme ne voulut pas se laisser entraîner sur ce terrain.

— Pour les hommes, je suis aussi difficile que toi, Gram, et l'urgence c'est d'empêcher Solange d'épouser Baillie. Ce serait une catastrophe pour nous trois.

Elle confia à sa grand-mère sa crainte de voir Baillie s'installer dans la maison, avant de conclure :

— En plus, si Solange voulait divorcer, nous serions ruinées. Toi-même, Gram, tu as compris, dès que tu l'as vu, que Baillie était un coureur de dot.

Pearl hocha la tête.

— Il ne raconte que des mensonges. Cette histoire comme quoi il a appartenu à la Police Canadienne, et gagné à la loterie, et cette prétendue vocation qui l'a poussé à devenir pasteur... C'est du vent, tout ça. Si Leon Baillie a été touché par la grâce, moi, je suis la réincarnation de Marilyn Monroe. En vérité, il nous croit riches, et se dit que Solange est un beau parti. Ce type est un escroc. Comment ai-je fait pour avoir une fille aussi crédule ? Mais j'y pense, nous devrions parler à ce cher révérend de la malédiction Irving !

Gram pensait qu'un mauvais sort planait sur tous les hommes dont les femmes Irving s'éprenaient. Un sort jeté par l'abominable mari de Cordelia, qu'elle avait, murmurait-on, empoisonné.

Certes, Miranda ne croyait pas à cette malédiction, mais elle ne la récusait pas non plus totalement. Tous les amoureux des femmes de la famille étaient morts jeunes et dans des circonstances tragiques : le père de Pearl pendant la guerre des Boers, Jacques Desjardins, son amant, dans un accident d'avion alors que Pearl était enceinte de Solange ; et le père de Miranda dans un glissement de terrain, après une inondation. Tous trois n'avaient pas trente ans.

Pearl reprit, d'un ton inquiet :

— Comment allons-nous l'empêcher d'épouser Baillie ? Elle est têtue comme une bourrique.

Solange avait bien d'autres défauts et Miranda en faisait la liste mentalement avec un rien d'amertume : elle était égoïste, volage, enfant gâtée, écervelée, effroyablement superficielle. Pourtant la jeune femme lui était reconnaissante d'une chose : sa mère était revenue ici après la mort de John Graham, son père et à partir de l'âge de douze ans, elle avait eu Pearl pour la guider durant ses années d'adolescence.

— Si on oubliait nos soucis pour boire une coupe de champagne, proposa la jeune femme. Il est plus de 23 heures, 1999 est presque là.

Elle alla chercher une bouteille dans le réfrigérateur, et remplit deux coupes avant de lever la sienne en disant :

— A la nouvelle année ! Et à nous, Gram. Aux femmes Irving. Longue vie à nous trois.

— A la tienne, ma chérie !

Toutes deux burent leur champagne à petite gorgées dans un silence complice, puis Gram dit sur le ton de la confidence :

— Tu sais, les femmes Irving n'épousent jamais leurs amants. Solange ne le fera pas non plus.

Miranda se contentait de l'espérer. Au bout d'un temps, elle osa poser une question à sa grand-mère

— Si tu avais épousé Jacques, aurais-tu été heureuse, Gram ?

Pearl réfléchit avant de hausser les épaules.

— Comment savoir ? C'était la guerre, et nous nous sommes rencontrés dans des circonstances exceptionnelles. J'ai souvent pensé que j'avais vécu l'histoire d'amour idéale parce que pour moi, Jacques était un homme parfait, et que notre passion était réciproque. Mais cela n'aurait sans doute pas duré si nous avions vécu plus longtemps ensemble. Notre vie commune a été trop brève pour que nous découvrions nos faiblesses.

La vieille dame regarda Miranda, puis ajouta très doucement.

— Je l'aime toujours, tu sais. Soixante ans se sont écoulés, mais il ne se passe pas un jour sans que je pense à lui. Et quand je mourrai, je sais qu'il sera là-haut à m'attendre.

Ces derniers mots un peu tristes résonnaient encore dans la tête de Miranda quand un peu plus tard sa grand-mère glissa dans un sommeil léger. Dehors la tempête faisait rage. Que ressentait-on quand on aimait avec autant de passion ? Que ressentait-on quand on aimait, tout simplement ?

Miranda recouvrit Pearl avec un plaid pour qu'elle n'ait pas froid, puis resta pensive tandis que l'année écoulée égrenait ses derniers instants. Peut-être qu'elle était passée sans le savoir à côté du grand amour. Peut-être existait-il et ne l'avait-elle pas encore rencontré ?

Cinq minutes avant minuit, la sonnerie du téléphone retentit. Miranda décrocha très vite et fila dans la cuisine.

— Chérie ?

C'était Solange, tout excitée.

— Devine quoi ?

Le pressentiment d'un désastre imminent envahit Miranda.

— Je ne sais pas Solange.

— Je veux que maman et toi soyez les premières à savoir : Leon et moi venons de nous fiancer. N'est-ce pas fabuleux ?

Miranda ferma les yeux, luttant contre l'envie de hurler.

— Il m'a offert une bague magnifique, disait Solange, un diamant énorme entouré d'une myriade d'autres plus petits. Si tu voyais ça ! Nous comptons nous marier à Pâques, je trouve que c'est la meilleure saison pour les mariages. Tu es bien de cet avis, mon chou ?

Miranda avala sa salive, avant de bredouiller dans le combiné :

— Félicitations, Solange ! Mais elle ne put s'empêcher d'ajouter : tu penses que c'est une bonne idée d'épouser Leon Baillie ?

— Bien sûr que c'est une bonne idée. Il m'aime, et je le trouve très bien.

Solange semblait vexée. Elle ajouta :

— Passe-moi maman, je veux lui annoncer la nouvelle moi-même.

— Elle dort. Je le lui dirai à son réveil.

Après quelques instants de silence, Miranda demanda :

— Tu n'as pas eu de problème pour conduire le 4x4 ?

— Oh, mon chou, ce n'est pas moi qui ai pris le volant, par ce temps. On ne voyait pas la route.

— Leon s'en est sorti sans dommage ?

— Oui... enfin ... il n'y a rien eu de grave, seulement un petit accrochage, et c'est uniquement le pare-chocs qui a pris. Leon a fait un constat, l'assurance de la partie adverse couvrira les dégâts.

Avant même que Miranda ait eu le temps de réagir, Solange conclut :

— Il faut que je te laisse. Il est presque minuit. Je te souhaite une très bonne année, Miranda Jane.

Quand sa mère eut raccroché, Miranda eut envie de fracasser le téléphone contre le mur. Machinalement, elle le remit en place et fixa sans les voir les aiguilles de l'horloge qui se rapprochaient du chiffre 12.

Une tristesse infinie l'envahit et ses yeux s'emplirent de larmes. La nouvelle année commençait tout juste, et le jour de son anniversaire se terminait. Dieu, comme elle se sentait seule !

C'était pourtant elle qui avait décidé de rester à la maison ce soir-là. Elle regagna le salon, où la vieille dame ronflait toujours doucement, bien au chaud sous sa couverture, et s'assit dans un fauteuil.

Ian Roscoe, un de ses collègues de l'école, avait invité Miranda à réveillonner, mais il venait de divorcer, et passait la majeure partie de son temps à parler de son ex-épouse et du mal qu'elle lui avait fait. Passer la soirée avec Gram avait semblé à Miranda une excellente solution. D'ailleurs, plus le temps passait, moins elle avait envie de sortir avec des hommes. Leurs défauts et leurs manies l'insupportaient de plus en plus.

Mais elle devait être honnête avec elle-même. Le bilan n'était pas fameux : plus elle vieillissait, et moins elle rencontrait d'hommes. Son amie Alma, qui changeait d'amant comme on change de chemise, la poussait à sortir plus souvent pour rencontrer des gens, lui conseillait de répondre à des annonces sur Internet, ou de s'inscrire dans des clubs de rencontres... Mais Miranda ne l'avait jamais fait.

En vérité, elle gardait pour elle un secret honteux, plus honteux et plus embarrassant à mesure que passaient les années.

3.

Comment réagirait Alma si elle découvrait qu'à l'âge déjà mûr et avancé de vingt-huit ans, Miranda était encore vierge. Elle n'y croirait sans doute pas. D'ailleurs Miranda n'avait pas été très honnête avec elle, à un moment où elle sortait plus ou moins avec un ami rencontré à un stage de photo. Alma lui avait alors demandé avec le plus grand naturel : « Il est doué au lit ? », et Miranda avait répondu qu'ils ne s'accordaient pas sur ce plan, ce qui était pour le moins la vérité.

Sans parler d'Alma, que dirait Solange, si elle savait ? Miranda imaginait bien ses mines horrifiées, et rien que d'y penser, elle en souriait. La sensualité et la sexualité faisaient partie intégrante de la vie de Solange, aussi probablement considérerait-elle l'état de sa fille comme une insulte personnelle.

Il est vrai que, côté vie amoureuse, la mère et la fille n'avaient rien en commun. Après la mort de John Graham —et peut-être déjà quand il vivait encore, qui sait ? —Solange avait toujours eu des amants, un ou plusieurs en même temps, suivant les cas. Et c'est par sa mère que Miranda avait appris certaines choses sur le sexe.

A quinze ans, en effet, l'adolescente avait un petit ami, Andy, avec lequel elle flirtait un peu, et Miranda adorait quand il l'embrassait. Un après-midi que l'école s'était terminée plus tôt, Miranda avait invité Andy chez elle, sachant qu'elle y serait seule, Solange et Pearl étant à leur travail.

Ils se trouvaient tous les deux dans le salon quand les cris de Solange, depuis sa chambre à l'étage, avaient affolé Miranda. Un homme grognait, aussi.

La gamine s'était précipitée au premier, persuadée qu'on assassinait sa mère. La porte de la chambre était ouverte, et elle avait vu Solange avec un individu au dos couvert de poils noirs, se contorsionnant sur le grand lit. C'était la première fois qu'elle voyait deux corps nus accolés de cette manière, et les adultes étaient bien trop occupés par ce qu'ils faisaient pour s'apercevoir de sa présence.

Miranda les avait fixés, clouée d'horreur, en proie aussi à une sorte de fascination, et au moment où elle se détournait pour s'enfuir, elle s'était trouvée nez à nez avec Andy qui se tenait juste derrière elle.

Quelle honte elle avait eue, alors ! Ils n'avaient parlé de rien, mais avaient cessé de se voir, et à l'école, chaque fois qu'elle le surprenait en conversation avec ses copains, elle était sûre qu'il racontait en se moquant comment il avait surpris Solange.

C'est à cette époque que Miranda s'était juré de ne jamais devenir comme sa mère. L'amour pour elle serait une chose sérieuse. Mais à mesure que passaient les années, elle ne rencontrait pas de garçon suffisamment séduisant pour en tomber amoureuse, et sauter le pas avec lui.

Sous ce rapport, l'université avait été décevante, aussi : la plupart des garçons buvaient, ou se droguaient, ou encore étaient affreusement immatures, et souvent quand ils s'intéressaient à elle, Miranda soupçonnait que c'était pour rompre plus facilement avec leur précédente petite amie.

C'est ainsi que le temps avait passé, et plus il avançait, plus Miranda trouvait sa virginité humiliante, et moins elle se sentait de taille à l'avouer à quiconque. Elle avait l'impression d'être adulte sur tous les plans, sauf celui-là, pourtant fichtrement important.

Pauvre Miranda : certes, elle n'avait pas hérité des gènes de sa mère, qui les devait sans doute à son père Jacques Desjardins, et à ses ancêtres français.

Dans l'âtre, le feu se mourait. La jeune femme se leva pour y remettre une bûche. Le bruit réveilla Gram qui chercha aussitôt ses lunettes pour consulter la vieille horloge.

— Oh flûte ! s'exclama-t-elle, j'ai raté minuit. Bonne et heureuse année, ma chérie. Comme ce sera la dernière du millénaire, il faut que nous la vivions bien. Quant à moi, je prends une résolution : nous trouverons une façon de conserver Bethel Farm dans la famille.

Réprimant un soupir, Miranda s'obligea à sourire. La seule solution pour garder la propriété était qu'elle-même ait un bébé avant l'an 2000, toutes deux le savaient. Mais autant attendre que Solange se fasse nonne !

Voilà que Gram bâillait, maintenant.

— Je vais filer au lit, ma chérie.

Avec l'aide de Miranda, elle se hissa hors de son cocon de couvertures, puis de son fauteuil, et armée de sa canne, se dirigea avec précaution vers l'escalier, qu'elle gravit lentement, s'arrêtant pour admirer de vieilles photographies que Miranda avait fait agrandir et encadrer pour les accrocher là.

Sur l'une on voyait Pearl entourée d'un petit groupe de jeunes femmes portant une combinaison d'aviateur, debout à côté d'un petit avion bimoteur. La photo datait de 1939, cependant Pearl avait appris à piloter vingt ans plus tôt.

A dix-neuf ans, elle avait rencontré un héros de la Première Guerre mondiale qui avait vingt-trois ans et gagnait sa vie en faisant des acrobaties aériennes dans les foires. Il l'avait emmenée dans son avion, et Pearl était tombée amoureuse non pas de lui, mais de l'avion. Elle avait donc pris des cours de pilotage, et quand avait éclaté la Seconde Guerre mondiale, elle avait entendu parler d'un corps de femmes pilotes, les Auxiliaires de Transport Aérien, qui acheminaient les avions de la Royal Air Force depuis l'endroit où on les fabriquait jusqu'aux bases aériennes.

Pearl était donc allée en Angleterre pour s'enrôler dans ce corps, et de fin 1939 à 1942, quelques mois avant la naissance de Solange, elle avait livré des avions sur tout le territoire britannique.

Il y avait aussi plusieurs photos de Solange, ravissante enfant aux cheveux bouclés, et une également de Jacques Desjardins, son père. Le beau Français, pilote de bombardier, avait effectué un atterrissage forcé dans un champ de Bethel Farm quand Pearl y séjournait en permission, fin 1941, et ils étaient tombés amoureux. Il avait été abattu avant même de savoir qu'il allait être père.

Enfin, sur une belle photo jaunie, on voyait Bethel Farm, jolie ferme en pierre, entourée d'un ravissant jardin fleuri.

— Quand je vois cette photo, je peux presque sentir l'odeur des roses, dit soudain Pearl. C'est amusant comme Solange a ce même amour des fleurs qu'avait ma mère. Moi, je n'en ai pas hérité.

— Toi, tu as d'autres talents, Gram, dit Miranda qui embrassa sa grand-mère.

Celle-ci referma les bras sur elle en une frêle étreinte qui se voulait farouche.

— J'ai surtout eu la chance de t'avoir, Miranda. Jamais je n'en remercierai assez le ciel. Tu viens te coucher aussi ?

— Un peu plus tard. Je vais attendre que le feu soit tombé. Bonne nuit, Gram, tu sais combien je t'aime.

— Je t'aime aussi, ma poule d'eau.

Le terme si affectueux que Gram utilisait depuis toujours faillit amener les larmes aux yeux de Miranda. Pourquoi était-elle si émotive, ce soir ? Lassitude ou bien la constatation que sa vie s'écoulait alors que tant de ses rêves ne s'étaient toujours pas accomplis ?

En écoutant sans l'entendre le tic-tac de la vieille horloge qui égrenait maintenant les premières secondes de la nouvelle année, la jeune femme fixait les flammes dans la cheminée, pensant à tout ce dont elle avait rêvé, quand elle était petite-fille : les bébés qu'elle voulait alors, et l'homme idéal, assez semblable à son père, qu'elle rencontrerait un jour et qu'elle épouserait.

A quel moment s'était-elle fourvoyée, pour s'éloigner de ses plus chers désirs.

Bien sûr tout était lié à cette histoire absurde de virginité qui prenait maintenant des proportions monumentales. Ce qui avait commencé comme une révolte d'adolescente contre le comportement facile de sa mère était devenu un poids qui entravait toute sa vie.

Parfois, Miranda s'imaginait dans les bras d'un homme qu'elle désirait de toutes ses forces, et quand celui-ci découvrait qu'elle était vierge, il riait si fort qu'il n'était plus en état de lui faire l'amour. Mortifiant !

Certes, si l'occasion se présentait, elle ne serait pas obligée d'annoncer officiellement son état, mais viendrait bien un moment où son partenaire s'en apercevrait...

Enfin, on verrait bien... Gram l'avait dit, c'était le moment de prendre de bonnes résolutions pour l'année à venir. Pour ne pas être en reste, Miranda ferma les yeux pour articuler à voix haute.

— Mon Dieu, mon Dieu, aidez-moi à résoudre ce problème. Si ce qu'annoncent les oiseaux de mauvais augure est vrai, et que la fin du monde arrivera avec le troisième millénaire, il ne me reste plus que trois cent soixante-quatre jours pour faire en sorte de ne pas mourir vierge. Et même s'il n'y a pas la fin du monde, ce que je crois, ma virginité me paraît un si triste gaspillage !

Gram disait toujours que la nature a horreur du vide, et que le gaspillage est contraire à l'ordre de l'univers. Peut-être Dieu entendrait-il la supplique de Miranda.

En tout cas, elle l'espérait.

4.

La virginité n'était plus le problème de Joe Wallace depuis qu'il avait atteint l'âge précis de quinze ans et deux mois. Il en avait aujourd'hui trente-sept, un âge qu'on pouvait qualifier de raisonnable, ce qui ne l'empêchait pas, en ce lendemain de réveillon, de souffrir d'une gueule de bois monumentale, résultat d'une nuit tumultueuse passée chez des amis de Chelsea.

Il avait déjà avalé, en vain, trois aspirines, deux comprimés de vitamine C et bu plusieurs verres d'eau, quand Larry, le valet de chambre et homme à tout faire de son père, vint déposer devant lui une assiette d'œufs au plat accompagnés de saucisses. Il était vraiment temps qu'il se décide à quitter le domicile paternel pour prendre un appartement bien à lui ! Cela lui éviterait bien des désagréments comme ce petit déjeuner du 1er janvier. Pourtant, si Joe habitait toujours avec son père, c'était pour deux très bonnes raisons : d'abord il s'inquiétait pour le vieil homme, même s'il ne voulait pas l'admettre. Ensuite il aurait du mal à se passer de Larry qui, dans l'ensemble, rendait sa vie de célibataire plus confortable.

A part ce matin, hélas !

En vérité, Gabriel, son père, avait lui aussi réveillonné, la veille au soir. Et, à en juger par ses yeux un peu bouffis et par la raideur de son cou qui l'empêchait de tourner la tête, il avait dû boire lui aussi plus qu'il n'aurait dû, et semblait aussi mal en point que Joe.

Mais Gabriel crânait. Assis à table, en costume et cravate, rasé de près et droit comme un i, il faisait semblant d'apprécier le contenu écœurant de son assiette.

Par orgueil, et pour ne pas faire honte à son père dont il était le fils unique, Joe savait qu'il devait afficher la même nonchalance, aussi attaqua-t-il stoïquement son œuf au plat.

— Vous voulez une saucisse, monsieur? demanda obséquieusement Larry, en mettant sous son nez un plat où la graisse commençait à figer.

— Non, merci Larry.

Gabriel avait engagé Larry Pelcher peu après la mort de sa femme Anna, la mère de Joe, dans l'espoir de faire régner un peu d'ordre et de tenue dans la maison transformée en quelque mois en un véritable capharnaüm. Joe avait alors dix-sept ans.

Question ordre, Larry était un expert. Et il adorait également le protocole, mais au fil des années, les Wallace, père et fils, s'étaient rendu compte qu'il avait certains défauts. Tout d'abord, il ne buvait que du thé et était végétarien, ce qui le rendait parfois exaspérant. De plus, il semblait âgé seulement de quarante ans, alors que Joe savait pertinemment qu'il en avait soixante-deux, c'est-à-dire deux ans de moins que Gabriel, à peine.

Joe n'était pas dupe : en cet instant, Larry se régalait de le sentir si mal en point, et sans doute avait-il compris que Gabriel non plus n'était pas au mieux de sa forme. Il avait certainement passé le réveillon devant la télévision avec de l'eau minérale et des carottes bouillies, pour se coucher ensuite à une heure très raisonnable. Quelle misère !

— Je prendrais volontiers une autre tasse de café, Larry, s'il vous plaît !

La cafetière était vide. Joe regarda Larry quitter la pièce avec un certain soulagement :la préparation du café, un véritable rituel pour Larry qui mettait un point d'honneur à le moudre lui-même à la main, allait durer au moins dix minutes et pendant ce temps, Joe n'aurait pas à subir le regard ironique, et condescendant du valet de chambre.

— Alors, Joseph, tu as pris de bonnes résolutions pour la nouvelle année ?

Gabriel avait parlé sur un ton badin, mais Joe fut aussitôt sur ses gardes. Voilà qui ressemblait fort à l'entrée en matière du premier sermon de l'année. Il y en aurait d'autres, il le savait, car le sujet revenait sans cesse dans leurs conversations et préoccupait beaucoup son père : quand Joe allait-il enfin se décider à remplir ses devoirs familiaux en épousant une jeune fille de bonne famille qui lui donnerait un enfant, héritier du nom de Wallace.

Car Joe, comme son père, était fils unique, et la dynastie Wallace risquait de s'éteindre bientôt s'il ne prenait pas rapidement les mesures qui s'imposaient. Et c'était d'autant plus important que, dans la famille, on était notaire de père en fils, et que son fils prendrait sa succession afin de maintenir la tradition.

L'étude s'appelait Wallace and Houmes, et, depuis la mort du vieux Monkford Houmes, cinq ans plus tôt, Gabriel caressait l'espoir de la rebaptiser Wallace tout court. Mais il fallait d'abord que Joe fasse ses preuves. Et il lui restait peu de temps pour cela, puisque Gabriel déclarait à qui voulait l'entendre qu'il allait se retirer l'année suivante, ce dont personne n'était dupe, surtout pas son fils qui savait fort bien que son travail à l'étude était toute sa vie.

— De quelles résolutions parles-tu, papa ?

Joe secoua la tête et le regretta aussitôt. Ce mouvement lui donnait le mal de mer. Il regarda devant lui et reprit sur un ton franchement innocent :

— Il y a longtemps que je ne prends plus de résolution. Et toi, tu en as pris ?

— Bien sûr, les mêmes que d'habitude : jouer plus souvent au golf, travailler moins, trouver le temps de voyager.

— Je ne savais pas que tu avais envie de voyager. Où aimerais-tu aller ?

— Oh, dans des pays que tu connais certainement déjà : l'Inde, l'Australie, le Pacifique Sud.

Gabriel prit un air de martyr, et ajouta d'un ton plaintif :

— Quand j'avais ton âge, je n'avais pas de temps à perdre à m'amuser ni à me promener, moi ! Mon père ne plaisantait pas question responsabilité, et il n'aurait pas tardé à me déshériter si j'étais parti à l'aventure comme tu l'as fait.

On y était ! Le préambule au sermon était terminé, et Joe savait par cœur ce qui allait suivre.

— A mon avis, répliqua-t-il, les voyages sont un atout dans notre métier. Ils donnent des idées plus larges et plus nuancées.

Joe se rendait bien compte que sa tentative était pathétique et désespérée. Il connaissait trop bien son père pour ne pas savoir qu'il ne se laisserait pas damer le pion aussi facilement.

— Voilà qui reste à démontrer. En tout cas, je ne trouve pas que ces voyages aient développé ton sens des responsabilités. A ce propos, qui était cette jeune personne qui est passée te prendre hier soir dans cette invraisemblable voiture ?

Joe commençait à s'amuser.

— Elle s'appelle Kitty Fleming et elle est secrétaire chez mon dentiste. Sa voiture est une très vieille Porsche, et c'est vrai qu'elle est un peu défoncée.

— Il me semble bien qu'il lui manquait la moitié du pare-chocs. Et dis-moi, tu trouves normal que ce soit les jeunes femmes qui passent prendre leurs cavaliers chez eux ?

— Kitty est une femme libérée. Elle ne s'embarrasse pas de ce genre de préjugés.

L'expression de profond dégoût qu'afficha Gabriel eut plus d'effet sur la gueule de bois de son fils que les trois aspirines prises précédemment.

— Et toi, je suppose que tu penses comme elle ?

En effet, oui. Ce serait trop fatigant de la contredire. Kitty est une force de la nature. En plus, elle est très marrante.

Et en ce moment précis, elle dormait dans les bras de Tony Patterson, dont elle était la « petite amie ». Comme Kitty ne buvait pas d'alcool, elle leur avait proposé, la veille au soir, de leur servir de chauffeur et Tony, gynécologue de son état, ayant été appelé au dernier moment pour un accouchement, elle était venue, seule, chercher Joe.

Mais Joe n'avait pas envie d'expliquer toute l'histoire à Gabriel. Son père imaginait toujours le pire, et il aimait bien le faire marcher. Petite vengeance anodine pour tous les sermons du vieux notaire, et pour les dossiers toujours plus nombreux et plus assommants qu'il empilait sur son bureau avec un malin plaisir.

— Je ne connais pas grand-chose aux femmes, mais il me semble que cette... euh... cette Kitty n'est pas la compagne idéale pour un notaire en vue. Je pense d'ailleurs qu'elle s'ennuierait avec toi.

Joe choisit de faire l'idiot.

— Certainement ! Heureusement elle n'a pas du tout l'intention d'en épouser un.

C'était sur Tony, son meilleur ami, que Kitty avait jeté son dévolu, et bien que Patterson lui oppose une résistance acharnée, Joe était prêt à parier que Kitty finirait par avoir gain de cause.

— Elle dit qu'elle veut des enfants, mais je ne pense pas qu'elle désire se marier. Beaucoup de femmes de ma génération veulent être mères célibataires, tu sais.

Provoquer ainsi son père n'était pas très fair-play, il devait bien le reconnaître, mais quand l'occasion se présentait, il n'y résistait pas.

A cet instant, Larry reparut avec le café, et Gabriel retint son discours sur l'irresponsabilité des générations actuelles. Une fois le cérémonial du café terminé, Joe eut pitié de lui et changea de sujet.

— Comment s'est passé ton réveillon, papa ?

— Agréablement. Et raisonnablement. J'étais couché à 2 heures du matin.

Joe nota, amusé, que Gabriel n'avait pas dit qu'il était rentré chez lui à 2 heures. Il savait que son père avait une maîtresse depuis de nombreuses années, une charmante femme qui se nommait Dierdre Payne et était sa secrétaire personnelle.

Ni l'un ni l'autre, cependant, n'en avaient parlé à Joe qui avait découvert l'affaire par hasard, un jour où, rentré plus tôt que prévu d'un voyage en Ecosse, il avait surpris Dierdre en chemise de nuit sur le palier du premier étage.

Joe n'avait mentionné la maîtresse de Gabriel qu'une seule fois, durant un sermon particulièrement assommant sur la responsabilité, l'honneur et le sens de la famille. Il avait alors demandé à Gabriel de but en blanc pourquoi il ne s'était pas remarié et pourquoi il n'avait pas eu lui-même un autre enfant. Après tout, Dierdre n'avait que quarante ans !

Sans prendre la mouche comme Joe s'y attendait, Gabriel avait simplement répondu d'un ton résigné :

— Je ne suis pas fait pour le mariage, Joseph. Tu l'as peut-être oublié, mais ta mère et moi n'étions pas heureux ensemble.

Joe n'avait pas oublié les disputes, les larmes et les silences lourds de sous-entendus et, peu à peu, il s'était lui-même persuadé qu'il n'était pas du bois dont on fait les maris. D'autant qu'autour de lui la plupart de ses amis avaient divorcé peu de temps après leur mariage.

Il était tombé amoureux deux fois dans sa vie, et avait rompu très vite, effrayé de voir que les jeunes femmes attendaient de lui plus que ce qu'il pouvait leur donner. D'ailleurs il ne voulait pas de responsabilité, et se préoccupait avant tout de lui-même et de son propre plaisir, trouvant ridicules la passion et son cortège d'émotions.

Avec les années, il avait grandi en sagesse et attendait patiemment de rencontrer quelqu'un qui partagerait son opinion sur le mythe absurde et surfait de l'amour. Mieux valait passer un contrat rationnel avec une femme qui avait la tête sur les épaules, plutôt que vivre une histoire sentimentale qui se terminerait inéluctablement par un divorce et des disputes horribles pour partager la vaisselle ou l'argenterie.

Le problème était de trouver la femme. Ce qui ressortait de sa propre expérience et des discussions avec ses amis, était que l'oiseau rare n'existait pas Le problème de l'héritier des Wallace n'était pas près d'être résolu !

Joe avait beaucoup parlé avec Tony et en était arrivé à la conclusion qu'il faudrait peut-être envisager la solution d'une mère porteuse : une femme qui, moyennant finance, accepterait que Joe lui fasse un enfant, puis disparaîtrait à jamais de sa vie. Il confierait le rejeton à Gabriel et Larry qui l'élèveraient. Et bien fait pour cet enquiquineur de Larry avec ses airs supérieurs ! On le verrait à l'œuvre avec les couches et les biberons de l'enfant.

Mais encore fallait-il trouver la mère porteuse ! Elle devrait être intelligente, honnête, et, bien entendu, assez jolie pour que Joe ait envie de faire l'amour avec elle. Or, apparemment, cette race ne courait pas les rues... à moins qu'il n'ait pas encore cherché là où il fallait.

— Si tu n'as rien de prévu dans l'immédiat, Joseph, je te propose une promenade à pied, dit soudain Gabriel. Rien de tel qu'une bonne marche pour se remettre les idées en place, et il y a un dossier dont j'aimerais t'entretenir.

Joe pesta intérieurement. Il n'avait qu'une envie : retourner se coucher et dormir tout l'après-midi. Dehors il pleuvait : cet éternel crachin glacé et désespérant qui vous trempait jusqu'aux os, même avec le meilleur des Burberry. Et avec son père il fallait s'attendre à une promenade d'au moins six kilomètres au pas de course.

Oh, et puis la barbe ! Il était majeur après tout. Il allait regarder son père droit dans les yeux et lui dire non, pour une fois. Il ouvrit la bouche pour le faire et subitement se ravisa.

Gabriel paraissait bien vieux ce matin. Il avait les traits creusés et le visage las de quelqu'un qui a passé sa vie à faire ce qu'on attendait de lui, sans s'occuper jamais de ses propres désirs.

Joe avait toujours senti que si Gabriel lui reprochait son irresponsabilité, c'est que quelque part, il la lui enviait. Et les fameux sermons qu'il lui imposait régulièrement trouvaient leur source dans la crainte insupportable de s'être sacrifié en vain pour ce fils qui lui ressemblait si peu.

Gabriel voulait un héritier, mais plus encore, il désirait un fils à son image : responsable, travailleur et respectueux des traditions.

En cet instant, le vieil homme semblait triste et solitaire. Joe posa sa fourchette.

— D'accord pour une promenade. Je file changer de chaussures et prendre mon parapluie.

Un quart d'heure plus tard, il regrettait sa décision. Il faisait froid, affreusement humide, et son mal de tête augmentait de minute en minute. Son père, lui, marchait d'un bon pas.

Ils grimpaient la colline à toute allure, quand Gabriel attaqua :

— Tu as regardé ce dossier que je t'ai fait passer un peu avant Noël, à propos de la fondation Irving ?

Joe ne l'avait pas ouvert : c'était un pavé épais de près de quatre-vingts centimètres, rongé par les mites et la poussière, et qui concernait Bethel Farm, une propriété d'une vingtaine d'hectares située dans les Cotswolds, près de Cheltenham.

— Ce dossier a une valeur symbolique pour l'étude, Joseph, c'est mon père qui me l'a confié en mains propres, et il le tenait de son oncle.

— Si je comprends bien, tu me le confies à ton tour ? demanda Joe sur un ton ironique que son père feignit d'ignorer.

— C'est normal qu'il revienne au dernier Wallace, et j'ai beaucoup de travail en ce moment avec la succession Doyle. As-tu eu le temps de regarder dans le détail les statuts de cette fondation, Joseph ?

Joe dut reconnaître qu'il n'avait pas consulté le dossier en détail. Par contre il avait compris que vraisemblablement Bethel Farm serait en vente à partir de janvier 2000.

— J'ai écrit à l'héritière Irving, ajouta-t-il, pour

l'avertir que Harvester International se portait acquéreur de la propriété.

— La Commission de Développement Rural essaie d'attirer des investisseurs dans cette région en accordant des prêts à faible intérêt, et en diminuant les taxes, dit Gabriel comme s'il se parlait à lui-même. C'est pourquoi pas mal d'industries cherchent à s'implanter dans le coin. Dis-moi Joseph, savais-tu que la fondation Irving a été créée à la fin du siècle dernier par ton arrière-grand-oncle Harold Wallace, l'un des deux fondateurs de l'étude Wallace et Houmes ?

Joe l'ignorait. D'ailleurs en cet instant, il s'en moquait bien. Il était trempé, et son mal de tête le torturait.

Gabriel, indifférent aux souffrances de son fils, poursuivait son exposé, ajoutant qu'il ne restait qu'une femme Irving, qu'elle était vieille fille et sans descendance à l'âge déjà avancé de vingt-huit ans. La fondation allait donc disparaître.

Le terme de vieille fille arracha un sourire à Joe, mais il n'en dit rien car Gabriel continuait son histoire.

— Par un de ces tours dont le destin a le secret, expliquait-il, aucune des femmes Irving ne s'est jamais mariée, mais toutes ont eu une fille, sauf la jeune Miranda Jane Irving, qui n'a pas encore d'enfant.

— Ces femmes ont procréé hors des liens du mariage ? s'exclama Joe d'un ton faussement horrifié. En fait, l'histoire commençait à l'intéresser.

Kitty aussi allait l'adorer.

— Toutes en effet, sauf la dernière. C'était de toute évidence des sortes d'excentriques, ajouta Gabriel avec une moue désapprobatrice.

— Tu les as déjà vues ?

— J'ai rencontré Mlle Pearl Irving. Elle est venue nous rendre visite à plusieurs reprises après la guerre.

Aujourd'hui, elle est très âgée, et c'est sa petite-fille qui a repris les affaires de la famille.

— Et les locataires actuels de Bethel Farm, tu les connais ?

— Je ne les ai pas tous rencontrés. J'ai fait la connaissance de Natalie Makepeace et de son père, Elijah, quand ils ont signé le bail, il y a six ans. Mlle Makepeace est sage-femme, et elle voulait installer une maternité à Bethel Farm, mais elle n'a pas eu toutes les autorisations. Sa sœur, Elizabeth Scott, est venue la rejoindre avec ses deux enfants, à la mort de son mari, et les deux femmes ont transformé la ferme en gîte rural. Il y a un an, un médecin irlandais, Ronan O'Donnel, est venu là comme client, et il n'est plus reparti. Il a ouvert un cabinet au village, et il semble que lui et Natalie aient l'intention de se marier.

Tu le connais, lui ?

— Je lui ai parlé au téléphone au sujet du toit de la grange qu'il fallait refaire. Il m'a paru très courtois. Mais je dois avouer que je me sens un peu coupable de ne pas être allé à la ferme depuis si longtemps, soupira Gabriel. J'y ai fait faire des travaux importants, il y a deux ans, et suis allé vérifier moi-même qu'ils avaient été correctement effectués, mais je n'y suis pas retourné depuis.

Sur ces mots, le vieil homme s'arrêta et fit face à son fils.

— Nous devrions rebrousser chemin, Joseph. La pluie redouble.

Le père et le fils marchèrent en silence plusieurs minutes, puis Gabriel dit :

— Il faudrait que quelqu'un aille là-bas, un de ces jours, ne serait-ce que pour s'assurer que tout est en ordre.

Joe laissa passer quelques instants avant de répondre d'un ton détaché :

— Je pourrai sans doute m'y rendre cette semaine. Il faut que je vérifie mon emploi du temps, mais ce devrait être possible.

Parfois il se passionnait pour certains dossiers. Il suffisait pour cela qu'il ait un contact humain avec les personnes concernées, au-delà du document légal. Dans ces moments-là, il adorait son métier.

Tout en redescendant la colline au côté de son père, il se demandait si la fondation Irving serait de ces dossiers-là. Certes, échapper à l'étude un jour entier pour se promener dans la campagne ne manquait pas d'attrait, mais il avait surtout l'intention en allant là-bas d'apprendre tout ce qu'il y avait à savoir sur la fondation Irving et Bethel Farm.

Le lendemain matin vers 9 heures, il attaqua la lecture de l'épais dossier. A l'heure du déjeuner, il était tellement passionné qu'il commanda un sandwich et le mangea dans son bureau pour pouvoir continuer à lire. A 14 heures, il possédait une connaissance assez précise de tous les aspects juridiques de l'affaire, mais aussi un aperçu inattendu de la vie de Harold Wallace, son arrière-grand-oncle, depuis longtemps décédé.

Le dossier contenait une volumineuse correspondance entre ce dernier et Cordelia Irving. Les lettres ne traitaient que des affaires légales et financières, mais souvent il y était fait référence à d'autres lettres, privées celles-là, que Harold et Cordelia devaient échanger, et qui ne figuraient pas dans le dossier. Il était facile à deviner que l'arrière-grand-oncle avait été amoureux de sa cliente.

Il y était fait allusion à un voyage qu'il avait fait pour revoir Cordelia en 1909. Puis Joe tomba sur une lettre de la fille de Cordelia, Geneva, datée du 23 août 1918, expliquant que sa mère avait succombé brutalement à la grippe espagnole, et il éprouva un élan de compassion pour le pauvre homme.

Harold s'était occupé de la fondation jusqu'en 1932, date à laquelle il l'avait officiellement confiée à son neveu, William Wallace.

Dans le même temps, en Amérique, la gestion des affaires Irving était passée de Geneva à sa fille Pearl, puis, celle-ci, sautant une génération, l'avait transmise à sa petite-fille, Miranda Jane Irving. Apparemment, Solange, la fille de Pearl, qui avait été hippie dans sa jeunesse, avait refusé de s'occuper des intérêts de la famille.

Joe trouvait bien regrettable que Bethel Farm soit vendue avec l'arrivée du troisième millénaire, faute d'un héritier dans la famille Irving. Pourquoi donc cette Miranda ne faisait-elle pas un enfant qui préserverait ainsi la propriété de sa famille ?

D'ailleurs, à quoi pouvait-elle bien ressembler, cette Miranda Jane ? Compte tenu de la lignée qui l'avait précédée, ce n'était sûrement pas une jeune femme timide. Brusquement Joe eut la vision d'une femme à mi-chemin entre Golda Meir et une splendide amazone.

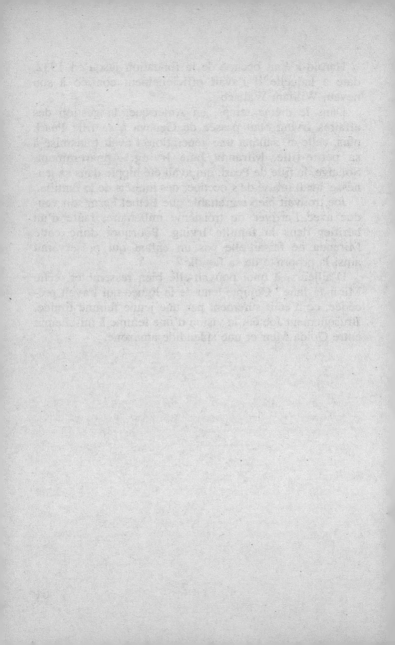

5.

En cet après-midi du premier jour de l'année, Miranda examinait sous la pluie son pare-chocs embouti, tout en réfléchissant à des façons lentes et douloureuses de faire mourir Leon Baillie.

Il venait juste de rentrer avec Solange, alors que tous deux avaient promis d'être de retour pour le déjeuner. Sans écouter le chapelet d'excuses qu'avait préparé Baillie, Miranda avait enfilé en hâte un manteau pour grimper en haut du chemin et juger par elle-même de l'étendue des dégâts.

Comme il pleuvait depuis le matin, la neige s'était transformée en gadoue. Le paysage alentour était sombre, humide et triste, et Miranda contemplait la rage au cœur son pauvre 4x4 qui désormais n'était plus neuf. Le pire, c'est qu'il n'y avait rien à faire sinon attendre la fin des vacances pour appeler la compagnie d'assurances et demander un devis de remise en état.

Maudit Leon Baillie! Maudite Solange! En pestant intérieurement, Miranda redescendit le chemin.

— La collision était inévitable, ma chère Miranda, attaqua tout de suite Leon quand elle entra dans la maison. C'est le chauffeur du camion qui a perdu le contrôle de son véhicule.

— N'en parlons plus, le mal est fait. Mais ne me demandez plus jamais ma voiture, rétorqua la jeune femme qui, après s'être débarrassée de son manteau et de ses bottes, fila dans sa chambre et claqua la porte derrière elle avec violence.

Elle regretta aussitôt son geste, car Gram faisait la sieste dans la chambre à côté.

Grâce au ciel, Baillie ne s'éternisa pas ce jour-là. Par sa fenêtre, Miranda le vit remonter tant bien que mal le chemin au volant de son break, projetant derrière lui des jets de graviers et de boue noirâtre.

La jeune femme entendit alors Gram qui sortait sur le palier. Un instant plus tard, elle frappait à sa porte.

— Il est parti, n'est-ce pas ? demanda la vieille dame.

Miranda hocha la tête :

— Solange nous attend en bas pour nous faire admirer sa bague.

Levant les yeux au ciel, Pearl marmonna un horrible juron. Miranda qui n'avait jamais rien entendu de tel dans la bouche de sa grand-mère se mit à rire. Gram rit, elle aussi, mais elle avait pourtant l'air préoccupé.

— Qu'allons-nous faire, Miranda ? demanda-t-elle.

L'interpellée se laissa tomber sur son lit.

— Si seulement je le savais !

— C'est vraiment dommage qu'elle ne rencontre pas un autre homme. C'est toujours ce qui est arrivé, dans le passé.

— Elle parle de se marier à Pâques. Ça ne nous laisse guère de temps pour nous retourner.

Sur le bureau de la jeune femme, près de son ordinateur se trouvait la lettre de Wallace et Houmes. Miranda l'avait relue, ce matin, et une idée farfelue était née dans son esprit. Elle pianota sur sa cuisse d'un air distrait, tout en réfléchissant. Oui, bien sûr, c'était possible, il fallait en parler à Gram.

— Les vacances de printemps sont prévues très tard cette année, dit-elle d'une voix si forte que la vieille dame sursauta. Eh bien, Gram, nous allons en profiter pour aller en Angleterre toutes les trois, et nous rendre à Bethel Farm.

Plus elle y pensait, plus Miranda trouvait son projet épatant.

— Solange sera séparée de Baillie juste le temps nécessaire pour devenir raisonnable, ou rencontrer quelqu'un d'autre, s'exclama-t-elle. Et nous connaîtrons enfin la propriété. Quant à moi, pour une fois, j'aurai quelque chose à raconter en salle des profs, quand les autres parleront de leur voyage aux Caraïbes. C'est une affaire qui marche Gram !

Mais Gram secouait la tête.

— Je ne suis pas sûre que ce soit raisonnable. En ce qui me concerne en tout cas. Pars avec Solange. Moi, je suis trop vieille pour un voyage pareil.

— Il n'en est pas question ! Ton anniversaire est en avril. Ce sera ton cadeau, et ne discute pas.

Dans son enthousiasme, Miranda appela Alma pour qu'elle lui indique une bonne agence de voyages, et Gram cessa de protester pour se demander bientôt quelles tenues elles allaient emporter pour passer quinze jours au printemps en Angleterre.

Elle évoquait avec un air rêveur de vieux souvenirs datant de la guerre lorsque Solange apparut.

— Que faites-vous toutes les deux ? demanda-t-elle d'un ton méfiant. Tu aurais quand même pu descendre, maman, et nous féliciter pour nos fiançailles. Quant à toi, Miranda, tu fais bien des histoires pour un petit accrochage de rien du tout. Il y a juste une bosse sur le pare-chocs. Vu la taille du camion qui nous a percutés, tu devrais être soulagée que nous n'ayons été blessés ni l'un ni l'autre.

C'était la vérité, et Miranda se sentit un peu honteuse. Mais Pearl dit soudain d'un ton sec :

— Personne n'a eu de mal. Alors inutile de nous apitoyer sur ce qui aurait pu arriver. Et maintenant, montre-moi ta bague !

La vieille dame examina le bijou, et il était clair qu'elle prenait sur elle pour ne pas faire de commentaires désagréables.

— Elle te va très bien, Solange. Mais dis-moi, es-tu bien sûre de vouloir te marier ?

Solange retira sa main brutalement.

— Si ce n'était pas le cas, je ne me serais pas fiancée, figure-toi. Je sais que vous n'aimez pas beaucoup Leon, toutes les deux, mais moi je l'adore. Et comme c'est moi qui vais vivre avec lui, c'est la seule chose qui compte.

Sauf si elle décidait de l'installer ici. Miranda évita le regard de Gram pour demander :

— Tu as toujours l'intention de te marier à Pâques ?

Solange secoua la tête.

— Non, en mai. Pâques, c'est un peu tôt dans la saison, et je n'ai pas envie de porter un manteau. Ça gâcherait tout.

— Eh bien, dans ce cas, ce n'est pas incompatible avec ce dont nous parlions, Gram et moi, il y a un instant.

Consciente qu'elle devait maintenant marcher sur des œufs, Miranda montra du doigt la lettre du notaire anglais avant de dire :

— Tu sais que la fondation expire avec le nouveau millénaire. Aussi avons-nous pensé qu'il serait amusant de partir toutes les trois en Angleterre en avril. Gram veut revoir Bethel Farm, avant que la propriété ne soit vendue.

Prise d'une inspiration subite, Miranda ajouta :

— Et toi, tu pourrais acheter ta tenue de mariage et ton trousseau à Londres. Qu'en penses-tu, Solange ?

— Acheter mon trousseau à Londres ?

Ce dernier argument l'emporta sur tous les autres. Solange applaudit des deux mains.

— Comme ça va être amusant ! En plus nous ne sommes jamais parties toutes les trois, sauf quand nous sommes allées en Californie. On va faire un voyage de rêve !

A l'heure d'aller au lit, ce soir-là, tout était organisé dans la tête de Miranda, et elle était si excitée qu'elle pensait ne pas trouver le sommeil. Au contraire, elle dormit comme un ange, et le samedi matin, dès l'ouverture des magasins, elle fit ses réservations à l'agence de voyage. Les trois femmes quitteraient Seattle le 3 avril.

Sans même réfléchir, Miranda composa le numéro de téléphone inscrit sur le papier à en-tête de l'étude Wallace et Houmes. Quelle heure était-il à Londres ? Huit heures, neuf heures de plus qu'à Seattle, sans doute. Certainement, ce vieux rond-de-cuir de Joseph Wallace ne serait pas à son bureau si tard un samedi soir, mais elle lui laisserait un message pour lui faire savoir que le trio des femmes Irving s'apprêtait à envahir l'Angleterre.

Quelle ne fut pas sa surprise quand, après seulement deux sonneries, quelqu'un décrocha. Une voix profonde de baryton lui souhaita le bonsoir.

— Je... euh... je voulais laisser un message pour Joseph Wallace.

— C'est lui-même. Que puis-je pour vous ?

Miranda se sentit ridicule, tout à coup. Cet homme se moquait sûrement que des clientes sans importance habitant Seattle viennent voir à quoi ressemblait l'Angleterre. Elle avala sa salive, faillit raccrocher, puis dit d'une traite.

— Ici Miranda Irving, monsieur Wallace. J'appelle de Seattle. Vous m'avez envoyé un courrier concernant Bethel Farm.

— Absolument, mademoiselle.

Dieu, qu'il était anglais... et pourquoi s'en étonner, d'ailleurs. A sa voix, il n'était pas vieux du tout, mais comment savoir au téléphone ? De toute façon, c'était sans importance. Déconcertée, Miranda s'éclaircit la voix.

— Je n'avais pas l'intention de vous déranger, monsieur Wallace, je ne pensais pas vous trouver à l'étude un samedi, et je comptais laisser un message sur votre répondeur.

Voilà qu'elle bafouillait, maintenant, et rougissait aussi.

— Je vois, répondit la voix à l'accent impeccable. Ainsi vous préférez parler à un répondeur, mademoiselle ? Comme c'est charmant et original.

Il y avait une nuance d'ironie dans la voix de l'Anglais, quand il poursuivit :

— Généralement, c'est le contraire.

Il se mit à rire, et Miranda sentit ses joues la brûler.

— En fait, reprit-il, d'un ton très aimable, j'étais juste passé récupérer des documents que j'avais oubliés, et, si vous voulez rappeler dans dix minutes, vous pourrez me laisser un message comme vous en aviez l'intention, et nous prétendrons que cette conversation téléphonique n'a jamais eu lieu.

— Ce ne sera pas nécessaire, non.

Comme c'était agaçant de l'entendre ainsi se moquer d'elle ! Elle avait l'impression d'être une parfaite idiote. Retenant à grand-peine son envie de raccrocher, Miranda expliqua qu'elle comptait venir à Londres avec sa grand-mère et sa mère.

— Peut-être pouvons-nous convenir dès maintenant d'un rendez-vous à l'étude, dit-elle avec raideur, afin de discuter de la fondation et de la vente de Bethel Farm. Nous avons également l'intention de nous rendre dans les Cotswolds, à condition bien sûr de ne pas importuner les locataires.

— Avez-vous l'intention de résider à Londres ?

La moquerie avait disparu, maintenant. Joseph Wallace était gentil et complaisant.

— Absolument, répondit Miranda.

— Eh bien, j'en serais enchantée, mademoiselle, et j'attends avec joie de vous rencontrer. Bien entendu, je peux réserver vos chambre à l'hôtel, si vous voulez.

Cet homme avait une voix de rêve ! Douce, profonde, séduisante...

— Ce... ce serait très gentil à vous, accepta Miranda qui s'aperçut qu'elle n'avait pas encore réfléchi à ce genre de détails. A condition que cela ne vous crée pas trop de dérangement.

— Pas du tout, au contraire. Désirez-vous loger dans un quartier particulier ?

— Oui, Piccadilly.

La jeune femme avait entendu si souvent Gram en parler. Cependant elle ajouta très vite :

— Il faudrait un établissement confortable, mais pas trop luxueux.

Si elles n'étaient pas pauvres, elles n'étaient pas milliardaires non plus.

— Je vois, dit aussitôt son correspondant à l'autre bout du fil, l'hôtel Atheneum sera parfait : élégant et très abordable.

— Dans ce cas, ayez la gentillesse de nous retenir trois chambres simples.

Miranda donna leurs dates d'arrivée, et leur numéro de vol que Joseph Wallace lui avait également demandé.

— Il ne me reste qu'à vous souhaiter un bon voyage, mademoiselle. Je vous le répète, je me fais une joie de vous rencontrer ainsi que votre mère et votre grand-mère.

— Merci, monsieur Wallace.

Quand Miranda eut raccroché, elle se rendit compte qu'elle tremblait. Comment était-il possible qu'une conversation avec un homme qu'elle ne connaissait pas lui ait fait un effet pareil ?

Il est vrai qu'il avait une voix merveilleuse et un accent irrésistible. Mais il était peut-être petit et gros et âgé d'une cinquantaine d'années.

Durant les dix semaines qui suivirent, à des moments totalement inattendus, Miranda se surprit à penser à cette conversation avec Joseph Wallace, se demandant quel genre d'homme il pouvait bien être.

Le 3 avril, Joe était en train de guetter les passagers du vol 639 en provenance de Seattle, qui arrivaient dans le hall après avoir passé les formalités de douane. Il se demandait bien quel démon l'avait poussé à se rendre ici un samedi après-midi pour accueillir les dames Irving et les conduire à leur hôtel ? Elles auraient pu aussi bien prendre un taxi ou se faire envoyer une voiture. De toute façon, elles avaient rendez-vous à l'étude lundi, et, qui plus est, elles n'étaient pas des clientes prioritaires, loin de là. Le comble, dans cette histoire, était qu'il avait un rendez-vous dans... Il consulta rapidement sa montre : dans moins de deux heures avec une hôtesse de l'air du nom de Betsy, rencontrée à une soirée, la veille. Il fallait une bonne heure pour rentrer de l'aéroport à Londres, plus vingt minutes pour aller chez Betsy, à Holland Park. Autant dire qu'il aurait bien mieux fait de rester chez lui. Mais, en réalité c'est la curiosité qui l'avait poussé. Sa visite à Bethel Farm avait éveillé son intérêt pour la fondation, et il avait très envie de voir à quoi ressemblaient ces dames Irving.

Pour commencer, il se demandait comment il allait bien pouvoir les reconnaître, alors qu'il ne les avait jamais vues auparavant.

Il aperçut trois femmes qui passaient à la queue leu leu devant l'un des guichets de douane, hésita un instant et se dit que ce ne pouvait être qu'elles. Alors, il fendit la foule en souriant pour aller à leur rencontre.

La plus jeune, Miranda Jane à coup sûr, était à peine plus petite que lui, qui mesurait pourtant un bon mètre quatre-vingts. Elle portait un pantalon beige et un blazer cintré marron assorti à ses cheveux bouclés coiffés à la diable. Et elle avait sur le nez des petites lunettes rondes qui faisaient paraître encore plus bleus ses yeux pourtant fatigués par le long voyage en avion. Poussant devant elle un chariot sur lequel s'empilaient d'énormes bagages, elle semblait harassée.

En comparaison, la femme d'une cinquantaine d'années qui marchait à côté d'elle, semblait en pleine forme. Son maquillage était impeccable, et elle portait avec élégance un pantalon noir de bonne coupe et des talons si hauts qu'ils devaient être très inconfortables. Mais elle n'en montrait rien.

La vieille dame toute menue qui fermait la marche était vêtue de mauve, et son visage était encadré de jolis cheveux argent bien coiffés. En dépit de son évidente fatigue, elle marchait d'un pas décidé.

— Mesdames Irving, je suppose ? Bienvenue en Angleterre ! Je suis Joe Wallace.

Il tendit la main à Miranda qui le fixa longuement à travers ses lunettes avant d'esquisser un sourire.

— Bonjour, monsieur Wallace, je suis Miranda.

— Enchanté de faire votre connaissance. Avez-vous fait bon voyage, mademoiselle ?

— Appelez-moi Miranda, je vous en prie. Nous sommes toutes les trois demoiselles, et cela risquerait d'embrouiller les choses. Oui, le voyage s'est bien passé, mais il était interminable, et nous sommes soulagées d'être enfin arrivées.

Elle avait une voix agréable, un peu grave, comme il l'avait déjà remarqué la fois où ils s'étaient parlé au téléphone.

— C'est gentil d'être venu nous accueillir, dit-elle encore.

Il remarqua les taches de rousseur sur son nez et ses joues, et les deux petites rides qui se creusaient au coin de ses yeux, derrière ses lunettes, lorsqu'elle souriait. Quand elle serra sa main, sa poigne était ferme et chaude. Très vite, elle lui présenta les deux femmes qui l'accompagnaient.

— Voici ma mère, Solange, et ma grand-mère, Pearl.

Joe tendit d'abord la main à la plus âgée des deux. Celle-ci le jaugea d'un regard pénétrant.

— Ravie de vous connaître, monsieur Wallace, dit-elle, en serrant la main qu'il lui tendait de la sienne un peu tremblante. Vous ressemblez beaucoup à votre père, jeune homme.

Comprenant soudain que cette très vieille dame était le bébé dont il était question dans les lettres du dossier Irving, Joe fut tout décontenancé. Pearl Irving n'avait pas loin de cent ans ! Cependant elle avait visiblement toute sa tête, et semblait en pleine forme.

— Je vous en prie, appelez-moi Joe, dit ce dernier en s'inclinant avec courtoisie avant de se tourner vers Solange.

— Ravi de vous connaître.

— Hello, Joe, dit celle-ci avec un sourire charmeur.

L'interpellé en fut amusé : cette femme avait à peu près l'âge qu'aurait eu sa mère.

— Comme c'est exquis de votre part d'être venu jusqu'ici pour nous accueillir, minauda encore Solange.

Elle prit sa main dans la sienne et la garda quelques secondes de plus qu'il n'était nécessaire. Joe remarqua qu'elle portait un gros diamant à l'annulaire de la main gauche. Son sourire était celui d'une femme qui ne doutait pas un instant de son pouvoir de séduction sur le sexe opposé.

— Je suis garé tout près d'ici. Laissez-moi m'occuper de cet engin.

Joe se mit à pousser sans effort le chariot à bagages et ils arrivèrent bientôt aux portes de sortie. Quelques instants après, il chargea les valises dans le coffre de la voiture, se félicitant d'avoir emprunté pour l'occasion la Bentley de son père. En effet, son cabriolet de sport n'aurait pas suffi pour transporter trois personnes et leurs volumineux bagages.

D'emblée Solange s'installa à l'avant, marmonnant quelque chose sur le mal au cœur en voiture. Miranda aida Pearl à s'asseoir sur la banquette arrière, et s'assit à côté d'elle, derrière le siège du chauffeur.

Une fois sur l'autoroute, Joe jeta un regard à la jeune femme dans son rétroviseur. Elle n'avait certes pas une beauté facile comme celle de sa mère. En revanche, son visage était attirant et plein de caractère. Elle était trop maigre, bien sûr, mais à part cela, elle n'était pas mal du tout.

Joe discutait poliment avec Solange, s'enquérant du temps à Seattle, à cette époque de l'année, lui demandant si c'était son premier voyage en Angleterre. Lorsqu'elle lui rappela qu'elle était née à Bethel Farm, il dit qu'il était allé à la ferme quelques semaines auparavant.

— La campagne aux alentours est magnifique, et les bâtiments n'ont sans doute pas beaucoup changé depuis l'époque de votre naissance.

Miranda intervint alors pour demander :

— Vous avez fait la connaissance des locataires ? Je leur ai écrit pour les prévenir que nous irions passer une journée à Bethel Farm la semaine prochaine, mais ils ne m'ont pas répondu.

— Ils sont charmants, répondit Joe qui croisa le regard de la jeune femme dans son rétroviseur.

— Je sais qu'ils tiennent un gîte rural, dit encore celle-ci, et je me demandais si nous n'y séjournerions pas toutes les trois le temps d'un week-end, en tant que clientes évidemment. Gram rêve de revoir son cher Bethel Farm, n'est-ce pas Gram ?

Un petit ronflement se fit entendre en guise de réponse, et Miranda sourit. Pearl s'était endormie. La surveillant toujours du coin de l'œil, Joe la vit appuyer doucement la tête de sa grand-mère contre son épaule pour qu'elle ne dodeline plus. De toute évidence il existait un lien très fort entre Pearl et Miranda.

Pendant le reste du trajet, la jeune femme resta silencieuse tandis que Solange interrogeait Joe sur les meilleures boutiques de Londres. Quand elle lui demanda si elle pourrait faire du shopping à Beechford, le village le plus proche de Bethel Farm, Joe lui expliqua qu'il s'agissait d'un petit bourg très simple.

— Dans ces conditions, je ne suis pas sûre d'avoir envie de m'éterniser là-bas, dit-elle. Nous sommes en Angleterre pour dix jours seulement, et j'ai vraiment beaucoup de courses à faire.

— Vous trouverez les meilleurs magasins tout près de votre hôtel, la rassura Joe.

Elle lui demanda ensuite s'il était marié et comme il lui

répondait que non, elle voulut encore savoir dans quel quartier de Londres il habitait. Il lui expliqua donc qu'il logeait dans l'hôtel particulier de son père, et qu'ils avaient un valet de chambre du nom de Larry.

— J'ai souvent songé à prendre un appartement, mais la maison de mon père est très agréable, et j'ai bien peur d'être un peu paresseux. J'ai perdu ma mère à l'âge de dix-sept ans, et mon père ne s'est jamais remarié. Peu à peu, nous nous sommes installés tous les deux dans une vie de célibataires qui nous convient fort bien.

— Je vous comprends, approuva Solange. Maman, Miranda et moi vivons ensemble dans la vieille maison que fit construire mon arrière-grand-mère, lorsqu'elle arriva d'Angleterre. Je trouve important qu'une famille reste soudée. Ainsi moi-même qui ai toujours travaillé depuis la mort du père de Miranda, j'étais rassurée de savoir qu'il y avait quelqu'un à la maison qui attendait ma fille quand elle sortait de l'école.

Joe jeta un regard rapide dans son rétroviseur et surprit l'expression éberluée de Miranda. Voyant qu'il la regardait, elle détourna aussitôt les yeux.

— Quel est votre métier, Solange ?

— Je suis spécialisée dans les arrangements floraux. J'ai une petite boutique dans le centre de Seattle.

Elevant alors la voix, Joe demanda :

— Et vous, Miranda, que faites-vous ?

— Je suis institutrice.

Puis la conversation tomba. La circulation était fluide, et ils arrivèrent à destination sans encombre. Joe s'assura que les trois femmes étaient en bonnes mains, et confirma le rendez-vous de lundi, expliquant à Miranda comment se rendre à pied à l'étude qui n'était pas loin de l'hôtel.

— Mon père et moi souhaiterions vous inviter à déjeuner lundi, conclut-il. Si vous n'avez pas d'autres projets, bien sûr.

— Nous n'en avons aucun, répondit Miranda sans l'ombre d'une hésitation. Merci pour cette invitation.

Joe nota qu'elle n'avait consulté ni sa mère ni sa grand-mère qui paraissaient accepter sans discuter les décisions qu'elle prenait pour elles trois.

Il serra la main des trois femmes et quitta l'hôtel pour aller récupérer sa voiture. Il était déjà en retard pour son rendez-vous galant.

Tout en circulant à toute allure dans les petites rues qui lui permettaient d'éviter les grandes avenues encombrées, il se dit que finalement, il avait eu raison de rencontrer les dames Irving de cette manière. Le déjeuner de lundi promettait d'être intéressant : quelle allait être la réaction de son père en présence de la séduisante Solange ? Cela risquait d'être amusant. L'Américaine portait une bague bien voyante à l'annulaire de la main gauche. Qui la lui avait offerte ? Et Miranda ? Avait-elle quelqu'un dans sa vie ? Elle semblait intelligente et fine, mais malgré son joli sourire, elle n'était pas vraiment sexy.

Puis ses pensées allèrent vers Betsy dont le sourire n'avait rien d'inoubliable et l'intelligence non plus, mais qui avait d'autres attraits dont Joe allait pouvoir profiter bientôt. Oui, finalement, il avait hâte de la retrouver maintenant qu'il avait accompli son devoir.

6.

Miranda écarta les lourds rideaux fleuris de sa fenêtre. De sa chambre, on découvrait Piccadilly Circus et sa circulation animée. Qui aurait cru que Londres était une ville si colorée ? Elle aperçut un autobus rouge vif qui s'éloignait dans l'avenue plantée d'arbres aux feuilles vert tendre. Sur les trottoirs, les femmes étaient gaiement habillées aux couleurs du printemps. L'une d'entre elles était en train d'acheter des bouquets de jonquilles jaunes, présentés dans de grands paniers d'osier.

Il faisait encore jour, mais Gram et Solange dormaient déjà. Miranda, elle, n'avait pas sommeil. Elle se sentait pleine d'énergie, au contraire : grâce au décalage horaire certainement, et... peut-être un peu à Joe Wallace.

Dieu qu'il était beau garçon ! Dire qu'elle l'avait imaginé bedonnant avec le crâne dégarni et une moustache ridicule, entouré d'une charmante femme et de trois enfants ! La réalité était à la fois excitante et déconcertante. Elle revit ses épais cheveux blonds et se dit qu'il avait décidément un sex-appeal indiscutable.

En le voyant, elle avait compris tout de suite qui il était. Elle avait été étonnée et troublée à la fois de découvrir que son aspect physique correspondait très exactement à la voix qu'elle avait entendue au téléphone et qui l'avait tant émue. En fait, Joe Wallace ne ressemblait en rien à l'idée tout à fait stéréotypée que Miranda se faisait d'un notaire britannique.

Il n'était pas beaucoup plus grand qu'elle, mais il est vrai qu'elle mesurait un mètre soixante-dix-huit. A l'aéroport, il portait un blouson de daim sur un polo en coton blanc et il lui avait semblé qu'il était musclé et bien bâti. Son visage était plus attirant que beau, il avait un menton volontaire et une lueur malicieuse irrésistible dans le regard lorsqu'il souriait. En bref, Alma, qui parlait des hommes comme s'ils étaient des aliments destinés à être consommés, l'aurait qualifié de « comestible ».

Il conduisait sa somptueuse et énorme voiture à une vitesse terrifiante. Au début, Miranda s'était fait violence pour ne pas lui demander de ralentir, mais très vite elle s'était sentie en confiance avec lui.

Elle le connaissait à peine, bien sûr, mais elle le trouvait vraiment très séduisant. Miranda laissa retomber le rideau, souriant de sa propre inconscience. Inutile de rêver, Joe Wallace devait avoir un carnet d'adresses bien rempli et ne s'intéresserait jamais à une fille comme elle.

Assez fantasmé, se dit-elle. Assurément, le décalage horaire lui jouait des tours, et la fatigue également. Elle décida de prendre un bain pour se relaxer.

Mais une fois allongée dans l'eau chaude, elle laissa de nouveau son imagination battre la campagne.

Après tout, Joe Wallace semblait l'homme idéal pour résoudre son problème de virginité ! Mais si elle se décidait à le choisir comme amant, comment s'y prendrait-elle pour aborder avec lui un sujet aussi personnel ? Il était d'une politesse tellement exquise...

Ce qui pouvait sans aucun doute faciliter les choses, c'était cet humour qu'elle sentait chez lui toujours prêt à faire surface derrière la façade parfaitement composée.

C'était plutôt rassurant. Allons, que lui dirait-elle ? Une phrase idiote du style :« Il y a un petit problème technique dont j'aimerais que vous vous occupiez pour moi, Joe ? » Ou bien : « Joe, pourriez-vous me rendre un service ? » A moins qu'elle ne joue carrément la carte de la franchise : « Joe, je vous trouve très séduisant et j'aimerais que nous couchions ensemble, si vous n'avez rien contre. Oh ! A propos, je n'ai jamais fait l'amour avant, aussi excusez-moi si je suis un peu maladroite. »

La jeune femme se mit à rire en imaginant la réponse absurde qui suivrait ce genre de déclaration : « Bien volontiers, mademoiselle... enfin Miranda. Allongez-vous donc, je vous prie. Détendez-vous. Est-ce que vous êtes bien installée ? »

Mieux valait dormir avant de devenir complètement hystérique.

Miranda sortit de son bain et enfila l'épais peignoir suspendu à la patère de la porte. Avant de se coucher, elle décida d'aller jeter un coup d'œil à Gram. Pearl était épuisée quand sa petite-fille l'avait aidée à se déshabiller.

Elle sortit dans le couloir désert, et se glissa sans bruit dans la chambre de sa grand-mère. Elle eut un instant de panique en la voyant allongée sur le dos, dans l'exacte position où elle l'avait laissée un peu plus tôt. La vieille dame avait les traits creusés, et son visage, sur le tissu blanc de la taie d'oreiller, était d'une pâleur effrayante. Comme elle semblait âgée et comme ses bras posés sur le drap étaient squelettiques ! Miranda, horrifiée, se demanda si elle respirait encore.

Puis elle entendit un léger ronflement. Elle poussa un soupir de soulagement, mais songea avec un pincement au cœur que la vie de Pearl était bien fragile, tout simplement à cause de son grand âge. Un jour, plus très lointain hélas, Gram allait mourir...

Il était donc indispensable qu'elle fasse ce voyage symbolique à Bethel Farm et revive les moments les plus heureux, et les plus tragiques de son existence, avant de dire un dernier adieu à cette propriété qui lui était si chère.

De retour dans sa chambre, Miranda se glissa dans son lit, et avant de s'endormir, songea au désert de sa propre vie.

La mort de son père avait été tragique pour elle, mais elle remontait à bien longtemps, maintenant. Contrairement à Gram, elle n'avait pas pleuré son grand amour perdu. Et contrairement à Solange, elle n'avait pas eu d'amants, ni d'enfant. Elle avait mené une existence prudente, mesurée. Trop sans doute...

Mais elle savait qu'elle attendait davantage de la vie. Les années, certes, passaient sans lui apporter grand-chose, mais il allait falloir que cela change, et vite. Sinon quels seraient ses souvenirs, lorsque à son tour elle serait vieille ?

Lundi, le temps s'était éclairci, et en milieu de matinée, le soleil fit son apparition, agréable d'abord, puis vite très chaud. En aidant Pearl à sortir du taxi devant le bel immeuble victorien qui abritait l'étude Wallace et Houmes, Miranda sentit la transpiration perler à son front.

Heureusement, à l'intérieur régnait une merveilleuse fraîcheur grâce à la climatisation. Un jeune réceptionniste introduisit les trois dames dans la salle d'attente déserte aux murs lambrissés de bois sombre, et que meublaient des fauteuils anciens très confortables.

Joe apparut tout de suite. Il portait un costume trois-pièces gris foncé, parfaitement coupé. Miranda songea, avec une pointe d'ironie que, cette fois, il avait vraiment l'air d'un notaire anglais. Elle-même était contente d'avoir mis le tailleur de soie bleu sombre qu'elle avait acheté pour le mariage d'une amie, au printemps dernier. La jupe était plus courte que ce qu'elle portait d'habitude, mais ce détail mis à part, elle se sentait plutôt à son avantage, ainsi vêtue.

Joe lui sourit et plongea les yeux dans les siens en lui serrant la main. Miranda n'était pas dupe : il avait fait de même avec Pearl et Solange, et était du genre à saluer ainsi la femme d'entretien et le facteur quand il les rencontrait. Inutile de se faire des illusions sur ses manières simples et chaleureuses.

— Père est encore en réunion. Il n'en a que pour quelques minutes, dit-il, un peu cérémonieusement, avant de s'enquérir de la façon dont ses trois hôtesses avaient passé leur premier dimanche londonien.

Puis il écouta attentivement Pearl qui lui expliquait combien elle avait trouvé la ville changée depuis la guerre.

Il leur proposa ensuite une visite des bureaux, et leur présenta brièvement les lieux :

— Hormis des branchements sophistiqués qui nous ont permis de nous informatiser, l'air conditionné et la rénovation des sanitaires, les lieux n'ont guère changé depuis l'époque où votre trust a été créé, en 1900. Puis-je, mademoiselle ?

Ce disant, il offrait son bras à Pearl, et Miranda et Solange suivirent tandis qu'il les guidait dans le dédale des petits bureaux du rez-de-chaussée, les présentant aux clercs, aux secrétaires et autres membres du personnel.

Ensuite il les conduisit au premier étage.

— Et voici mon bureau.

Miranda découvrit avec étonnement une pièce minuscule et sans fenêtre, contenant juste une table couverte de dossiers, et une bibliothèque débordant de livres. Sur un mur, était encadrée une photo de Joe et d'un autre jeune homme en tenue d'alpinistes, tous deux barbus, bronzés, radieux et souriants, accrochés à une paroi montagneuse que surplombait un pic enneigé.

— Où a été prise cette photo ? demanda Miranda, étudiant de près le cliché.

Joe était encore plus séduisant avec sa barbe et ses vêtements de sport que dans son costume trois-pièces d'aujourd'hui !

— Au sommet du mont Blanc, côté français. C'est de là que le paysage est le plus beau pour les alpinistes.

— L'escalade est votre passion ? demanda encore Miranda sans quitter des yeux la photo qu'elle trouvait très réussie.

— J'adorais cela, autrefois, mais je n'ai pas eu l'occasion d'en faire depuis un certain temps.

— Ce cliché date d'il y a longtemps ?

— Cinq ans. Pendant ma période de crise.

Sans s'étendre, Joe entraîna Pearl dans le couloir et Miranda les suivit. Il s'arrêta dans un bureau rempli de plantes, de bulbes en fleurs et de jonquilles épanouies dans des vases. L'endroit sentait bon, l'atmosphère était chaleureuse et vivante, bref, tout était à l'image de la femme un peu rondelette mais fort jolie qui travaillait là et était assise derrière son l'ordinateur.

— Voici Dierdre Payne, annonça Joe. Dierdre est la secrétaire personnelle de mon père, et c'est grâce à elle que tout marche si bien à l'étude. Elle nous a tous à l'œil.

Dierdre se leva pour serrer la main des trois femmes. Elle n'était pas très grande, mais avait de beaux cheveux opulents retenus en un lourd chignon, et portait une tenue classique mais fort élégante. Elle semblait avoir une quarantaine d'années, et ses grands yeux gris respiraient l'intelligence et la joie de vivre.

— Moi aussi, je suis contente de vous connaître, répondit-elle aux amabilités que lui avait dites Pearl, et j'espère que vous passerez un agréable séjour en Angleterre.

A cet instant, l'Interphone sonna sur le bureau de Dierdre :

— M. Wallace vous attend dans son bureau, dit-elle.

Elle montra une porte, au bout du petit couloir, et quelques instants après, Joe faisait entrer ses hôtes dans un grand bureau au sol recouvert de beaux tapis anciens, meublé de fauteuils de cuir, et dont les murs étaient ornés de gravures représentant des chevaux et des chiens de chasse. Au fond de la pièce trônait une gigantesque table en acajou.

Gabriel Wallace était là pour les accueillir et Miranda trouva qu'il ne manquait pas de prestance. Il était très mince, et son beau visage au profil grec et aux yeux noirs et pénétrants était encadré par une magnifique toison de cheveux blancs. Il était nettement plus grand que son fils, et beaucoup plus imposant.

— Très heureux de vous revoir, mademoiselle Irving, dit-il en s'inclinant pour prendre la main de Pearl. Voilà, euh ?... quatorze ans, il me semble, que nous ne nous sommes vus.

Après quoi il serra cordialement la main de Solange puis de Miranda avant de s'excuser :

— Navré de vous avoir fait attendre. A présent, Joseph, si tu veux bien approcher la voiture devant la grande porte, nous allons y aller. Nous déjeunons au Grosvener.

Avec un hochement de tête et un petit salut ironique, Joe acquiesça avant de sortir de la pièce. Quelques instants plus tard, Gabriel escortait les trois dames au rez-de-chaussée.

Cette fois, Miranda se retrouva à l'avant de la Bentley noire, à côté de Joe qui conduisait, et Gabriel prit place à l'arrière entre Solange et Pearl.

Gabriel interrogea ses voisines sur Seattle. Solange commença à raconter l'histoire de la ville, tandis que Pearl faisait des commentaires sur les changements intervenus au cours de sa longue vie, précisant à dessein qu'elle avait presque cent ans, ce qui lui donnait un certain recul sur pas mal de choses.

Gabriel, avec une courtoisie parfaite, la félicita d'avoir pu entreprendre ce voyage, et ajouta avec galanterie, qu'il n'aurait jamais pensé, qu'elle avait un âge aussi respectable. Il prétendit qu'elle n'avait pratiquement pas changé depuis leur dernière rencontre, ce qui fit sourire Miranda.

C'est alors que Joe lui adressa la parole, se tournant soudain vers elle.

— Ainsi vous êtes professeur, Miranda ? Dans le primaire, m'avez-vous dit ?

Il la regardait toujours, et la jeune femme s'accrocha au tableau de bord, luttant de toutes ses forces pour ne pas hurler. Le véhicule devant eux venait de piler, et la Bentley avançait toujours.

Ils allaient avoir un accident !

7.

Sans doute Joe avait-il un sixième sens parce que tout à coup, il freina brutalement et la Bentley s'immobilisa à quelques centimètres seulement du pare-chocs de l'autre voiture.

— Joseph, lança Gabriel sur un ton de reproche, pourrais-tu nous épargner ce genre d'émotion ?

Miranda avait oublié ce dont ils étaient en train de parler. Elle dut faire un effort de mémoire pour retrouver le fil de sa pensée.

— Je suis institutrice, oui. J'aime les jeunes enfants, ceux qui n'ont pas encore eu de mauvaise expérience de l'école. Ils sont plus attentifs, et on a davantage d'influence sur eux. Et vous, Joe, ajouta-t-elle, vous aimiez l'école quand vous étiez petit ?

Elle aurait voulu tout savoir sur lui ! Même si elle trouvait qu'il conduisait comme un cinglé.

Dans la rue, les voitures recommençaient à avancer, et Joe passait d'une file à l'autre avec nonchalance, indifférent aux coups de Klaxon des autres automobilistes.

— On m'a mis en pension très jeune, expliqua-t-il. C'est la coutume, dans ce pays. Au début, je détestais l'école, mais en grandissant j'ai appris à l'aimer.

Tout en parlant, il fit une queue de poisson à un taxi, et

eut un mouvement de la main désinvolte en réponse au geste grossier du chauffeur.

Bien qu'elle redoutât à tout instant un sérieux accident, Miranda écoutait attentivement ce que disait son compagnon. En même temps, elle observait ses mains sur le volant. Il avait des mains énergiques, aux ongles coupés court, aux doigts longs et minces...

— C'est parce que vous aimiez aller à l'école que vous êtes devenue institutrice, Miranda ?

Ce n'était hélas pas si simple, et la réflexion agaça la jeune femme qui rétorqua sur un ton de défi :

— Et vous ? Etes-vous devenu notaire parce que vous aimiez le droit ?

— Certainement pas.

Il lui lança un regard de biais plein d'humour avant de murmurer :

— Je vois que vous avez le sens de la repartie.

Et il ajouta plus sérieusement :

— Je n'avais pas l'âme d'un savant, voyez-vous, ni le courage d'être médecin, ni assez de talent pour devenir comédien, et moins encore la force d'âme pour faire un bon professeur. Chez nous, on est notaire de père en fils, alors je me suis incliné, et j'ai fait ce que l'on attendait de moi.

Dans ses yeux sombres dansait une lueur ironique quand il reprit :

— Je me suis toujours dit que je n'étais pas né à la bonne époque.

Conduisant de nouveau à une allure folle, il se pencha vers sa voisine pour ajouter sur le ton de la confidence :

— J'aurais fait un flibustier hors pair, vous ne croyez pas ?

A cet instant, la Bentley frôla un autobus, et Joe dut une fois de plus freiner brutalement pour éviter un piéton.

Du fond de la banquette arrière, la voix de Gabriel s'éleva, toujours réprobatrice.

— Joseph, pourrais-tu te concentrer un peu plus sur ta conduite ? A moins que tu ne veuilles que je prenne le volant ?

— Excusez-moi, père, marmonna Joe en écrasant l'accélérateur.

Il fit un clin d'œil à Miranda, et reprit :

— Si vous n'aviez pas été prof, Miranda, qu'auriez-vous aimé être ?

Mère ? Epouse ? Elle hésita :

— Euh... photographe, j'imagine.

Son compagnon leva un sourcil étonné.

— Vous aimez la photo ?

Tout à coup il freina, bifurqua et gara en souplesse l'énorme voiture dans un espace minuscule avant de couper le moteur.

Tout en appréciant la manœuvre, Miranda hocha la tête.

— Solange m'a offert un appareil pour mes quatorze ans, et depuis je suis complètement mordue.

— Je vois...

Déjà Joe avait ouvert sa portière et contourné le véhicule pour ouvrir celle de sa passagère qu'il saisit doucement par le bras pour l'aider à sortir. A l'arrière, son père faisait de même, d'abord avec Pearl, puis avec Solange.

Miranda avait senti sa jupe remonter à mi-cuisse quand elle s'était extirpée gauchement de la Bentley, mais Joe n'avait pas semblé s'en apercevoir, soit par galanterie, soit parce que les jambes de la jeune femme ne l'intéressaient guère... Elle en fut quelque peu déçue, elle qui les avait toujours considérées comme son point fort.

Gabriel avança vers le restaurant, Solange à un bras, Pearl à l'autre, et Joe suivit avec Miranda.

— Et quel genre de photo aimez-vous prendre ?

— J'adore faire des portraits. En fait, ce sont les gens qui m'intéressent. Rarement les paysages.

Ils pénétrèrent dans l'élégant restaurant, où le maître d'hôtel les accueillit, et les conduisit à une table près de la fenêtre d'où l'on découvrait d'abord Park Lane et au-delà Hyde Park. De nouveau Miranda se retrouva assise à côté de Joe, et sur un signe de tête de Gabriel, un serveur apporta des menus.

Ce ne fut qu'après que tout le monde eut passé commande que Miranda s'aperçut du manège de sa mère : elle semblait avoir temporairement oublié le révérend et usait de tout son charme auprès de Gabriel. Elle effleurait imperceptiblement son bras, et portait sur lui un regard plein de connivence tandis qu'il remplissait son verre de vin. Quant à Gabriel, il répondait à ses avances avec cet air étonné qu'avaient habituellement les hommes sur lesquels Solange jetait son dévolu.

Miranda jeta un regard rapide à Pearl qui hocha imperceptiblement la tête. Peut-être leur stratégie commençait-elle à fonctionner : c'était la règle avec Solange : « loin des yeux, loin du cœur », et Baillie allait en faire les frais, comme les autres.

Joe qui semblait ne pas remarquer ce petit manège, se tourna vers Pearl et dit :

— J'ai entendu votre âge dans la voiture, mademoiselle. Dites-moi, quel est donc le secret de votre longévité ?

Il avait parlé fort car il avait dû se rendre compte que Gram était un peu sourde. Miranda lui en sut gré.

La vieille dame répondit avec désinvolture :

— Je crois que je n'ai jamais voulu me contenter de peu, c'est ce qui m'a conservée. Quand j'étais jeune, je rêvais de piloter des avions, et j'ai appris à le faire. Puis quand la guerre a éclaté, je me suis engagée dans la RAF, et j'ai convoyé des appareils militaires pendant deux ans avant de rencontrer le père de Solange. Ce n'est qu'après sa naissance que j'ai renoncé à voler. Elle avait quatre mois quand je suis rentrée à Seattle, et là, j'ai appris la comptabilité. Ma mère était un merveilleux médecin, mais elle n'avait aucun sens des affaires, contrairement à ma grand-mère Cordelia.

Joe hocha la tête.

— Je crois en effet qu'elle savait ce qu'elle voulait. C'est elle qui a créé la fondation Irving, non ?

— Avec l'aide de votre arrière grand-oncle, précisa Pearl. Cependant ma mère, Geneva, a perdu presque toute la fortune familiale dans le krach de 1929. Quant à moi, j'ai travaillé comme comptable dans une entreprise pendant des années, et je n'ai pris ma retraite qu'à soixante-dix ans. Heureusement que j'ai eu la chance d'avoir ma petite-fille.

A ces mots, elle lança un regard plein de tendresse sur Miranda avant d'ajouter :

— Elle est le plus beau cadeau que m'ait donné Solange. Elle aussi m'a aidée à ne pas vieillir trop vite, d'ailleurs quand elle est entrée à l'université, j'ai décidé à mon tour d'apprendre de nouvelles choses, et j'ai pris des cours de cuisine. Moi qui ne savais pas cuire un œuf dur, j'y arrive à peu près maintenant.

Tout le monde éclata de rire. Pearl rayonnait.

— Aussi, pour répondre à votre question, jeune homme je vous dirai simplement : restez actif. Question santé, je n'ai jamais suivi de régime, et j'ai fumé des années durant. J'ai renoncé au tabac à l'âge de quatre-vingt-un an parce qu'un médecin stupide m'avait dit que j'avais une tache sur un poumon. La tache a disparu, mais je n'ai pas recommencé à fumer : j'avais trop peur. C'est dommage, car j'ai toujours envie d'une bonne cigarette, à la fin d'un repas. Et j'adore le vin !

Ce disant, Pearl leva son verre que Gabriel avait rempli, et avant d'en boire une longue gorgée, ajouta :

— Mais j'en use avec modération, bien sûr.

Tout le monde rit de plus belle, et Joe, une expression à la fois respectueuse et amusée sur le visage, leva son verre.

— A Mlle Pearl Irving et sa philosophie de la vie. Papa ne cesse de me dire que si je veux vivre longtemps, il faut que je renonce à tout ce que j'aime. Vous venez de m'assurer le contraire.

De nouveau les rires fusèrent, mais Miranda nota que Gabriel riait jaune. Le père et le fils n'étaient sans doute pas toujours d'accord.

Au dessert, la conversation s'engagea sur le déplacement jusqu'à Bethel Farm.

— J'ai eu le Dr O'Donnel au téléphone, hier soir, expliqua Miranda, il nous conseille de venir le plus vite possible. Je l'ai trouvé charmant.

Elle ajouta qu'il avait suggéré qu'elles prennent toutes les trois le train, et qu'il irait les chercher à la gare du village. Mais elle trouvait plus simple de louer une voiture le lendemain matin pour se rendre dans les Cotswolds, et rentrer à Londres le soir même.

— Peut-être pourriez-vous m'indiquer la route, Joe, poursuivit-elle. J'ai une carte, mais je n'y comprends pas grand-chose.

— Je pourrais surtout vous y conduire. Je peux remettre tous mes rendez-vous de demain, et je profiterai du déplacement pour vérifier là-bas certains détails. Tu nous prêteras ta voiture, papa, si cela ne t'ennuie pas ?

— Pas du tout.

La perspective n'enchantait peut-être pas Gabriel, mais il était trop poli pour le montrer.

Ce fut Miranda qui exprima quelques réticences.

— C'est gentil, merci Joe, mais je trouve que nous vous accaparons beaucoup.

— Vous vous en inquiéterez quand vous recevrez ma note d'honoraires, rétorqua l'interpellé avec une petite grimace à l'adresse de son père que visiblement il adorait taquiner.

En sortant du restaurant, Joe reconduisit les dames à leur hôtel. La circulation était si dense qu'il ne put faire étalage de sa virtuosité au volant, ce qui certainement le frustra beaucoup.

— Je passerai vous prendre à 8 heures demain matin, si vous êtes d'accord, dit-il à Miranda avant de la quitter. Ainsi nous aurons une longue journée devant nous.

Miranda hocha la tête en signe d'assentiment avant de le remercier ainsi que son père pour leur invitation à déjeuner.

— Tout le plaisir était pour nous, lui assura Joe avec un large sourire, puis il les salua et emboîta le pas à son père qui regagnait la Bentley.

— Comme ils sont charmants, fit observer Pearl alors qu'elles se trouvaient dans l'ascenseur. Et tellement bien élevés ! Gabriel a toujours été un parfait gentleman, et il a bien éduqué son fils, sauf en ce qui concerne la conduite. Dans ce domaine, il a de sérieux progrès à faire.

— Ils sont beaux, célibataires et sexy, roucoula Solange en faisant bouffer ses cheveux dans le miroir. Quand je pense que Gabriel est seul depuis la mort de sa femme ! Les Anglaises sont aveugles ou quoi ?

Pour une fois, Miranda était d'accord avec sa mère, sauf que ce n'était pas à Gabriel qu'elle pensait, mais à son fils.

De retour dans sa chambre, la jeune femme s'aperçut qu'elle s'inquiétait de la tenue qu'elle porterait le lendemain. Cela ne lui étant pratiquement jamais arrivé, elle tenta de se reprendre.

« Arrête de te monter la tête, se dit-elle. Ce garçon est bien élevé et tu prends cela pour des attentions à ton égard. Où est donc passé ton bon sens ? »

Apparemment le bon sens en question avait pris une année sabbatique.

— Eh bien, nous avons passé un moment fort agréable, dit Gabriel alors que Joe le reconduisait à l'étude. Ces femmes sont tout à fait charmantes.

— Pour des Amerloques, certainement, renchérit Joe.

Son père, à sa grande satisfaction lui demanda immédiatement de surveiller son vocabulaire, avant d'ajouter :

— Pearl est étonnante pour son âge, et cette Solange est une drôle d'allumeuse, tu ne trouves pas ?

Joe jeta un regard amusé vers son père. Etait-il en train de mordre à l'hameçon ? Il l'avait observé du coin de l'œil au cours du déjeuner et avait constaté qu'il n'était pas insensible au charme de la belle Solange.

— Jolie femme, oui, très jolie femme, ajouta Gabriel d'un ton dégagé. Elle est fiancée à un pasteur, m'a-t-elle laissé entendre.

— Un pasteur ?

Joe avait du mal à le croire ! Ils devaient composer ensemble un couple bien insolite.

— Que penses-tu de sa fille, Joseph ?

Joe haussa les épaules avant de répondre :

— Miranda ? Elle a l'air intelligente et ne manque pas de bon sens, deux qualités que j'apprécie chez les femmes.

— Vraiment ? Je ne m'en serais pas douté, rétorqua Gabriel d'un ton moqueur, surtout si on s'en tient aux jeunes femmes que tu m'as présentées jusqu'à présent.

Joe ne dit rien, mais il sourit malicieusement en garant la voiture. Puis il suivit son père dans l'immeuble. A l'étage, Deirdre les accueillit à la porte du bureau de Gabriel, et remit à celui-ci plusieurs messages.

— M. Stanhope vient de téléphoner. Il demande à ce que vous le rappeliez au plus vite.

Comme d'habitude, elle parlait d'une voix impersonnelle, et comme d'habitude, Gabriel la remercia sur le même ton, avant de lui réclamer un dossier urgent.

Une fois de plus, Joe s'interrogea : comment se comportaient-ils donc en privé ? Son père était-il un bon amant ou était-il aussi tristement raisonnable dans ce domaine que dans tous les autres ? Et comment faisait-on l'amour raisonnablement ? Mystère.

Gabriel interrompit le fil de ses pensées.

— Peux-tu m'accorder un moment, Joseph ?

Joe suivit son père dans son bureau, et celui-ci, après avoir fermé la porte, l'invita à s'asseoir.

— La vente de Bethel Farm me préoccupe, dit-il. Quand la fondation disparaîtra, Miranda Irving choisira un acquéreur, mais il est de notre responsabilité de conseiller nos clientes au mieux et de les protéger. Or Pearl Irving ne m'a pas caché aujourd'hui que l'idée que la propriété soit transformée en usine ne l'enchantait guère. De toute évidence, elle est très proche de sa petite-fille, et je suppose qu'elle saura l'influencer. Mais j'estime, quant à moi, que vendre à International Harvester est ce qu'il y a de mieux à faire sur le plan financier. Cette solution profitera également à la population locale, car l'usine créera des emplois et contribuera à la croissance de toute la région. L'agriculture n'est plus rentable en Angleterre. Si j'arrive à les convaincre de vendre, il faudra qu'elles s'engagent avant le mois de septembre envers l'entreprise américaine, sinon Harvester va se mettre en quête d'une nouvelle location.

— J'ai expliqué tout ça dans la lettre que je leur ai envoyée, et financièrement, je suis d'accord avec toi. Mais depuis que je suis allé là-bas, j'avoue que je comprends un peu Mlle Pearl.

En quittant Bethel Farm, après la visite qu'il y avait faite quelques jours auparavant, Joe n'avait pas ressenti le besoin d'écraser l'accélérateur qui le prenait habituellement dès qu'il était assis au volant de son cabriolet de sport. La nuit commençait à tomber sur la route de Londres, et il avait ralenti, au contraire, tant il se sentait calme, détendu et plein d'optimisme. Ce sentiment de bien-être avait duré plusieurs jours, et il s'était dit que, s'il fallait y voir l'influence de la campagne anglaise, il était d'accord pour conserver la ferme telle qu'elle était.

— Que tu la comprennes ou pas, ça m'est égal. Ce que je te demande, c'est de convaincre ces femmes de vendre. Il faut qu'elles sachent que si elles refusent l'offre de Harvester, elles auront du mal à en trouver une autre aussi généreuse. Or la vente de la propriété devient obligatoire à partir du 1er janvier 2000, c'est stipulé dans le règlement de la fondation.

— Je leur expliquerai tout ça sur la route, demain, promis.

— Lorsque tu y es allé, la semaine dernière, les locataires t'ont-ils dit que leur bail expire en décembre de cette année ?

— Oui, et le Dr O'Donnel m'a demandé si on pouvait le prolonger. J'ai expliqué que c'était impossible sans entrer dans les détails. J'avais d'ailleurs déjà envoyé une lettre de notification de fin de bail.

De retour dans son bureau, Joe se laissa tomber sur son siège et s'étira.

Il était content d'avoir proposé aux femmes Irving de les conduire dans les Costwolds, demain. Il avait envie de retourner à Bethel Farm, ne fût-ce que pour retrouver cette sérénité et ce bonheur qu'il y avait éprouvé une fois.

Et puis revoir Miranda ne lui déplaisait pas. Elle était vive, intelligente, et, contrairement aux femmes qu'il voyait d'habitude, elle ne semblait pas obsédée par le sexe. A aucun moment Joe n'avait eu l'impression qu'elle le déshabillait par la pensée ni qu'elle le comparait au dernier homme avec lequel elle avait couché. C'était rafraîchissant.

Demain, il se débrouillerait pour qu'elle soit assise à côté de lui, à l'avant de la Bentley.

Il était à peine 11 heures, le lendemain matin, lorsque Joe engagea la grosse voiture dans le chemin privé de Bethel Farm. Il était soulagé d'être enfin arrivé.

Sur le siège passager, à côté de lui, Pearl achevait l'histoire longue et compliquée d'une mission pour laquelle elle s'était portée volontaire en 1941. Elle égrenait ainsi ses souvenirs depuis leur départ de l'hôtel, et bien qu'elle ait un indéniable talent de conteuse, Joe en avait un peu assez. Le voyage, en fait, ne s'était pas déroulé aussi bien qu'il l'espérait : d'une part Miranda n'était pas assise à côté de lui, d'autre part, Pearl n'avait pas arrêté de faire des remarques désobligeantes sur sa façon de conduire, trop rapide à son goût.

— Vous aimez la vitesse, Joseph, je le comprends bien, moi qui pilotais des avions, avait-elle dit. Mais une automobile n'est pas faite pour voler, aussi, calmez-vous, je vous prie, car à quatre-vingt-dix-huit ans, je n'ai pas l'intention de mourir dans un accident de voiture sur une autoroute anglaise.

Dans le rétroviseur, Joe avait surpris le sourire triomphant de Miranda.

A un moment, il avait voulu engager la conversation sur la vente de Bethel Farm. Sans succès car Pearl l'avait fait taire en disant :

— C'est une trop belle journée pour parler de choses désagréables. En outre qui sait ce qui peut arriver d'ici au mois de décembre ? La vie m'a enseigné une chose : on n'est jamais sûr de rien.

« Si, de la mort et des impôts », se disait Joe, mais il préféra ne pas en parler de crainte que Pearl ne lui cloue encore le bec. En tout cas, heureusement que le voyage était terminé. Il freina et après un demi-tour plein de panache immobilisa la Bentley devant le vieux portail en fer forgé qui ouvrait sur le jardin d'agrément de Bethel Farm.

8.

— Regardez-moi ces jonquilles !

Solange s'extasiait sur les plates-bandes bien entretenues, devant la haie de lilas en fleur. Une allée bordée de campanules et de tulipes menait à la porte d'entrée.

— Comme ce jardin doit être beau en été !

— Il est sublime, renchérit Pearl. Il y a sans doute encore des fleurs qui ont été plantées par ta grand-mère, Solange.

A cet instant, la porte s'ouvrit et un homme de haute taille apparut. Il avait de larges épaules, et un visage aux traits typiquement irlandais.

— Bienvenue, mesdames. Et ravi de vous revoir, Joe. Entrez donc, nous vous attendions.

Joe sourit à Ronan O'Donnel. Il appréciait cet homme aux cheveux bouclés tout gris et au ventre rebondi. D'ailleurs tout le monde trouvait Ronan sympathique. Il aimait la vie, riait volontiers, et savait se montrer charmant.

Natalie Makepeace et sa sœur, Elizabeth Scott, attendaient leurs hôtes dans la maison. Joe fit les présentations. La première, une femme d'une bonne trentaine d'années, était brune et un peu forte. Elle dégageait une impression de grande sérénité. Elizabeth, qui paraissait plus jeune que sa sœur, était grande et mince, avec des cheveux blonds coupés au carré.

Ronan fit entrer tout le monde dans le salon, et les deux sœurs quittèrent la pièce pour préparer du thé. Ronan se tourna alors vers Pearl.

— Vous sentez-vous dépaysée, mademoiselle ? J'ai cru comprendre que vous n'étiez pas revenue à la ferme depuis de nombreuses années.

— Le village a un peu changé, mais la maison est telle qu'elle a toujours été.

Pearl était émue de retrouver Bethel Farm, et sa voix tremblait un peu. Elle ôta ses lunettes pour les essuyer et recommença à poser son regard partout autour d'elle, sur les murs de pierre apparente, la grande cheminée, les vieux meubles.

— Ah, ce fauteuil à bascule, soupira-t-elle, il me rappelle tant de choses ! C'est là que je te berçais autrefois, Solange.

A cet instant, Natalie apparut, portant un grand plateau chargé de petits sandwichs, de gâteaux et de galettes. Elle était suivie par Elizabeth qui apportait le thé et les tasses.

L'atmosphère était celle dont Joe se souvenait : chaleureuse et accueillante.

— Où est Elijah ? demanda-t-il.

Il avait espéré que le vieil homme serait là. Elijah Makepeace l'avait impressionné par sa parfaite connaissance des vaches et des moutons, et ses vieux dictons de paysan.

— Il s'occupe des bêtes. C'est la saison où les moutons mettent bas, expliqua Natalie. Les petites sont avec lui.

Miranda se tourna vers Elizabeth.

— Quel âge ont vos filles ?

Daisy a six ans, et Lydia vient de fêter ses quatre ans.

— J'ai hâte de les connaître.

Miranda était assise à côté de Natalie, et Solange, installée avec Ronan sur le canapé, croisait ses longues jambes galbées, si haut que sa courte jupe en tweed remontait jusqu'à mi-cuisse.

Joe jeta un regard à Miranda. Elle portait un jean, aujourd'hui, un jean qui moulait ses hanches étroites. On ne voyait pas ses jambes, mais on les devinait toujours aussi interminables, fines et élégantes.

La conversation s'engagea ; ils parlèrent du temps, étonnamment chaud pour la saison, et puis des préparatifs pour ensemencer le potager, derrière la maison. Ronan dit alors le plus nonchalamment du monde :

— J'espère que ce ne sera pas notre dernier printemps ici. Je sais que la ferme doit être vendue, mais j'aimerais vous faire une offre d'achat, mademoiselle Irving.

Il regardait Pearl, et Joe en fut contrarié.

Ronan savait en effet que l'étude Wallace et Houmes gérait la propriété pour le compte des femmes Irving. Toute offre devait donc être formulée par écrit et adressée à l'étude. Or Ronan ne lui avait rien dit de son projet, lorsqu'il était venu seul, la dernière fois.

Un silence gêné suivit. C'est Joe le premier qui le rompit :

— Nous pourrions peut-être en discuter un peu plus tard ?

— Absolument. Mais il faut en parler avant que vous ne retourniez à Londres, aujourd'hui.

Ronan sourit et, pour une obscure raison, ce sourire irrita Joe.

Pearl préféra changer de sujet.

— Tu es née dans la grande chambre en haut de l'escalier, Solange, dit-elle avant de se tourner vers Natalie pour ajouter : j'y suis née aussi, et sans doute ma mère avant moi.

Natalie sourit à la vieille dame et proposa aussitôt :

— Aimeriez-vous visiter la maison, mademoiselle.

— Oh oui ! s'exclama Pearl qui saisit aussitôt sa canne, tandis que Ronan bondissait sur ses pieds pour l'aider à sortir de son fauteuil.

— Merci, merci, docteur. Viens, Solange, tu verras l'endroit où tu as poussé ton premier cri. Et accompagne-nous, Miranda.

Quand les femmes furent sorties, Joe se retrouva seul avec Ronan.

— A propos de votre proposition d'achat, Ronan, dit le premier, pourriez-vous la formuler par écrit et l'envoyer à nos bureaux ?

— Bien sûr ! J'aurais dû y penser, mais vous savez ce que c'est nous autres médecins, sommes si mauvais quand il s'agit de tractations commerciales...

Joe sentit son irritation disparaître.

— Ce n'est pas grave, rassurez-vous, mais Mlle Pearl Irving supporte mal qu'on parle de vendre la ferme.

— Je peux le comprendre. C'est un endroit merveilleux. Natalie et moi aimerions en faire notre maison, quand nous serons mariés.

— Avez-vous déjà fixé une date pour votre mariage ?

— Pas encore, non. J'ai quelques complications avec mes papiers de divorce. Vous savez comme ces choses-là sont lentes et difficiles.

— Votre femme vit en Irlande ?

— Pas du tout, non. Heureusement, d'ailleurs, car cela rendrait les choses encore plus problématiques.

Sans donner d'autres précisions, Ronan jeta un coup d'œil à sa montre et se leva brusquement.

— Oh, excusez-moi, Joe. J'avais oublié l'heure ! Je file au village. Je suis déjà en retard pour ma consultation.

— Allez-y, mon vieux. Quant à moi, je vais prendre une autre tasse de thé et un de ces merveilleux petits gâteaux, si vous m'y autorisez.

— Bien sûr ! Ils sont là pour ça.

Ronan décrocha sa veste du portemanteau, avant de lancer :

— Je serai de retour vers 16 heures.

Une fois seul, Joe se détendit et put profiter de l'atmosphère de la vaste pièce. Du premier étage lui parvenaient les voix des femmes. On aurait pu croire qu'elles chantaient, tant leurs timbres étaient harmonieux.

Miranda fut la première à redescendre, elle sourit à Joe.

— Vous avez l'air bien installé. Le docteur est parti ?

— Oui, il avait sa consultation au village.

Joe se mit debout.

— Venez marcher un moment avec moi, Miranda. Avec un peu de chance, nous trouverons Elijah. J'aimerais bien que vous fassiez sa connaissance.

— Je vous accompagnerais volontiers, mais je suis mal chaussée pour la campagne.

— Regardez, il y a des bottes, et elles ont l'air d'être à votre taille. Personne ne vous en voudra de les emprunter.

Miranda ôta ses chaussures plates. Joe prit une paire de bottes en caoutchouc au râtelier près de la porte et s'agenouilla pour l'aider à les enfiler. Quand il releva la tête, elle avait rougi, et il en fut content. Il ne rencontrait pas souvent de femmes qui rougissaient.

— Et vous, Joe ? Vous allez abîmer vos mocassins à marcher dans la campagne.

— Je vais faire comme vous. Il y a tout ce qu'il faut ici.

Il se débarrassa de ses souliers de ville, enfila de vieilles bottes, et glissa à l'intérieur le bas de ses jambes de pantalon.

Ainsi équipés, tous deux sortirent. Sitôt dehors, des rires d'enfants leur parvinrent depuis la vieille grange.

— Allons chercher les petites filles, Joe, s'exclama Miranda, mais avant, laissez-moi le temps d'aller récupérer mon appareil photo dans la voiture.

Elle le rejoignit bientôt et ils se dirigèrent vers le vieux bâtiment.

Il y faisait sombre, et il fallut un moment pour que leurs yeux s'habituent à l'obscurité. Joe, le premier, repéra les fillettes, agenouillées près d'une caisse en carton dans un coin de la grange. Là, sous les yeux d'une chatte patiente et résignée, elles caressaient de minuscules chatons encore aveugles.

— Bonjour, lança Miranda, je m'appelle Miranda, et je crois que vous connaissez Joe. Oh, comme ces petits chats sont adorables !

Elle se laissa tomber à genoux dans la paille, et d'un doigt timide effleura le dos d'une des minuscules créatures, sous le regard étonné des deux fillettes.

— Vous leur avez donné des noms ? demanda-t-elle soudain à l'aînée.

Elle avait des tresses rousses, et un visage constellé de taches de rousseur. Sa sœur aussi était rousse, mais ses cheveux étaient bouclés et lui faisaient comme un halo de feu autour du visage.

La petite fille secoua la tête.

— Non, ils n'ont pas encore de nom. Ils sont trop petits.

— Et la maman, comment s'appelle-t-elle ? insista Miranda.

— Blanchette, parce qu'elle est blanche, répondit la gamine.

— Cela lui va très bien en effet. Quel âge ont les chatons ?

Cette fois, ce fut la plus jeune qui prit la parole.

— Quatre jours. Ils devraient bientôt ouvrir les yeux. Grand-père a dit qu'ils y voyaient au bout d'une semaine.

— Je sais que l'une de vous deux s'appelle Daisy et l'autre Lydia, mais j'ignore qui est qui, les taquina Miranda.

De nouveau, la plus jeune répondit :

— Daisy c'est elle, et moi, je suis Lydia. Notre papa s'appelait Michael, mais il a eu un cancer et il est mort. Maintenant il est au ciel, et nous on est venues habiter ici. La maison de grand-père est derrière la ferme, elle s'appelle le Cottage des Lilas. Quelquefois on va coucher chez lui. Il s'appelle Elijah.

— Vous en avez de la chance d'habiter dans un endroit aussi joli. Et où allez-vous à l'école ?

— Au village. Maman nous y conduit tous les jours.

Miranda tourna la tête vers Joe qui avait suivi la conversation d'un air amusé. La jeune femme sourit et tendit vers lui un tout petit chat gris et blanc.

— Oh, Joe, regardez comme il est adorable !

— C'est sûr, mais savez-vous que les chatons deviennent des chats adultes qui n'ont pas toujours bon caractère.

Miranda rit et replaça le minuscule animal auprès de sa mère. Joe prit alors la main de la jeune femme pour l'aider à se remettre debout, et la garda dans la sienne un peu plus longtemps que nécessaire. Elle l'intriguait de plus en plus, et curieusement, elle l'attirait aussi, d'une étrange façon.

— Vous voulez voir les colombes de grand-père, proposa alors l'une des fillettes. Elles sont là-haut dans les combles, et on monte par là.

Les enfants se précipitèrent dans un angle du bâtiment pour escalader une vieille échelle de bois. Les adultes suivirent.

— Montez d'abord, Joe, dit Miranda.

Elle attendit qu'il soit passé par la trappe et lui tendit la main pour qu'il l'aide à monter. Une nouvelle fois, il garda sa main dans la sienne quand elle fut à son niveau.

Miranda lui lança un regard étonné, mais ne retira pas sa main quand il l'entraîna vers la cage des colombes. Les fillettes en avaient déjà sorti plusieurs et les caressaient.

Les adultes admirèrent les oiseaux, puis les enfants délaissant les colombes, se mirent à sauter dans le foin. Miranda s'empara aussitôt de son appareil photo, et tout en parlant avec elles, prit une bonne douzaine de clichés. Elle était très à l'aise avec ces deux petites, et Joe ne l'avait jamais vue aussi joyeuse et détendue. A plusieurs reprises elle éclata de rire, un rire un peu rauque qui enchanta et troubla son compagnon.

Il avait étendu sa veste sur la paille et s'y était assis pour mieux observer Miranda qui maintenant se roulait dans le foin avec Daisy et Lydia. Au bout de dix minutes, elle le rejoignit, pendant que les gamines continuaient à sauter et gambader.

— Parlez-moi de votre enfance, Miranda Jane Irving.

Joe la regardait avec attention, à présent. Il sentait son corps mince et élancé, à côté de lui, et son parfum citronné. Elle avait de la paille dans les cheveux, il se pencha pour la lui enlever, notant qu'elle rougissait chaque fois qu'il l'effleurait. Il ne s'en était pas rendu compte au début, mais elle était très sensuelle, il s'en apercevait compte maintenant.

Elle ne répondit pas tout de suite, et finit par murmurer :

— J'étais un garçon manqué, une enfant sauvage beaucoup moins civilisée que ces deux petites.

Joe fut surpris. Il imaginait plutôt une enfant tranquille,

un peu renfermée, ressemblant plus à ce qu'elle était maintenant.

— Vous avez grandi à la campagne?

Melinda hocha la tête.

— Jusqu'à ce que j'aie douze ans nous vivions dans une communauté rurale qu'avait fondée mon père au Nouveau-Mexique.

De nouveau, Joe fut étonné.

— Et c'était comment?

— Formidable, s'exclama la jeune femme. Nous étions libres, joyeux, sans souci. Pour des enfants on ne pouvait rien imaginer de mieux.

Joe s'efforça d'imaginer Solange dans une communauté. En vain. Il avait déjà compris que la mère et la fille étaient complètement différentes.

— Etiez-vous proche de votre père?

— Je l'adorais. Comme tous ceux qui le connaissaient. C'était le chef de notre clan. Il y avait sept adultes et onze enfants. Nous n'allions pas à l'école, mais mon père et une femme du nom d'Angela nous servaient de maître et nous encourageaient à nous documenter sur tout ce qui nous intéressait.

— Vous deviez tout de même avoir pas mal de lacunes dans certains domaines, non?

Miranda secoua la tête avant de repousser ses lourdes boucles brunes en arrière.

— Pas vraiment : chaque fois que je me prenais d'intérêt pour un sujet, je découvrais que, pour le comprendre, il fallait que je sache certaines choses sur un autre sujet. C'est ainsi que j'ai acquis à peu près toutes les bases.

Joe était fasciné.

— Donnez-moi un exemple

— Prenez la musique : nous avions un vieux piano, et

je rêvais d'en jouer. Quand j'ai appris à lire les notes, j'ai découvert que sans l'arithmétique, je ne pouvais pas comprendre les mesures et le rythme. Alors j'ai acquis les rudiments des mathématiques. Et quand j'ai voulu en savoir plus sur les compositeurs, cela m'a menée à l'histoire et la géographie.

— Vous aviez des horaires précis ou vous pouviez travailler quand vous en aviez envie ? demanda Joe qui n'avait pas oublié la rigueur de la discipline dans son école, et combien il l'avait détestée.

— Nous adorions les leçons que nous donnaient mon père et Angela, et bien entendu, nous apprenions beaucoup par le travail quotidien de la communauté. Ainsi comme les adultes faisaient pousser les fruits et les légumes nécessaires à notre consommation, nous avons appris les sciences naturelles. Nous étions tous végétariens, parce que mon père exigeait que ceux qui voulaient manger de la viande ou de la volaille tuent eux-mêmes les animaux.

— C'est incroyable ! Votre père devait avoir une sacrée personnalité !

— Certes, et Angela aussi. Je m'inspire le plus possible de leurs méthodes avec mes petits élèves. J'aime les rendre curieux et leur donner le sentiment qu'apprendre est un privilège.

A cet instant, Daisy se planta devant eux, hors d'haleine.

— On doit partir, maintenant. On a faim. On se reverra peut-être une autre fois.

Miranda sourit.

— Je l'espère bien. De toute façon, j'ai été heureuse de te connaître Daisy, et toi aussi, Lydia.

Tout en parlant, la jeune femme serra la main à chacune des petites filles, et elle ajouta :

— Je vous enverrai les photos quand elles seront développées.

Lorsqu'elles eurent disparu, Miranda observa doucement.

— Elles sont mignonnes.

— En effet, oui, dit distraitement Joe. Vous m'avez dit que vous aviez vécu dans cette communauté jusqu'à l'âge de douze ans. Que s'est-il passé ensuite ?

La voix de Miranda perdit aussitôt son timbre enjoué, et son regard s'éteignit.

— Mon père a été tué dans un accident, et Solange m'a emmenée à Seattle pour vivre avec Gram.

9.

Dire que les trois femmes avaient passé tant d'années ensemble ! Joe avait du mal à y croire. Au bout d'un moment il se décida à demander :

— Votre grand-mère n'a jamais songé à se marier ? Elle a eu des hommes dans sa vie ?

S'il ne pouvait imaginer Solange vivant dans l'abstinence, se représenter Pearl en femme jeune et séduisante ne lui était pas facile non plus.

Miranda réfléchit avant de répondre.

— Gram avait des amis, mais il n'y a jamais eu d'histoire d'amour avec aucun d'entre eux. Elle est tombée amoureuse de mon grand-père Jacques Desjardins ici, à Bethel Farm. C'était un pilote de chasse français qui avait fui la France après Dunkerque pour rejoindre la division française de la RAF. Lui et son équipage avaient fait un atterrissage en catastrophe dans un champ près d'ici, un après-midi, alors que Gram était en permission. Il a été tué en mission trois mois plus tard. Gram n'a jamais aimé personne d'autre.

— Et votre mère ?

Cette fois, Miranda hésita, et quand elle parla, Joe comprit qu'elle choisissait ses mots avec soin.

— Solange, c'est une autre histoire. Elle a toujours eu

toutes sortes de relations amoureuses, et ne restait jamais longtemps avec le même homme. Jusqu'à aujourd'hui. Apparemment, elle a l'intention d'épouser le dernier en date, Leon Baillie.

La jeune femme ébaucha un sourire un peu triste avant de poursuivre :

— Solange et ses affaires de cœur ont toujours été un sujet brûlant pour Gram.

Son compagnon hocha la tête. Bien qu'il ne connût Solange que depuis quelques jours, il comprenait ce qu'elle voulait dire.

— Pourquoi l'appelez-vous Solange ? demanda-t-il encore, car il avait été choqué d'entendre Miranda s'adresser à sa mère par son prénom.

Il ne se voyait pas appeler son père Gabriel.

— C'est elle qui y tient depuis toujours. Elle n'a jamais voulu que je lui dise maman.

Cela aussi, il le comprenait. Solange ne voulait surtout pas paraître son âge.

— Ainsi, vous avez commencé à aller à l'école à douze ans, Miranda. Ça n'a pas été trop dur ?

La jeune femme fit la grimace.

— Ce fut atroce ! J'étais complètement inadaptée. Une vraie enfant sauvage. Entre autres choses, je n'avais jamais prêté attention à mes vêtements. Et voilà que je découvrais combien l'habillement était important pour les autres. Sur ce point, Solange m'a beaucoup aidée.

Miranda eut un sourire un peu ironique avant d'ajouter :

— Depuis, elle a toujours essayé de me donner le goût de la toilette. Sans succès. A l'époque, je me sentais étrangère à tous ces enfants qui considéraient l'école comme un calvaire et n'aimaient pas apprendre. J'étais bien meilleure qu'eux dans toutes les disciplines académiques, mais j'avais un mal fou à communiquer, et j'étais nulle en sport, parce que l'esprit de compétition n'existait pas dans la communauté.

— Combien de temps vous a-t-il fallu pour vous intégrer ?

— Comme vous êtes gentil, Joe ! Vous pensez donc que je me suis intégrée ? Non, je me suis simplement résignée à être différente. Je n'ai jamais pu inviter de petites amies pendant le week-end, car la maison de Seattle était trop isolée. De plus, nous avons toujours eu une vie familiale un peu farfelue, pour ne pas dire plus. Gram travaillait le samedi, et Solange...

La jeune femme se tut et parut se raviser sur ce qu'elle allait dire.

— Bref, ce n'était pas toujours facile, acheva-t-elle.

— Vous vous sentiez un peu seule, j'imagine ?

— Au début, oui. Je ne connaissais que la vie en communauté et j'ai eu beaucoup de mal à m'habituer à cette solitude. Puis j'ai commencé à m'intéresser à la photo, et ça m'a beaucoup aidée. J'ai installé un petit studio de développement à la cave, et j'ai suivi des cours de photographie. Plus tard, j'ai choisi d'aller à l'université de Seattle... En fait je n'ai jamais été vraiment indépendante.

— Moi si. J'ai voyagé dans ma jeunesse, mais à mon retour, je me suis réinstallé chez mon père.

Mais Joe n'avait pas envie de parler de lui. Il y avait encore tant de choses qu'il voulait savoir sur cette curieuse jeune femme.

— Je trouve étrange que vous ayez voulu devenir institutrice, alors que vous aviez eu tant de mal à vous habituer à l'école.

Miranda haussa les épaules.

— Peut-être était-ce en hommage à mon père. Pour montrer aux gosses qu'apprendre peut être un jeu et non pas une corvée. Pourtant, je ne prétends pas enseigner mieux que les autres, pas du tout. Mais j'ai envie d'intéresser les enfants à ce que nous faisons. Et de nos jours nous avons plus de liberté que les enseignants d'autrefois. Les programmes sont plus flexibles. Et puis, pour tout vous avouer, j'adore les mômes.

— Avez-vous envisagé d'en avoir à vous ?

La question avait échappé à Joe. Il s'en voulut de l'avoir posée. Bien sûr que Miranda voulait des enfants. Comme presque toutes les femmes ! Comme il était indélicat parfois ! Et de quel droit se mêlait-il de ses affaires ?

Miranda cependant ne semblait pas troublée par sa question.

— Bien sûr, j'y ai songé. Et Gram me tanne depuis des années pour que j'aie un bébé afin que Bethel Farm reste dans la famille. D'autant plus que la date fatidique approche...

Elle se tut soudain, resta quelques instants pensive, et conclut :

— Lorsque j'étais petite-fille, je m'imaginais mariée, avec au moins cinq enfants. Mais... mais l'occasion ne s'est jamais présentée.

— Bon sang, Miranda, c'est absolument incroyable ! Je ressens exactement la même chose que vous. Papa ne cesse de me rabâcher que je suis son fils unique, et que je dois lui donner un héritier. Mais trouver une femme avec qui faire des enfants n'est pas aussi simple que choisir une confiture pour son petit déjeuner.

— Non, en effet.

Miranda secoua la tête puis ajouta :

— Pourtant, on pourrait le penser : partout, les gens se rencontrent, se marient et font des bébés.

Cette fille était vive, intelligente ; elle avait un esprit critique très développé, et Joe était touché par sa façon directe d'envisager la vie. Une idée saugrenue commença à germer dans son esprit, mais avant de la formuler, il fallait qu'il en sache encore davantage sur elle. Il décida de continuer à la questionner jusqu'à ce qu'elle se lasse de son indiscrétion et lui demande de se mêler de ses affaires.

— Vous sortez avec quelqu'un en ce moment? demanda-t-il.

Miranda le regarda sans comprendre.

— Sortir? Comment cela?

— Je veux dire : est-ce que vous fréquentez quelqu'un? Un homme que vous pourriez épouser, avec qui vous envisageriez d'avoir des enfants. Ici en Angleterre, beaucoup de femmes veulent être mère célibataire. Exactement comme les femmes de votre famille.

— J'y ai songé, moi aussi.

Et c'était vrai, Miranda y avait beaucoup réfléchi. Elle hésita avant d'avouer :

— Je voulais même aller voir un médecin, parce que Gram me rebattait les oreilles avec cette histoire de Bethel Farm qu'il faudrait vendre, faute d'héritier en l'an 2000. Et puis j'y ai renoncé.

Elle y avait renoncé lorsqu'elle s'était rendu compte qu'elle voulait un bébé, certes, mais qu'il devait être le résultat d'une relation avec un homme. Elle n'avait que faire d'une maternité solitaire, guidée seulement par des raisons pratiques et matérielles. Et, chose plus importante encore, les sentiments de l'enfant, son équilibre affectif, étaient primordiaux à ses yeux.

Elle baissa les yeux.

— Vous comprenez, même si Solange ne s'est pas mariée, j'ai eu un père, un père merveilleux. Et si j'ai un enfant, je voudrais qu'il en ait un lui aussi. Mais je suis sauvage et je ne sors pas beaucoup, c'est pourquoi l'idée du bébé-éprouvette m'a séduite pour un temps, je l'avoue.

Joe fronça les sourcils.

— Pourquoi ? Vous n'aimez pas les hommes ? Vous préférez les femmes, peut-être ?

Cette fois, il se dit qu'il était allé trop loin. Elle allait le gifler s'il continuait. Miranda leva la tête et le regarda d'un air sidéré. Mais, à son grand soulagement, elle éclata d'un rire gai, si communicatif qu'il se mit à rire lui aussi.

— C'est une chose à laquelle je n'ai jamais pensé, dit-elle dès qu'elle put parler. Et vous, vous aimez les hommes ? ajouta-t-elle sur le ton de la plaisanterie.

— Non, et c'est un non ferme et définitif. Les femmes m'enchantent, et je ne me lasse pas de les désirer.

Il attendit qu'elle fasse un commentaire, puis rien ne venant, il reprit avec une douce ironie :

— Eh bien ! Maintenant que les choses sont claires entre nous sur ce plan, nous pouvons apprendre à nous connaître un peu mieux, mademoiselle Irving.

Il avait imaginé qu'elle éclaterait de rire de nouveau, mais elle le regarda très sérieusement.

— Vous le désirez vraiment, Joe ?

Elle rougit d'un seul coup et, sans bien savoir pourquoi, il en fut étrangement heureux.

— Et vous Joe, euh... vous sortez avec quelqu'un de... de particulier ?

— Pas en ce moment, non.

Il se rendit compte soudain qu'il n'avait pas pensé une seule seconde à Betsy en lui répondant. Il est vrai que depuis quelque temps son absence totale de sens de l'humour et sa bêtise lui étaient devenues insupportables.

Miranda avala sa salive, et demanda d'une voix crispée.

— Il y a quelque chose... euh... Je me demandais si...

Elle se mit brusquement debout et lui tourna le dos. Mais il se leva à son tour et la contourna pour lui faire face.

Elle était rouge comme une pivoine, à présent. Qu'est-ce qui pouvait bien la troubler à ce point ? Elle serrait son appareil photo contre son cœur comme on s'accroche à une bouée.

Sans même réfléchir, Joe lui prit les mains, et écarta l'appareil pour l'attirer dans ses bras. Il la tint contre lui quelques instants, respirant l'odeur de ses cheveux, enlaçant son corps mince qui vibrait tout contre le sien...

— Que voulez-vous me demander, Miranda ?

Il caressa sa joue d'un doigt tendre, et comme elle ne répondait pas, mais ne cherchait pas non plus à se dérober, il pencha à peine la tête et trouva ses lèvres.

Elles étaient douces et chaudes, presque sucrées. La jeune femme était consentante, mais timide, maladroite, et il dut jouer un peu avec sa bouche pour qu'elle l'entrouvre. Il prit tout son temps, passant un bout de langue sur ses lèvres comme pour l'encourager, si bien qu'avec un minuscule soupir à peine audible, elle finit par céder. Quand elle glissa les bras autour de son cou, il la serra davantage, puis plus étroitement encore : elle était fine, souple, et tellement femme contre lui.

Comme leur baiser s'intensifiait, il sentit son propre corps réagir de façon délicieuse, et elle aussi le sentit car elle gémit doucement, sans qu'il sache si c'était d'appréhension ou de désir.

Il hésita un instant à la coucher dans le foin, puis s'écarta d'elle, à regret.

Les yeux de la jeune femme, derrière ses lunettes, étaient brillants. Ses pupilles, dilatées.

— C'était très agréable, chuchota Joe. Et la voyant s'empourprer de nouveau, il en fut heureux.

— Et maintenant, que vouliez-vous me demander ?

Miranda allait lui répondre, quand la voix de Solange retentit dans la grange.

— Joe, Miranda ! Vous êtes là-haut ?

La jeune femme s'éloigna vivement de son compagnon comme une adolescente surprise avec son petit ami.

— Qu'y a-t-il, Solange?

Sans attendre, elle se précipita et descendit l'échelle quatre à quatre. Joe n'eut pas d'autre choix que de l'imiter.

— Bon sang, il fait un froid de loup ici! s'exclama Solange qui frissonnait, les bras serrés autour de sa poitrine.

Elle semblait contrariée.

— Les petites filles m'ont dit que je vous trouverais ici. J'espère que je ne vous dérange pas!

Elle fit un clin d'œil entendu à Joe avant de s'adresser à sa fille.

— Ecoute, Miranda, j'en ai assez de tourner en rond et d'écouter maman rabâcher ses souvenirs de jeunesse. Imagine-toi qu'elle veut que nous restions ici, pour je ne sais combien de temps. Mais tu te doutes bien que c'est impossible pour moi, mon chou? J'ai mille courses à faire. Et puis...

Elle baissa la voix pour prendre un ton de conspirateur :

— Je ne le supporte pas ce médecin. Si nous repartions pour Londres tout de suite?

Miranda la regardait, les sourcils froncés.

— Combien de temps Gram veut-elle rester ici?

— Je ne sais pas, moi! Quelques jours, plus peut-être.

Solange haussa les épaules.

— Natalie l'a invitée, et Elizabeth, qui écrit pour le journal local, veut entendre ses histoires sur la guerre. Pas question que je reste ici une journée de plus. Toi non plus d'ailleurs, n'est-ce pas, mon chou?

— Je ne pense pas, non.

Tous trois sortirent de la grange en silence pour regagner la ferme où Pearl était en train de raconter une anecdote à propos d'un avion dont le manche à balai défectueux, avait failli provoquer une catastrophe. Elizabeth, assise en tailleur par terre, prenait des notes dans un petit carnet.

A leur entrée, Pearl s'interrompit pour annoncer, radieuse :

— Ces adorables dames nous invitent à rester à la ferme quelques jours. Natalie m'a même offert de coucher dans ma chambre de jadis : la bleue, qui est tout au bout du couloir. Je lui ai dit que rien ne pouvait me faire plus plaisir.

— Mais tu n'as pas de vêtements de rechange, Gram !

Pearl balaya l'objection d'un geste.

— Elizabeth nous prêtera des pyjamas, et elle assure qu'il y a une malle pleine de vieux habits d'autrefois. Nous y trouverons sûrement ce qu'il nous faut.

Voyant combien Miranda était consternée, Joe vola à son secours.

— J'avais l'intention d'inviter Miranda à dîner ce soir en ville, mademoiselle, avant de l'emmener au spectacle.

Il avait eu cette idée juste avant l'irruption de Solange dans la grange.

— J'espère que vous ne m'en voudrez pas si je kidnappe votre petite-fille pour la ramener à Londres.

Miranda le regarda étonnée, mais Gram s'exclama aussitôt :

— Bien sûr que non. Partez donc, jeunes gens, et prenez du bon temps. Solange et moi nous allons nous reposer en profitant de l'air de la campagne. Et dans quelques jours, nous rentrerons à Londres par le train.

— Je rentre aujourd'hui, maman, dit alors Solange sur un ton qui n'admettait pas de réplique. Il faut que je commence à chercher ma robe de mariée dès demain.

— Oh, la barbe ! Eh bien, dans ces conditions, j'imagine qu'il va falloir que je parte moi aussi.

Pearl semblait consternée.

— J'ai bien peur de ne pas pouvoir prendre le train toute seule.

— Je louerai une voiture qui viendra te chercher quand tu voudras, Gram, proposa Miranda.

Et Natalie renchérit :

— Oh ! restez avec nous, mademoiselle. Je vous raccompagnerai en train. Ce sera pour moi l'occasion de passer la journée à Londres. Je n'y suis pas allée depuis si longtemps.

L'affaire était donc réglée, Pearl resterait.

Ils prirent le thé, puis Joe annonça qu'il était temps de regagner Londres.

Après avoir échangé des effusions et des promesses de se revoir bientôt, ils quittèrent la ferme. Joe ouvrit ostensiblement la portière arrière pour Solange, et Miranda s'assit à côté de lui.

— J'en conclus que si j'ai mal au cœur, vous ne craignez pas que je salisse vos beaux sièges de cuir, dit Solange, maussade, pour se venger.

— Prévenez-moi à temps, je m'arrêterai, rétorqua Joe qui n'avait pas l'intention de se laisser intimider.

Etouffant une exclamation dépitée, Solange s'enfonça dans la banquette et, posant sa tête contre une couverture de voyage, annonça qu'elle allait dormir un moment. Sans s'occuper d'elle, Joe démarra et fila à grande vitesse vers l'autoroute.

A côté de lui, Miranda ne disait pas un mot. Joe finit par mettre un disque s'apercevant trop tard que c'était un de ceux abandonnés par Betsy : deux braillards d'Edimbourg se mirent à beugler au son de guitares électriques assourdissantes, assurant à la terre entière que sûrement, ils se réveilleraient bientôt auprès de leur belle.

— Vous aimez la musique, Miranda ?

— Oh oui ! L'opéra, le jazz, la musique country, un peu tous les genres.

Joe aussi aimait toutes les musiques.

La jeune femme prit l'enveloppe du C.D., l'examina avant de déclarer :

— Je n'avais jamais entendu ce groupe.

Lui non plus, avant que Betsy ne le lui fasse entendre, mais il ne pouvait guère le dire à sa passagère.

— Je crois que le premier morceau est la bande originale d'un film.

C'est ce que lui avait assuré Betsy, mais il avait oublié le titre du film.

— Et le cinéma, Miranda, vous y allez souvent ?

— Presque jamais. Gram et moi louons souvent des cassettes. Elle adore les films d'action, et plus il y a de sang, plus elle se régale.

Pendant une bonne demi-heure, ils discutèrent des films qu'ils avaient vus tous les deux, chacun défendant son point de vue. Miranda se souvenait de scènes et de dialogues. Joe refaisait à merveille les voix et les accents, pour le plus grand plaisir de la jeune femme qui riait à gorge déployée.

Sur la banquette arrière, Solange était silencieuse. Dormait-elle ? Faisait-elle la tête ? De toute façon, Joe et Miranda ne s'en préoccupaient guère. La conversation avait dévié maintenant vers la lecture. Joe adorait les polars, Miranda préférait les biographies et les livres d'histoire.

Puis ils parlèrent cuisine, et Joe expliqua que Larry, leur valet de chambre, était végétarien, si bien qu'il s'arrangeait toujours pour que la viande qu'il préparait soit immangeable. Il partit dans une longue tirade sarcastique sur les végétariens, jusqu'à ce que, l'air de rien, Miranda lui dise qu'elle l'était. Ils se mirent à rire de bon cœur.

Quand ils arrivèrent à l'hôtel, Joe, qui aurait souhaité que le voyage dure beaucoup plus longtemps, escorta la mère et la fille jusque dans le hall.

— Je passe vous prendre pour dîner à 19 heures Miranda ?

Il était déjà 17 h 30.

— Epatant.

— Je pense que je me ferai servir dans ma chambre, ce

soir, dit Solange d'un ton plaintif, mais peut-être puis-je vous accompagner au spectacle. Cela ne t'ennuie pas, Miranda ?

Joe n'était pas du tout d'accord, mais il ne dit rien en voyant l'hésitation de la jeune femme. Solange qui n'avait rien remarqué ajouta, d'un ton mielleux :

— On doit pouvoir trouver une place à la dernière minute, j'imagine ?

Avant que Joe ait pu répondre, elle poursuivit comme si l'idée venait juste de surgir dans son esprit :

— Votre père pourrait peut-être se joindre à nous, Joe ? C'est si ennuyeux de sortir à trois. Téléphonez-lui donc.

Mais Joe n'avait pas l'intention de se laisser faire aussi facilement.

— Navré Solange, mais Père a un conseil d'administration ce soir, et, de toute façon, le spectacle se joue à guichet fermé. Ce sera pour une autre fois.

— Eh bien, tant pis ! Je me coucherai comme les poules, soupira Solange. En voyant son air de martyr, Joe eut un élan de compassion pour le pauvre pasteur dont elle arborait fièrement la bague de fiançailles.

Mais Solange n'avait pas fini.

— Miranda, je compte sur toi pour m'accompagner demain matin. Je déteste faire des courses seule.

La jeune femme sourit à sa mère.

— C'est promis, Solange, à demain.

Miranda suivit du regard sa mère qui se dirigeait vers les ascenseurs, puis se tourna vers son compagnon.

— Merci d'avoir volé à mon secours.

— Je suis à votre service, dit-il avec un sourire malicieux.

Il lui prit la main et déposa un baiser au creux de sa paume, avant de murmurer :

— A tout à l'heure, 19 heures.

10.

A peine entrée dans sa chambre, Miranda se laissa tomber sur son lit pour réfléchir à tout ce qui lui était arrivé en l'espace d'une seule journée.

Joe Wallace l'avait embrassée, et il s'en était fallu d'un cheveu qu'elle lui avoue ce qu'elle attendait de lui. Sa propre audace l'ahurissait, mais elle en était assez fière, et elle était furieuse contre Solange qui avait tout gâché. A cause de sa mère, elle allait devoir trouver une autre opportunité.

Miranda se retourna sur son lit et ferma les yeux pour mieux évoquer le visage de Joe Wallace. Il l'avait écoutée, il voulait passer du temps seul avec elle. Il avait remis Solange à sa place sans hésiter pour qu'ils puissent passer la soirée en tête à tête. Il allait l'emmener dîner et puis...

Qu'allait-il se passer ce soir ? Oserait-elle lui demander de lui faire l'amour ? Accepterait-il sur-le-champ ? Un frisson d'excitation parcourut la jeune femme. Elle devait trouver un biais pour amener la conversation sur ce sujet, et elle devait le faire ce soir. Absolument. Elle restait trop peu de temps à Londres pour attendre plus longtemps.

Et pour commencer, comment allait-elle s'habiller ?

Le cœur battant, elle bondit pour ouvrir le placard où

elle avait pendu les quelques tenues apportées de Seattle. A part le tailleur de soie qu'elle portait lundi au déjeuner, elle n'avait que deux robes présentables : l'une toute simple, en jersey noir, l'autre un peu plus habillée, bleu marine, boutonnée sur le devant.

Le plus important, était le choix de la lingerie. Au cas où... Elle fouilla son tiroir cherchant fébrilement ce qui conviendrait le mieux à l'hypothétique occasion.

Et le maquillage ? Il fallait en user un peu plus que d'habitude, mais pas trop non plus. Un instant, Miranda envisagea de demander conseil à Solange, mais elle se ravisa. Après tout, elle était capable de se débrouiller seule : elle avait suffisamment vu sa mère se préparer pour sortir avec un homme. Et de toute façon, le rituel commençait toujours de la même manière, par un bon bain moussant.

A 19 heures précises, le téléphone de la chambre sonna. Miranda décrocha tout en essayant d'accrocher une de ses boucles d'oreilles en perle.

— Miranda. Je suis en bas.

Comme elle aimait sa voix !

— Voulez-vous que je monte vous chercher ou préférez-vous me retrouver dans le hall ?

— Je descends tout de suite.

La jeune femme balaya du regard le désordre de sa chambre. De plus en plus nerveuse au fil des minutes, elle avait répandu ses affaires un peu partout : des accessoires de maquillage jonchaient les étagères de la salle de bains, le peignoir en éponge encore mouillé était jeté en boule sur le lit, ainsi que les vêtements qu'elle avait portés pour se rendre à Bethel Farm. Elle avait essayé toute sa collection de culottes et de soutiens-gorge de soie et en dentelle avant de faire son choix, envoyant le reste aux quatre coins de la chambre. Sur le fauteuil, deux collants noirs, déchirés, témoignaient de son énervement, et la jolie robe bleu marine qu'elle avait d'abord décidé de porter gisait sur le tapis car elle lui avait préféré celle en jersey noir.

— J'arrive tout de suite, dit-elle avant de raccrocher et de prendre son imperméable noir.

Devait-elle l'enfiler ou le garder sur son bras pour ne le passer qu'une fois dans l'entrée ? Et son sac ? En avait-elle besoin ? Oui, c'était plus prudent. Elle chercha des yeux un foulard. Voilà ce qu'il lui fallait ! Ou plutôt une écharpe de soie qu'elle nouerait autour du col de son imperméable. Elle en trouva une, en fine soie avec des roses imprimées, au fond d'un tiroir, et la fourra dans son sac avant de jeter un dernier regard autour d'elle...

Une horrible pensée jaillit soudain dans son esprit : et si Joe voulait monter avec elle dans sa chambre, après... ?

Comme une folle, elle rassembla ses affaires éparses et les fourra sous le lit.

Un regard désespéré vers le miroir lui renvoya son visage angoissé.

— Allons, du courage, Miranda Jane, murmura-t-elle. A chaque seconde, il y a des myriades de femmes qui font l'amour. Ce ne doit pas être si difficile.

Elle prit une longue inspiration, remonta ses lunettes sur son nez et, tremblant de tous ses membres, descendit rejoindre Joe.

Il était devant la porte de l'ascenseur, magnifique dans son costume sombre et sa chemise immaculée qu'agrémentait une cravate de soie rayée.

— Vous êtes ravissante, murmura-t-il, en lui prenant son vêtement pour l'aider à l'enfiler.

Il tint ensuite l'écharpe de soie par les deux extrémités

et la lui passa autour du cou. Quand elle lui sourit pour le remercier, l'admiration qu'elle lut dans son regard lui donna la certitude qu'elle était ravissante.

Il commençait à pleuvoir. Le portier les abrita sous un immense parapluie jusqu'à la voiture qui cette fois n'était pas la grosse Bentley, mais un petit coupé de sport blanc. Miranda qui commençait à s'habituer à la conduite sportive de son compagnon sentit son estomac vaciller lorsque le puissant moteur rugit. Un instant plus tard, Joe fonçait au milieu de la circulation pourtant très dense, à cette heure de la soirée. Apparemment inconscient du danger, il changeait nonchalamment de file, se glissant dans un espace qui n'existait pas un quart de seconde avant, freinant puis accélérant de nouveau et se faufilant partout avec une adresse à couper le souffle. Miranda qui était agrippée à sa ceinture de sécurité finit par demander :

— Vous n'avez jamais songé à devenir pilote de course.

— Ma parole, vous possédez un don divinatoire, dit Joe en lui lançant un regard malicieux. Quand j'étais enfant, je rêvais de tourner sur le circuit d'Indianapolis.

— Avant de faire de l'escalade? Parce que si vous escaladez les sommets comme vous conduisez, c'est un miracle que vous ne vous soyez pas encore tué.

Joe se mit à rire.

— On croirait entendre mon père. Si vous voulez tout savoir, quand j'avais quatorze ans, j'ai lu un livre de George Mallory que certains considèrent comme le meilleur alpiniste du siècle dernier. Il est mort en tentant l'ascension de l'Everest en 1924. Bref, à partir de ce jour, tous mes rêves ont été axés sur la montagne. J'ai réussi à convaincre un ami, Tony Patterson, de venir faire de l'escalade avec moi dans le pays de Galles, puis, nous sommes allés en Ecosse où c'était déjà plus difficile, et bien sûr, nous avons fini dans les Alpes.

— Où vous avez fait l'ascension du mont Blanc ! dit Miranda qui n'avait pas oublié la superbe photo dans le bureau de son compagnon.

— Vous vous souvenez de ça ?

La jeune femme rit de son étonnement.

— J'ai beaucoup aimé cette photo. Qui l'a prise ?

— Mon ami Tony.

— Et qui était l'autre alpiniste avec vous ?

— Un copain australien, Chris Greenlaw. Nous avons pas mal bourlingué tous les trois, il y a quelques années.

— Quand vous étiez en pleine crise ? Parlez-moi donc de cette époque.

— Mon ami Tony Patterson avait terminé ses études de médecine. Au même moment, j'achevais mon droit et nous nous sommes mis d'accord : nous allions travailler deux ans pour économiser de l'argent, puis nous partirions dans les Alpes. C'est ce que nous avons fait, et c'est en France que nous avons rencontré Chris. Par le plus grand des hasards, il était juriste comme moi, et nous nous sommes entendus comme larrons en foire. De France, nous sommes partis pour les Indes.

Tout en parlant, Joe conduisait comme un fou dans un dédale de ruelles si étroites que les ailes de son bolide blanc frôlaient les murs des maisons.

— Vous avez fait l'ascension de l'Everest ? demanda Miranda pour oublier la peur qui lui nouait le ventre.

Son compagnon éclata de rire.

— Pas tout à fait, non, nous n'étions pas assez expérimentés pour cela, mais nous avons fait pas mal de sommets dans l'Hindu Kush. Puis nous avons rencontré un Américain qui nous a proposé de nous prendre comme marins sur son yacht dans les Mers du Sud.

— Très séduisant !

— Si séduisant que nous avons accepté, et que nous nous sommes finalement retrouvés en Indonésie où nous avons passé plusieurs mois à aider les gens d'un village à construire un temple en pleine jungle. De là, nous sommes partis pour l'Australie, où le père de Chris est éleveur.

Joe arrêta sa voiture devant un restaurant dont l'entrée était protégée par un dais, et il laissa le moteur tourner, attendant le voiturier.

— J'ai travaillé quatre mois là-bas, puis je suis rentré. C'était il y a deux ans.

— L'Australie vous a plu ?

— Enormément ! J'ai même envisagé de m'y établir. Chris a ouvert un cabinet juridique là-bas, et il me supplie de m'associer avec lui.

— Qu'est-ce qui vous retient ? demanda Miranda.

Joe fronça les sourcils tapotant sur le volant avec impatience.

— Oh ! mon père, j'imagine. Et l'étude... les responsabilités familiales. Que fait donc ce maudit portier ?

— Vous aimez donc voyager ?

C'était un goût que la jeune femme ne partageait pas. Avant ce séjour à Londres, elle n'avait jamais éprouvé le désir d'aller plus loin que la Californie.

— C'est plus que cela, c'est comme un besoin vital. Je me demande si passer d'un endroit à un autre et connaître d'autres peuples, d'autres cultures, n'est pas un mauvais tour que m'a joué la génétique. J'ai l'impression de ne pas être fait pour rester toujours au même endroit.

A cet instant, le voiturier apparut et ouvrit la portière de Joe.

— Pardon de vous avoir fait attendre, monsieur.

Joe contourna le véhicule pour aider Miranda à en sortir.

Le dîner fut exquis, mais ne présenta guère d'occasion de conversation personnelle. Joe connaissait la moitié des clients, et la totalité du personnel. Chaque fois que quelqu'un venait lui dire bonsoir, il présentait très poliment Miranda, mais, fort heureusement, il ne proposa à personne de partager leur table.

Il y avait au fond du restaurant une petite piste de danse où un quatuor à cordes jouait des valses. En attendant qu'on leur serve le dessert, Joe invita sa compagne à danser. Elle n'avait jamais été très douée pour cet exercice, et sans l'aide du champagne, elle aurait refusé. Mais la boisson pétillante lui avait donné du courage, et après avoir écrasé une ou deux fois les pieds de son cavalier qui, fort courtoisement s'excusa, elle finit par se détendre, et même à trouver du plaisir à être entre ses bras.

A la troisième valse, et après une quatrième coupe de champagne, Miranda ferma les paupières et se laissa flotter, envahie d'un entêtant émoi, consciente de la chaleur de la main posée au creux de ses reins, et du parfum délicieusement acidulé de son compagnon.

Après souper, il l'emmena voir une pièce désopilante, et Miranda rit comme elle ne l'avait pas fait depuis fort longtemps. Ce ne fut qu'au retour, lorsqu'ils se retrouvèrent dans la petite voiture de sport que Joe conduisait en zigzaguant plus que jamais dans les rues encombrées, que Miranda se souvint de ce qu'elle voulait lui demander. Elle chercha comment amener la conversation sur le sujet, mais il interrompit soudain le fil de ses pensées.

— Vous aimez le thé indien, Miranda? demanda-t-il. Je vais vous emmener dans un endroit très agréable où je me rends souvent après le théâtre.

L'ambiance du café était calme et une chaîne stéréo dispensait une musique très douce. Un Hindou de grande taille les servit puis disparut sans bruit.

Miranda sirotait en silence son breuvage tout en se creusant la tête pour aborder la question qui la préoccupait.

Joe garda le silence pendant un moment, puis, poussant un profond soupir, se mit à parler d'une voix un peu hésitante.

— J'aimerais vous demander quelque chose, Miranda. Ce n'est pas très orthodoxe, et j'espère ne pas vous choquer. Je n'ai pas cessé d'y penser depuis que nous avons eu cette conversation dans la grange.

Elle le regarda droit dans les yeux, surprise de sa nervosité inhabituelle.

— Qu'avez-vous en tête, Joe?

— Nous nous entendons étonnamment bien, tous les deux, et vous êtes la femme la plus raisonnable que j'aie jamais rencontrée.

Il s'interrompit pour boire une gorgée de thé, en fronçant les sourcils comme s'il essayait de sonder le fond de sa tasse.

— Merci, Joe, murmura Miranda en se demandant si c'était le genre de compliment que pouvait faire un homme à une femme avec qui il envisageait de faire l'amour.

Il reprit la parole, toujours aussi peu sûr de lui :

— Ce qui est incroyable, voyez-vous, c'est que nous avons le même problème tous les deux, et je me dis que peut-être nous pourrions le résoudre ensemble, en adultes intelligents.

L'espace d'un instant, Miranda crut qu'il allait lui avouer qu'il était vierge, lui aussi.

— Comprenez-moi, Miranda, comme nous l'avons dit aujourd'hui, trouver... euh... un ou une partenaire... acceptable, est horriblement difficile. Et mon père ne me laissera jamais en paix tant que je ne lui aurai pas donné un héritier. Il fait une véritable fixation sur ce problème de succession. Et comme je suis son seul enfant et que lui-même était fils unique, il insiste de plus en plus au fil des années.

Son visage devint soudain soucieux et il posa sa tasse nerveusement sur la table :

— J'en ai vraiment assez qu'il me culpabilise avec cette histoire. Après tout, je ne suis pas un vieillard. J'ai encore du temps devant moi.

Au fur et à mesure qu'il parlait, Miranda sentait qu'il s'enfonçait et ne savait plus comment s'en sortir. Elle l'aurait bien aidé, mais elle n'avait pas la moindre idée de ce qu'il voulait lui demander. Il reprit :

— J'avoue que la coïncidence est assez invraisemblable, et c'est ce qui m'a donné l'idée de vous faire cette proposition, si folle soit-elle. Car voyez-vous, nous nous trouvons dans la même situation. Et je ne sais pas très bien, à vrai dire, s'il nous reste assez de temps pour résoudre votre problème, mais on ne sait jamais. Nous sommes en avril, n'est-ce pas ?

Il compta sur ses doigts tandis que ses lèvres articulaient sans bruit. Et tout à coup il s'exclama, tout joyeux.

— Neuf mois ! Dieu du ciel ! Avec un peu de chance nous pourrions y arriver ! Vous ne croyez pas que ce serait fabuleux si nous réussissions ?

— Réussir quoi ? demanda Miranda d'une voix blême car elle commençait à se douter de ce qu'il avait en tête, mais n'arrivait pas à le croire.

— Miranda, je pense que nous devrions essayer d'avoir un enfant ensemble.

un homme. Il fallait une sérieuse [illegible] sur sa [illegible] de [illegible]. [illegible] que l'on peut appeler [illegible] [illegible]. Dès demain, il [illegible] de plus en plus [illegible] ces années.

[illegible] il posa sa [illegible] sa tête.

— Tu as [illegible] qu'il me [illegible] dans la vie [illegible] pas [illegible] encore un peu [illegible] de mon avis.

[illegible] de la partie [illegible] pas [illegible]. L'aurait-il dit, [illegible] ce qu'il voulait [illegible] ?

— Je pense que la [illegible] est [illegible] comme [illegible] toi. [illegible] Elle ne [illegible] pas [illegible] de [illegible] que nous [illegible] ensemble.

Il [illegible] ses [illegible] tandis que ses [illegible] sans [illegible].

— Neuf mois ! Déjà, la vie ? Avez-vous pensé à [illegible] ? Vous ne croyez pas que ce serait [illegible] si nous [illegible] ?

— [illegible] Miranda [illegible] que vous [illegible] elle [illegible] pas [illegible].

— Miranda, je pense que nous devrions essayer d'avoir un enfant ensemble.

11.

Miranda demeura clouée de stupeur, en même temps que montait en elle un irrésistible fou rire. Elle fit un effort si grand pour le refouler qu'elle devint rouge comme une pivoine. Joe se trompa sur le sens de sa rougeur.

— Je vous ai offensée ! Oh, Miranda, vous avez mille bonnes raisons pour m'envoyer promener et me traiter de mufle, mais de grâce, écoutez-moi.

Sur un ton suppliant, il poursuivit :

— Je sais que ma proposition paraît insensée, cependant considérez-la au moins un instant, et discutons-en. Si nous faisions un enfant, ce ne serait pas si bête, bien au contraire : nous venons tous les deux d'honorables familles, nous avons de bons gènes, et surtout une motivation forte.

Il tendit la main pour prendre celle de la jeune femme crispée sur l'anse de sa tasse.

— J'admire votre intelligence, reprit-il, et votre vision rationnelle de la vie ! Vous, au moins, n'avez pas cédé à cette absurde comédie que la société nous impose.

De quoi parlait-il ? Miranda avait du mal à comprendre.

— De quelle comédie parlez-vous ? réussit-elle à articuler.

— Celle de l'amour, bien sûr. Cette chose impossible et ridicule au nom de laquelle les gens se marient et mènent des existences infernales parce qu'ils n'arrivent pas à faire ce qui leur est imposé, c'est-à-dire le bonheur de leur conjoint. Ce qui engendre inévitablement culpabilité, désillusions, disputes et l'inévitable conclusion : le divorce.

Joe feignit de frissonner, avant de reprendre :

— Oh, je connais bien tout ça ! On voit assez de drames de ce genre dans mon métier. Alors qu'à mon avis, si l'on considère les choses sous un angle objectif, voire professionnel, il suffit, pour éviter ce désastre, que les deux partis définissent clairement leurs exigences dès le départ.

— Vous parlez de mariage ?

Miranda tombait de la lune, elle en avait conscience, mais la version de l'amour et du bonheur à deux que son compagnon était en train de lui décrire n'était pas si facile à comprendre.

— En ce qui nous concerne, il n'en serait pas question immédiatement bien entendu : nous nous marierions seulement si nous arrivions à faire un enfant. Ce dernier serait alors l'héritier des Wallace, et celui des Irving aussi, bien sûr. Ensuite nous devrions légaliser la situation, puis il nous suffirait de divorcer et d'organiser la garde conjointe de l'enfant. Il serait évidemment indispensable que j'aie mon mot à dire sur son éducation.

Il hésita un instant, mais reprit vite :

— Pas tant qu'il sera petit, bien sûr. Je n'ai aucune envie de m'occuper de couches ou de biberons. D'ailleurs il n'est pas question que vous vous en occupiez non plus. Nous pourrions prendre une nurse. Mais plus tard, je tiens à remplir mon rôle auprès de lui.

— Mais enfin, Joe, je vis à Seattle.

— Oui, je sais, c'est une petite complication, certes.

Il se tut, réfléchissant, les sourcils froncés.

— Vous n'envisageriez pas d'émigrer, ne fût-ce que temporairement ?

Sans attendre sa réponse, il s'exclama :

— Non, je n'ai pas le droit de vous demander une chose pareille ! Nous trouverons toujours des solutions. Ce n'est qu'un problème de géographie, après tout. Votre métier vous laisse de longues vacances, les étés anglais sont très agréables, et Larry peut toujours faire la baby-sitter. Père aussi, d'ailleurs. Il pourrait aussi aller en Amérique, lui qui assure toujours qu'il veut voyager.

Cette fois, il vit l'expression ahurie de la jeune femme, et se reprit tout de suite.

— Pardon, excusez-moi, je pense tout haut. Mon père voudra jouer les grands-pères, comprenez-vous. Au fond, c'est pour lui que j'envisage de faire un enfant avec vous. Mais n'allons pas trop vite. Pour l'instant, à vous de décider si vous êtes d'accord ou non.

C'est alors qu'une idée lui vint qui visiblement le consterna. Il se pencha en avant :

— Attendez ! Avant de me donner votre réponse, vous allez vouloir des preuves que je n'ai pas attrapé de maladie sexuellement transmissible. Et vous aurez raison ! Je ne suis pas un saint, mais, rassurez-vous, je ne fais pas partie non plus des populations à haut risque. J'ai fait un test, il y a quelques années. Le résultat était négatif, bien sûr, et depuis, j'ai toujours pris mes précautions. Mais vous n'êtes pas obligée de me croire, évidemment.

Il s'affaissa sur son siège, visiblement effondré et soupira :

— Bon, eh bien, l'affaire est close, j'imagine. Il faut sans doute des semaines pour avoir les résultats d'une analyse de sang.

Miranda se dit que de nouveau, elle courait le risque de mourir vierge.

— Je... je vous crois sur parole.

— C'est vrai ?

Il fronça les sourcils.

— Vous ne devriez pas, vous savez. Il y a toujours des salauds qui mentent sur ce sujet.

— Mais pas vous, n'est-ce pas ?

Il secoua la tête.

— Bien sûr que non ! Alors ? Répondez-moi, Miranda, vous voulez bien réfléchir à ma proposition ?

La jeune femme avala sa salive.

— C'est tout réfléchi. J'accepte.

A son tour, Joe sembla ahuri, puis un grand sourire illumina son visage.

— Epatant ! Ah, c'est merveilleux !

Tout en regardant la jeune femme, il feignit l'inquiétude.

— Oh, j'ai oublié de parler de l'attirance physique ! Peut-être me trouvez-vous trop repoussant pour envisager de faire un enfant avec moi.

Il se moquait d'elle, c'était clair. Il ajouta sur un ton ironique :

— D'après votre réponse, je crois comprendre que tel n'est pas le cas.

Miranda voulut sourire et y réussit presque.

— En effet.

— Comme j'en suis soulagé. C'eût été un empêchement majeur.

Il lui effleura doucement la joue avant de murmurer d'une voix soudain délicieusement caressante :

— J'ai aussi oublié de mentionner que je vous trouve infiniment désirable.

Cette déclaration toucha la jeune femme au plus profond de son cœur, même si elle doutait de la sincérité de Joe qui se montrait poli et galant en toute occasion. Malgré son trouble, elle réussit à murmurer.

— A mon tour d'être soulagée.

Brusquement, il s'exclama avec enthousiasme :

— Nous n'avons pas beaucoup de temps devant nous. Mieux vaudrait nous y mettre tout de suite.

Il jeta un peu d'argent sur la table et se leva.

— Est-ce que cela pose un problème si vous ne retournez à votre hôtel que demain matin ?

Miranda secoua la tête avant de se redresser à son tour. Ses jambes la portaient à peine.

— Solange doit être en train de dormir, et je ne suis plus une adolescente. D'ailleurs, elle n'a jamais surveillé mes heures de rentrée.

Elle n'en avait jamais eu l'occasion.

— Parfait. Dans ce cas, allons-y.

Quarante minutes plus tard, debout dans la salle de bains de la suite d'un hôtel beaucoup plus luxueux que l'Atheneum, Miranda était en train d'examiner attentivement son reflet dans le miroir situé au-dessus du lavabo. « Je lis la terreur dans tes yeux, Miranda Jane », murmura-t-elle.

Joe l'attendait dans la grande chambre. Il avait commandé du champagne à la réception, avait ôté sa veste, et aidé la jeune femme à se débarrasser de son imperméable. Après quoi, il avait voulu l'embrasser, mais elle avait vaguement marmonné quelque chose à propos de la salle de bains, et s'y était réfugiée. Cela faisait dix-huit minutes maintenant qu'elle y était enfermée, guettant par-dessus son épaule la porte par laquelle elle allait être obligée de sortir. Elle avait entendu le champagne arriver un bon moment plus tôt, et songeait avec désespoir que Joe devait être en train de se poser des questions...

Ressaisis-toi, pauvre imbécile, se dit-elle pour se donner du courage. Tu n'as pas seize ans, que je sache, et tu as vu assez de films pour imaginer à peu près ce qui va se passer !

N'empêche que cette fois, c'était à elle que ça arrivait, et que le fait de ne plus avoir seize ans était plutôt un facteur aggravant.

Elle se passa de l'eau sur le visage, et envisageait de prendre un bain chaud quand Joe frappa discrètement à la porte.

— Ça va, Miranda ?

— Oui, oui... j'arrive tout de suite.

Devait-elle remettre ses lunettes ou non ?

Elle le connaissait à peine, après tout ! Comment pouvait-on se mettre nue et faire des choses intimes avec quelqu'un qu'on connaissait à peine ? Et le comble était qu'il ne savait même pas qu'elle était vierge. Impossible de le lui avouer maintenant ! Tant pis, peut-être ne se rendrait-il compte de rien.

Et puis elle ne mettrait pas ses lunettes. Au moins, comme ça, tout serait flou.

Lentement, elle ouvrit la porte. Joe n'avait laissé que des lumières tamisées dans la chambre, et de la musique douce surgissait d'une source mystérieuse. Il était assis sur le canapé, en chemise, avait desserré sa cravate et enlevé ses chaussures. Sur la table basse, la bouteille de champagne n'était pas encore ouverte.

Il lui sourit, et lui fit signe de s'approcher.

— Venez vous asseoir à côté de moi, et buvons une coupe de champagne en discutant un peu.

Elle obéit et se rendit compte soudain que les jambes de son compagnon effleuraient presque les siennes. Il avait passé son bras autour de ses épaules, et elle percevait sa tiédeur, son odeur... Il sentait tellement... tellement l'homme.

Elle avala d'un trait la coupe qu'il lui remplit. Il la lui remplit de nouveau avant de la lui tendre, en disant :

— La première fois, c'est toujours un peu délicat, n'est-ce pas ?

L'espace d'un instant terrifiant, elle se demanda comment il savait, puis elle comprit qu'il voulait dire : la première fois avec quelqu'un de nouveau.

— Assez, oui, admit-elle avec plus de conviction qu'elle n'aurait voulu.

Pour l'instant en tout cas, ils ne faisaient que parler, et Miranda se dit que s'ils continuaient ainsi un moment encore, elle arriverait peut-être à se détendre un peu. Elle le regarda et demanda :

— Qu'est-ce qui se passe dans la tête d'un homme la première fois qu'il fait l'amour avec une femme. Enfin... je veux dire, pas la première de toutes les fois, mais...

Elle but une gorgée de champagne pour masquer son trouble, avala de travers et se mit à tousser. Aussitôt, Joe lui tapa doucement dans le dos jusqu'à ce qu'elle retrouve son souffle.

— Je voulais dire la première fois avec une nouvelle partenaire.

— J'avais saisi. Bonne question.

Joe s'écarta un peu d'elle tout en lui caressant l 'épaule de la main.

— Ecoutez, reprit-il, je crois qu'avant tout, l'homme veut plaire à la femme et veut surtout donner l'impression qu'il sera le meilleur amant qu'elle ait jamais eu.

Joe réfléchit un moment avant d'ajouter d'un ton un peu agacé :

— Et il s'efforce de ne pas penser à l'inévitable, c'est-à-dire que les premières fois sont toutes les mêmes, et qu'il arrive toujours un imprévu regrettable.

Etonnée, Miranda se mit à rire.

— Toujours ?

— Oui. Et les femmes, à quoi pensent-elles ?

— Oh... au même genre de choses.

Miranda se creusa la tête à la recherche d'une remarque pertinente et décida d'improviser :

— On se demande si le garçon ne va pas nous trouver trop grosse, ou trop plate...

Il est vrai que cela aussi l'avait préoccupée, ces dernières heures.

— Les femmes s'inquiètent beaucoup de leur physique, acheva-t-elle.

— Les hommes aussi ! Ils veulent que leur partenaire les trouve irrésistibles. Sur ce plan, ils manquent souvent de confiance en eux.

Le champagne donnait de l'audace à Miranda qui s'entendit déclarer :

— Pas vous, j'imagine. Vous avez un physique magnifique.

Le bras de son compagnon se resserra autour de ses épaules, et il l'attira contre lui.

— Merci, Miranda, et vous, vous avez des jambes fabuleuses.

Il posa sa main sur son genou et commença à le caresser. Ses doigts glissèrent sur le Nylon du collant, et Miranda eut des petits frissons de plaisir tandis que lentement il remontait un peu plus haut pour effleurer l'intérieur de sa cuisse. Il n'alla pas plus loin ; se penchant en avant, il fit glisser d'abord un de ses escarpins, puis l'autre, et sans hâte, voluptueusement massa les pieds de la jeune femme. Il avait des gestes tendres, tranquilles, rassurants.

— Venez ici.

Il l'attira plus étroitement contre lui et entreprit de déposer des baisers à peine effleurés d'abord sur sa tempe, puis sur sa pommette, et enfin au coin de sa bouche.

Miranda retenait son souffle attendant l'instant où leurs lèvres se rencontreraient, mais il se contentait de la taquiner, posant des baisers le long de son menton, passant un bout de langue jusque dans le creux de son cou. Miranda retenait son souffle.

Alors seulement il prit sa bouche, et joua avec ses lèvres avec tant de douceur, de persuasion qu'elle finit par répondre à son baiser avec une fougue soudaine, et un sentiment d'urgence qu'elle avait oublié, depuis le temps, si ancien déjà, où, adolescente, elle flirtait parfois sur la banquette arrière d'une voiture. A l'époque, elle s'était toujours arrêtée à temps pour ne pas perdre le contrôle de la situation... Mais maintenant...

« Vas-y plonge, Miranda, et tâche de ne pas sombrer. »

D'une main lente, douce, il caressait ses seins à travers l'épaisseur de ses vêtements. Et il l'embrassait toujours, mordillant ses lèvres, passant sa langue sur ses dents. Il était ardent, insistant, gourmand. Il fit glisser la fermeture éclair de sa robe, pour dénuder ses épaules, puis ses bras. Miranda retint son souffle, guettant le moment où il détacherait son soutien-gorge.

Il n'en fit rien pourtant, mais pencha la tête pour embrasser et aspirer d'abord la pointe d'un sein puis l'autre, à travers la fine dentelle noire. Une vague de volupté inattendue submergea la jeune femme qui, avec un petit râle, se renversa en arrière. Alors il fit tomber sa robe sur le sol.

Miranda ne portait plus que sa lingerie alors qu'il était encore tout habillé, mais cela ne dura pas. Rapidement, il se débarrassa de son pantalon puis de ses chaussettes et de sa chemise. Il portait un caleçon bleu avec des petits pois blancs, une épaisse toison blonde recouvrait sa poitrine. Il était en érection, et Miranda ne pouvait détacher son regard de son bas-ventre.

Jamais auparavant elle n'était allée aussi loin avec un homme, elle avait l'impression de dévaler une pente vertigineuse et dangereuse, mais n'avait pas envie de faire demi-tour. La prenant par la main, il l'obligea à se mettre debout.

— Allons sur le lit, sinon vous allez attraper un torticolis.

Tout était si simple, avec lui. Si facile...

Il glissa les pouces dans l'élastique de son collant, pour le rouler le long de ses jambes, ne lui laissant que son petit slip. Lui-même enleva son caleçon, avant de repousser le couvre-lit et les couvertures pour ne laisser que les draps blancs immaculés.

Miranda tremblait lorsqu'il l'aida à s'étendre, installant les oreillers pour qu'elle soit installée confortablement. Puis il se laissa tomber à côté d'elle.

— Vous n'avez pas froid, ma chérie ? demanda-t-il, caressant son bras, ses épaules nues, se penchant pour la prendre dans ses bras.

Elle secoua la tête, essayant sans succès de contrôler le tremblement qui la secouait tout entière. Ce n'était pas la peur qui le provoquait, mais une sorte d'excitation extrême, profonde, primitive. Avant, Miranda ne pensait à sa virginité que comme à un fardeau dont il fallait se débarrasser, pas avec n'importe qui, certes, mais pas non plus avec quelqu'un de précis. A présent, elle n'imaginait pas que cela pût se faire avec un autre que Joe.

— Doucement, chérie, détendez-vous.

Il se pencha pour l'embrasser encore, défit son soutien-gorge, et l'en débarrassa.

— Comme vos seins sont délicats, et doux, si doux... ma belle Miranda, j'aime vos seins...

Ses baisers étaient toujours très lents, enivrants de volupté, et cette urgence, cette frénésie toujours plus forte. Ses hanches commençaient à onduler...

Il explorait les zones les plus secrètes de son corps avec sa bouche, sa langue, ses doigts... son petit slip était parti, envolé, disparu...

— ...te caresser là où tu es si douce, si femme... oh, mon amour, ma chérie, tu es bonne, tout humide... si étroite...

Lentement il la pénétra et Miranda sentit son corps, pressé par un instinct puissant, irrépressible, n'obéissant plus ni à son esprit, ni à sa volonté, se cabrer pour mieux l'accueillir.

Mais l'intensité du plaisir ne dura qu'un instant, immédiatement supplanté par la douleur de la déchirure. Miranda retint son souffle, se contint tant qu'elle put, mais ce fut plus fort qu'elle. Elle poussa un cri, et se débattit contre l'homme qui était en elle.

— Miranda, ma chérie ! Que ... ?

Joe se dégagea aussitôt, leurs deux corps se séparèrent, et Miranda sut qu'elle avait tout fait rater. Elle était nulle !

— Vous saignez ! s'exclama Joe d'une voix où se mêlaient l'incrédulité et la surprise. Ne bougez pas, je vais chercher une serviette.

Elle aurait voulu disparaître pendant qu'il était dans la salle de bains, mais ce n'était pas possible. Déjà il était de retour. Elle demeura étendue, un bras sur les yeux comme pour se protéger de l'inévitable.

Avec une incroyable douceur, il s'occupa d'éponger le filet de sang qui s'écoulait d'elle. Elle attendait qu'il parle. Il ne disait rien.

Enfin elle l'entendit marmonner :

— C'est invraisemblable, incroyable.

De nouveau il se tut. Miranda était comme paralysée, incapable de bouger.

— Miranda, je vais vous poser une question idiote, mais... mais est-ce la première fois ?

Misérable, elle hocha la tête.

— Pourquoi n'avoir rien dit, bon Dieu ?

Joe ordonna alors avec impatience :

— Regardez-moi, Miranda, s'il vous plaît !

Elle obéit, retira son bras. Il était accroupi à côté d'elle sur le lit, nu et visiblement mécontent.

— Pourquoi grands dieux ne m'avez-vous pas dit que vous étiez vierge, Miranda Jane Irving ?

12.

Joe était stupéfait, abasourdi, choqué, et quand il réussit à se ressaisir, il s'aperçut qu'il en voulait à la jeune femme.

Elle l'avait trompé. Pour parler vulgairement, elle l'avait bien eu !

Miranda Irving qu'il considérait comme la plus droite des femmes l'avait mené en bateau !

— Pauvre crétin que je suis ! s'exclama-t-il enfin. Moi qui m'imaginais que nous étions deux adultes réfléchis, expérimentés et capables de prendre des décisions raisonnables, je découvre que je suis le premier dans un domaine d'une extrême importance !

A mesure qu'il parlait, son ton montait. Miranda hocha piteusement la tête.

— Je voulais trouver une façon de vous le dire, et de... de vous demander de... mais... je ne sais pas... je n'en ai pas eu le courage, ou je n'ai pas trouvé l'occasion.

— Que vouliez-vous me demander ?

Miranda se redressa, et tira pudiquement le drap pour s'en couvrir la poitrine.

— De me faire l'amour, avoua-t-elle d'une toute petite voix, et puis vous avez parlé de cette histoire de bébé, et... je me suis dit que... que peut-être... il y avait une chance que vous ne vous aperceviez de rien.

— Comment cela ? rugit-il, interloqué.

Miranda se raidit. Il avait parlé avec une telle violence ! S'en rendant compte, il respira profondément à plusieurs reprises afin de recouvrer un semblant de maîtrise.

— Pardon, ne m'en voulez pas, je ne voulais pas crier si fort, mais qu'imaginiez-vous ? Que je ne remarquerais pas que je vous faisais mal ? Que vous perdiez du sang ?

— D'après ce que j'ai lu sur ce sujet, ce n'est pas toujours le cas. Enfin... je veux dire, à mon âge, je n'imaginais pas que cela se passerait ainsi. C'est ridicule...

Miranda se tut avant d'ajouter :

— C'est toujours comme ça ? On saigne toujours, dites-le-moi, vous qui ne manquez pas d'expérience.

Il écarquilla les yeux. Pour qui le prenait-elle ? N'avait-elle pas compris qu'elle était la première femme qu'il déflorait, qu'il en avait éprouvé un choc profond, terrible, et que surtout, il s'en voulait, parce qu'il ne l'avait pas traitée comme il aurait dû, et qu'il lui avait fait mal ! Mais au fond, comment pouvait-elle se douter de tout cela ?

Il le lui dit avec autant de calme qu'il le put, et ajouta :

— Vous savez, ce n'est pas une situation très courante, de nos jours.

— Ah bon ?

Miranda hocha la tête avant de murmurer :

— Pardon. Je ne m'en étais pas rendu compte.

Elle remua pour adopter une position plus confortable sous le drap, et il eut soudain une conscience aiguë du fait qu'elle était nue, mince, et fragile avec ses bras souples comme des lianes, son cou tendre et gracieux qui n'en finissait pas et ses jambes... Les plus belles, les plus longues jambes du monde... Et voilà qu'elle s'excusait, maintenant.

— Je suis désolée, vraiment désolée, Joe. Je ne voulais pas vous tromper. Mais cette situation stupide durait depuis si longtemps, et c'était si embarrassant pour moi d'en parler. Je ne l'avais jamais dit à personne.

— A personne ? Pas même à votre meilleure amie ? Pas même à votre grand-mère ?

Quelle idée stupide ! Qui irait raconter sa vie sexuelle à sa grand-mère ? Pourtant cela ne parut pas si idiot à Miranda qui répondit :

— Gram est la seule personne à qui j'aurais pu en parler. Elle seule m'aurait comprise. Je pense qu'elle était encore vierge quand elle a rencontré le père de Solange. Mais elle voulait tellement que j'aie un enfant que je n'ai pas osé aborder le sujet avec elle.

Ce qui les ramenait à la raison première de cette consternante situation.

— Voulez-vous vraiment un enfant, Miranda ? Ou n'était-ce qu'une ruse pour...

Joe n'acheva pas sa phrase, faute de trouver les mots pour exprimer ce qu'il voulait dire.

Miranda poussa un soupir.

— Je voulais les deux, avoua-t-elle.

Elle avait deux petits seins menus, parfaits dont Joe devinait les rondeurs sous le drap. Il essaya de détourner les yeux.

— Quand vous avez proposé de faire un enfant ensemble, j'ai pensé que c'était la solution idéale.

Le menton de la jeune femme se mit à trembler, et deux larmes roulèrent le long de ses joues.

— J'ai tellement envie d'avoir un bébé...

— C'était la solution parfaite, et ça l'est encore !

D'un geste très tendre, Joe repoussa en arrière les cheveux de la jeune femme afin de lui essuyer les joues. Elles étaient brûlantes, et ses taches de rousseur ressortaient comme des grains de blé sur sa peau douce. Il se pencha et les embrassa une par une.

— Je vous en supplie, ne pleurez pas, Miranda. Je ne suis pas en colère contre vous, mais contre moi. Votre première fois aurait dû être particulière, et j'ai tout raté.

— Ce... ce n'est pas votre faute.

Elle sanglotait à présent, et il saisit une poignée de mouchoirs en papier sur la table de nuit pour lui en tapoter maladroitement les yeux.

— Allons, allons, calmez-vous, ma chérie, les larmes me rendent fou.

Il l'entoura de son bras et la força à se tourner de sorte qu'elle soit calée contre lui, sa tête nichée sous son menton, et il la berça. Le drap glissa, Joe sentit son dos nu, lisse et si chaud, contre son torse. Elle avait une peau soyeuse qui dégageait un parfum de fleurs, évanescent, volatile, mais bien réel, qui donnait envie de chercher l'endroit exact où elle l'avait appliqué pour y coller son nez et respirer jusqu'à plus soif...

Et voilà qu'il était excité, de nouveau ! Il s'écarta de la jeune femme pour qu'elle ne s'en aperçoive pas. Inutile de l'affoler davantage, après ce qui s'était passé. Mais il fallait qu'il l'embrasse, c'était plus fort que lui. Alors il écarta ses cheveux pour poser ses lèvres derrière son oreille, puis sur sa nuque.

A son intense soulagement, les sanglots s'arrêtèrent. Miranda hoqueta une ou deux fois encore puis elle soupira, et Joe laissa glisser sa main le long de son bras, l'effleurant à peine. Elle poussa un nouveau soupir et se mit sur le dos. Il se blottit contre elle, lui murmurant encore et encore combien elle était belle, parce que c'était vrai.

Il entendait son cœur battre à toute vitesse. Alors il l'embrassa dans le cou, taquina son menton, chercha ses lèvres, les trouva, explora sa bouche sans hâte.

Miranda lui caressait à peine les bras, puis ses paumes glissèrent le long de son dos, et sa caresse se fit plus précise, à mesure que leur baiser s'intensifiait. Joe l'embrassa pendant une éternité, puis se pencha sur ses seins pour les lécher, les mordiller avant d'oser en aspirer les pointes.

Elle commençait à s'animer, ses hanches ondulaient, sa respiration se précipitait, et des petits mots à peine articulés lui échappaient. Il l'encouragea encore, la flattant uniquement avec ses doigts et sa bouche, s'obligeant férocement à se contrôler. Il fut récompensé, car elle poussa un petit cri lorsqu'elle chercha et trouva son plaisir. Alors sans lui laisser le temps de retomber sur terre, il glissa en elle, doucement, lentement, se retenant impitoyablement.

Il gardait les yeux fixés sur son visage, guettant le moindre signe de souffrance. Mais elle avait les yeux grands ouverts, presque étonnés, et sa bouche aux lèvres gonflées était entrouverte.

Elle le regardait, éblouie, puis elle lui sourit d'un sourire tendre, éperdu, poignant.

Quand Joe commença avec une infinie prudence son va-et-vient en elle, elle le suivit, souffle retenu, et il sentit bientôt la tension dans son ventre, une tension qui n'était pas celle de la douleur, mais celle du plaisir qui renaissait. Alors il eut l'impression d'être un héros puissant et viril. Mais un instant plus tard, le besoin irrépressible, incontrôlable, le prit par surprise.

— Oh, Miranda, pardon... je ne peux plus attendre.

Il grogna, tout en accélérant son rythme sous la poussée du désir, et, bonheur ineffable, il la sentit jouir avec lui : elle se cabra, ses bras se crispèrent sur lui, ses cuisses le serrèrent comme des étaux mus par leur volonté propre, tandis qu'elle s'évadait dans l'extase.

Joe fit de son mieux pour ne pas l'écraser de tout son poids, incapable de se séparer d'elle. Tandis qu'il lui murmurait des mots sans suite pour lui dire comme elle était belle et merveilleuse, elle émettait des petits sons heureux, étonnés.

Enfin il glissa sur le côté et la nicha entre ses bras avant de fermer les yeux. Au moment où il allait s'endormir, il l'entendit murmurer :

— Joe ?

— Mmm ?

— Que disais-tu sur les premières fois où quelque chose va toujours de travers ?

— Mmm.

— Tu as du génie pour réparer les catastrophes.

Quand il se laissa glisser dans le sommeil, il souriait.

Il était plus de 4 heures du matin, quand Solange se réveilla une nouvelle fois. Elle avait vaguement réussi à dormir, mais d'un sommeil léger, agité, entrecoupé de rêves. Après avoir enfilé son peignoir, elle sortit dans le couloir et frappa à la porte de Miranda. Elle détestait être seule, quand elle ne dormait pas la nuit.

Pas de réponse. Donc Miranda était toujours avec Joe.

Solange médita sur cette évidence. Miranda avait une aventure, ce qui en soi était bien, mais quand même... Solange n'aimait pas que sa fille ne soit pas là quand elle avait besoin d'elle.

Elle finit par regagner sa chambre et, décrochant le téléphone, entreprit d'appeler Leon à Seattle.

Après une attente interminable, une opératrice lui annonça qu'il était impossible d'établir la communication. On la rappellerait plus tard.

Solange écumait de rage et d'impatience. Elle regretta

même un instant d'avoir arrêté de fumer. Miranda n'avait pas le droit de passer la nuit dehors pendant que sa mère s'inquiétait. Ce n'était pas gentil. Et si elle avait eu un accident de voiture ? Cela n'avait rien d'impossible si l'on considérait la manière dont conduisait son chevalier servant.

Elle imagina le pire et songea soudain, qu'en cas d'accident, personne ne pourrait la prévenir. Les papiers de Miranda portaient tous l'adresse de Seattle. Il n'y avait qu'une façon d'en avoir le cœur net.

Solange alla chercher ces horribles lunettes de vue qu'elle avait achetées dans le plus grand secret, les chaussa, puis ouvrit l'annuaire.

« Wallace, Wallace. »

Qui aurait cru qu'il y en avait autant ? Des pages entières !

Solange persévéra et finit par trouver Wallace, Gabriel, notaire. Malgré l'heure avancée de la nuit, elle composa sans hésiter le numéro indiqué. La sonnerie retentit cinq fois puis elle entendit une voix masculine très endormie au bout du fil.

— Gabriel ?

Solange avait mis du trémolo dans sa voix.

— Oh, Gabriel, ici Solange. Je suis navrée de vous appeler à une heure aussi indue, mais l'angoisse me ronge. Miranda et Joe devaient souper ensemble ce soir, et ma fille n'est toujours pas rentrée.

Elle eut un petit rire et poursuivit :

— Je sais que je ne devrais pas me mettre dans des états pareils. Nos enfants sont majeurs, mais passer la nuit dehors sans prévenir n'est pas le genre de Miranda.

Ce qui était vrai. Elle ne l'avait jamais fait.

Gabriel s'éclaircit la voix. De toute évidence, il cherchait à reprendre ses esprits.

— Je vois. Si vous restez en ligne quelques instants, je vais aller vérifier si Joseph est rentré.

Une minute après, complètement réveillé, il était de retour au téléphone.

— Solange ? Mon fils n'est pas là. Je suppose qu'il est encore avec Miranda.

— Vous... vous n'avez pas eu d'appel d'un hôpital ? Vous ne pensez pas à un accident de voiture.

Le trémolo était de nouveau là, parfait.

— Certainement pas, non. Je vous aurais prévenue immédiatement.

— Bien sûr ! Suis-je sotte. Et il n'y a sans doute pas de raison de s'inquiéter : comme je le disais, ils sont majeurs et vaccinés, et n'ont plus l'âge de nous demander la permission.

A présent, il fallait s'efforcer de faire amende honorable.

— Pardonnez-moi, Gabriel, je me sens si stupide. Mais vous savez comme moi à quel point c'est difficile d'élever seul un enfant. Votre imagination vous joue des tours, la nuit, même si votre fils ou votre fille n'est plus un bébé...

Elle poussa un petit soupir résigné.

— Et je suis ici toute seule dans une ville étrangère.

— Ne vous excusez pas, chère amie, je vous comprends.

Gabriel montrait plus de chaleur, à présent.

— A moi de vous présenter mes excuses pour mon fils. J'aurai une explication avec lui à ce sujet, je vous le promets.

— Oh, non, je vous en prie ! Il ne faut pas que Miranda sache que je vous ai appelé, elle en serait très contrariée. C'est une adulte, même si pour moi, elle reste et restera toujours ma petite fille adorée.

Solange renifla doucement. En appeler à l'instinct protecteur des hommes avec quelques larmes avait toujours bien marché.

— Allons, allons, chère amie...

Solange leva les yeux au ciel. Ah, ces Anglais, ils n'étaient pas rapides à la détente !

— Ecoutez, Solange, qu'en diriez-vous si je passais vous chercher à votre hôtel ? Nous pourrions aller prendre un petit déjeuner matinal. Cela vous détendrait peut-être.

Surtout ne pas sauter trop vite sur l'occasion !

— Oh, je ne voudrais pas vous imposer un dérangement pareil. J'ai déjà tellement honte de vous avoir réveillé.

— Allons, chère amie, ce n'est pas un dérangement mais un plaisir. Je connais un café qui ouvre très tôt, et le service y est correct.

— Si vous y tenez...

— Absolument. je serai à votre hôtel dans... disons... quarante-cinq minutes.

Solange raccrocha, se sentant en partie vengée pour sa soirée solitaire et sa nuit sans sommeil. A présent, elle devait se pencher sur une question fondamentale : comment s'habiller pour ce petit déjeuner ?

Elle réfléchissait devant son placard ouvert, quand la sonnerie du téléphone la fit sursauter. Elle avait complètement oublié qu'elle avait appelé Leon, un peu plus tôt. A présent, elle n'avait plus envie de lui parler. Elle voulait prendre un bain et s'appliquer un masque anti-rides, et il ne lui restait pas beaucoup de temps.

Elle décrocha avec mauvaise humeur.

— C'est toi, mon lapin bleu ?

La voix de Leon était chaude et joyeuse.

— Je revenais de l'office quand l'opératrice m'a appelé. Navré de t'avoir ratée, tout à l'heure.

— Oh, Leon, je suis épuisée.

Solange faisait de son mieux pour prendre une voix plaintive.

— Ici, le jour commence à peine à se lever, poursuivit-elle sur le même ton, et je venais juste de m'endormir. Je peux te rappeler ?

— Qu'est-ce qui ne va pas, mon canard.

Elle était pressée, mais comment résister au bonheur de s'épancher sur Leon.

— Oh, ce voyage à Bethel Farm a été un cauchemar, Leon. C'est horrible, là-bas, et ce Dr O' Donnel ne me plaît pas du tout. Or voilà qu'il laisse entendre qu'il veut acheter la propriété, et maman compte la lui vendre, même si son offre est inférieure à l'autre. Maman est restée là-bas, et Miranda a passé la nuit dehors Je suis toute seule, et dans tous mes états.

— Ecoute, lapin bleu, je voulais te faire la surprise, mais tant pis ! Je vais t'annoncer une nouvelle qui te requinquera.

Leon avait repris sa voix mielleuse et pédante, mais on y percevait une excitation contenue.

— Je viens te rejoindre. J'ai appelé une de ces agences qui vendent des voyages à bas prix, et on m'a proposé un vol, tard ce soir. Je serai à Londres demain. Qu'en dis-tu, canard ?

Solange ne savait pas très bien ce qu'elle devait en penser. La veille, elle aurait été enchantée, mais avec l'entrée en scène de Gabriel, tout avait changé.

Mais cela n'allait pas être facile à expliquer à Leon.

13.

— Ne te tracasse surtout pas pour venir me chercher à l'aéroport, disait à présent Leon. Je prendrai un taxi et te rejoindrai à l'hôtel.

Il prit un ton malicieux et ajouta :

— J'ai tellement hâte de te voir, ma poupée.

Eh bien, j'ai intérêt à dormir pour être en forme à ton arrivée.

Solange regarda son réveil. Il lui restait à peine une demi-heure avant son rendez-vous avec Gabriel. Il fallait impérativement qu'elle raccroche !

— En effet, fais des provisions de sommeil, mon chou, parce que j'ai bien l'intention de t'occuper toute la nuit, quand nous nous serons retrouvés, dit Leon, d'une voix pleine de sous-entendus.

Solange sourit. Des promesses, toujours des promesses... Pourtant Leon n'était pas un mauvais amant... Et Gabriel ? Il devait montrer plus de retenue, encore que... on ne pouvait jamais savoir : les hommes les mieux élevés se transformaient parfois en taureaux furieux, si les conditions étaient favorables.

— A demain, Leon, je t'attends avec impatience.

Solange fit mine d'envoyer des baisers dans l'appareil avant de raccrocher prestement.

Elle allait mettre son pantalon de flanelle grise avec son twin-set en jersey de soie rose pâle. Et il faudrait faire attention au maquillage pour bien camoufler les cernes sous ses yeux, après la nuit sans sommeil.

Quelle idée saugrenue avait eue Leon ! Il arrivait juste quand la vie ici devenait intéressante.

— Il me faut cinq minutes pour me changer. Accompagne-moi et tu verras la maison où j'habite. Papa est parti à l'étude depuis au moins une heure. Il veut toujours y arriver avant tout le monde.

Poussée par la curiosité, Miranda accepta. Joe ouvrit la lourde porte en chêne et la fit entrer dans un vaste hall. Puis il lui présenta un homme de petite taille, qui affichait un visage impassible et une allure guindée et cérémonieuse. Il ne portait pas de livrée, mais un jean et un sweat-shirt impeccable, et traînait derrière lui un aspirateur qu'il était sur le point de brancher.

— Larry Pelcher, Miranda Irving. Larry, faites visiter la maison à Miranda, voulez-vous et offrez-lui une tasse de votre célèbre café pendant que je me change.

— Certainement, monsieur. Votre père a appelé plusieurs fois, et demande que vous le rappeliez dès votre arrivée.

Grommelant dans sa barbe, Joe fila dans l'escalier sous le regard indéchiffrable de Larry.

Qui était donc cet homme ? Le valet de chambre ? Miranda ne savait que penser. En tout cas, s'il avait été surpris en la voyant débarquer à 7 h 50 du matin avec Joe, il n'en avait rien montré.

— Voulez-vous que je vous conduise dans la cuisine, mademoiselle Irving ? proposa-t-il, toujours aussi impassible.

— Je vous en prie, appelez-moi Miranda.

Pouvait-il voir, rien qu'en la regardant, qu'elle avait fait l'amour quatre fois, cette nuit ? Dire qu'elle avait toujours pensé que ce genre de chose n'arrivait que dans les films ou dans les romans, et que ceux qui s'en vantaient étaient de gros menteurs !

Jamais elle n'aurait imaginé qu'elle puisse réveiller un homme au beau milieu de la nuit en le caressant pour qu'il lui fasse l'amour. Et pourtant... Elle comprenait maintenant pourquoi on faisait tant d'histoire autour de l'amour physique. Ça en valait largement la peine !

Elle suivit Larry dans une cuisine immaculée.

— Asseyez-vous, mademoiselle, dit-il, lui indiquant un tabouret.

De toute évidence, il ne semblait pas décidé à l'appeler par son prénom. Devait-elle l'appeler monsieur ?

— Prendrez-vous du lait et du sucre avec votre café ?

Sa politesse était confondante. Il semblait tellement décidé à garder ses distances ! Etait-il habitué à ce que Joe ramène des inconnues à la maison aux premières lueurs du matin ?

Miranda en ressentit une pointe de jalousie.

— Non merci.

Larry lui servit une tasse de café qu'il posa sur la table près d'elle.

— Aimeriez-vous un croissant ?

Sans attendre la réponse, il posa devant la jeune femme une assiette, des couverts et une serviette immaculée. Puis il lui présenta un petit panier de croissants tout chauds. Miranda ne put résister et en prit un. Ce matin, en guise de petit déjeuner, ils avaient encore fait l'amour, dans la suite de l'hôtel, et elle mourait de faim.

— C'est vous qui les avez faits ? demanda-t-elle, aimablement. Ils sentent divinement bon.

Larry hocha la tête.

— J'aime beaucoup faire des gâteaux. Vous cuisinez, mademoiselle ?

Miranda avala son reste de croissant avant de répondre :

— Je ne sais faire qu'une chose : le tofu, et je suis la seule à l'aimer dans la famille. Je suis végétarienne, vous comprenez.

— Vraiment ?

Le visage de Larry s'éclaira d'un sourire qui lui donna soudain l'air beaucoup plus humain.

— Je le suis aussi, et je suis également le seul membre de cette maisonnée à manger du tofu. Comment l'assaisonnez-vous ?

— Avec de l'huile de sésame, de la sauce soja et du Tabasco.

Quand Joe reparut, dix minutes plus tard, Miranda et Larry discutaient avec ardeur du bien-être procuré par un régime végétarien, et Larry appelait la jeune femme par son prénom.

Joe avala un croissant en deux bouchées, puis un autre.

— Une tasse de café, monsieur ?

Joe secoua la tête.

— Hélas, non, je n'ai pas le temps. Père va avoir une crise cardiaque si je tarde à le rejoindre à l'étude.

A cet instant, le téléphone retentit. Larry décrocha.

— Si c'est lui, je...

Joe étouffa un juron comme Larry lui tendait l'appareil.

— Bonjour père, j'allais justement...

Larry écouta puis fronça les sourcils.

— Oui, oui, c'est exact, mais...

Il se tut, fixant Miranda.

— Vraiment ?... Oui, elle est ici avec moi, j'allais la déposer à...

Son père parla encore un moment, puis Joe tendit l'appareil à Larry pour qu'il raccroche.

— Allons-y, dit Joe à Miranda avec une impatience non dissimulée.

Celle-ci fit des adieux précipités à Larry qu'elle remercia aussi pour son café et ses croissants.

Une fois dans la voiture, son compagnon démarra avant d'expliquer :

— Apparemment, ta mère a appelé mon père à 4 heures du matin.

— Pourquoi ? s'exclama Miranda, affolée. C'est Gram ? Il lui est arrivé quelque chose ?

Joe lui posa une main apaisante sur le bras.

— Non, non, il n'y a rien de grave. Solange a téléphoné parce qu'elle s'inquiétait que tu ne sois pas rentrée.

— Quoi ?

Miranda mit un certain temps à digérer l'information. Puis, secouant la tête avec ahurissement, elle soupira :

— Pas une seule fois depuis que je suis née, elle ne s'est préoccupée de savoir ce que je faisais ni où j'étais. C'est moi qui m'inquiétais pour elle, quand elle rentrait tard, la nuit.

Elle se souvenait qu'un jour, quand elle était encore adolescente, elle s'était emportée contre sa mère qui avait disparu tout un week-end avec un inconnu sans les prévenir sa grand-mère et elle. Elle avait même fini par éclater en sanglots en avouant que tout au fond de son cœur, elle avait peur que Solange un jour ne la quitte pour de bon et ne revienne pas.

Solange l'avait mal pris, au début, puis l'aveu de sa fille l'avait stupéfaite. Elle l'avait prise dans ses bras en disant :

— Les hommes vont et viennent dans ma vie, et il en sera toujours ainsi. Il faut t'y habituer. Mais toi et moi, on est ensemble pour toujours. Tu devrais le savoir, toi qui es une fille intelligente.

Cela avait été une des rares fois de sa vie, où Miranda avait eu l'impression qu'elle comptait pour Solange.

— Père a fini par aller chercher ta mère à l'hôtel à l'aube pour l'emmener prendre un petit déjeuner, était en train de dire Joe.

— Et il t'en veut ?

Joe secoua la tête, de l'air de celui qui n'y comprend plus rien.

— C'est ce à quoi je m'attendais, mais non. Il ne m'a même pas reproché d'être en retard pour aller travailler, et je peux te dire que ça ne lui ressemble pas. Il doit attendre de m'avoir en face de lui pour me voler dans les plumes.

— Eh bien, je dois dire que ma mère m'étonne aussi.

Miranda réfléchit un petit moment avant de murmurer :

— Mais finalement peut-être pas tant que ça !

— Comment cela ? demanda Joe sans la regarder, car il avait recommencé son gymkhana habituel entre les files de voitures.

Perdue dans ses pensées, Miranda n'avait pas peur.

— Je crois qu'elle aimerait euh... connaître mieux ton père. Et je pense que cette histoire comme quoi elle s'inquiétait pour moi n'a été qu'un prétexte.

— A ton avis, elle a des vues sur mon vieux papa ?

Joe souriait, ravi. Il ajouta :

— Si elle réussit à le séduire, ça va donner un peu de piquant à la vie de ce brave homme, surtout si Deirdre découvre le pot aux roses.

— Deirdre Payne ?

Miranda n'avait pas oublié la sympathique secrétaire, dans son bureau si joliment fleuri.

— Elle est avec ton père ? demanda-t-elle sans y croire.

Joe hocha la tête.

— Ils sont ensemble depuis des années. Tout le monde le sait au bureau, mais on fait semblant de l'ignorer.

Miranda réfléchit.

— Il faudrait le dire à Solange. Deirdre semble charmante, et ma mère a quelques principes tout de même.

Solange avait toujours proclamé haut et fort qu'elle ne frayait jamais avec des hommes mariés. Restait à savoir si elle prendrait au sérieux une liaison établie depuis des années.

— J'aime beaucoup Deirdre, conclut Joe en s'arrêtant devant l'Atheneum, c'est une fille formidable.

Le portier s'était approché pour aider Miranda à sortir du véhicule, mais Joe, la saisissant par le bras, l'attira à lui et l'embrassa passionnément.

— A ce soir, vers 19 heures. Ça te va ?

Elle ne put pas lui répondre parce qu'il l'embrassait encore.

— Tu sais que nous avons du boulot pour mener à bien notre projet, dit encore Joe, dès qu'il l'eût relâchée. Il ne nous reste que quelques jours, si tu repars la semaine prochaine, et il va falloir nous atteler à la tâche tous les soirs.

— Tous les soirs ? dit Miranda, sur un ton de martyre démenti par le grand sourire qui illuminait son visage.

— Eh oui ! Du courage, ma grande. De mon côté, je vais préparer un contrat que nous signerons tous les deux. Il y sera stipulé les conditions de notre mariage, et celles de notre divorce à l'amiable. Cela me semble raisonnable, non ?

Le cœur de Miranda se serra soudain.

— Bien sûr, oui, réussit-elle à murmurer, en même temps qu'elle sentait le désespoir l'envahir. A ce soir donc.

Elle sortit de voiture, et Joe fila dans un crissement de pneus.

A pas lents, la jeune femme entra dans le hall de l'hôtel, puis gagna les ascenseurs. Elle était lasse, soudain. Un bon bain, suivi d'un peu de repos, allait la remettre d'aplomb.

A peine avait-elle glissé sa clé dans la porte de sa chambre que Solange surgit de la sienne.

— Te voilà enfin, ma chérie ? Je m'inquiétais pour toi.

Elle n'en avait vraiment pas l'air. Au contraire elle semblait toute fraîche et pimpante. Miranda lui fit face, furieuse de la façon éhontée dont elle s'était servie d'elle pour manipuler Gabriel.

— Je suis adulte, Solange, dit-elle en se retenant pour ne pas élever la voix. Tu n'as pas à me surveiller.

L'expression sur le visage de sa mère passa de la surprise à la tristesse.

— Mais j'étais seule, abandonnée, dit-elle d'un ton pathétique. Je ne pouvais pas dormir et je n'avais personne à qui parler. Tu aurais dû me dire que tu ne rentrerais pas.

Miranda poussa un soupir. Parfois Solange était comme une enfant de deux ans.

— Je l'ignorais. Mais tu as raison, j'aurais dû te téléphoner. Pardon.

Sa mère recouvra aussitôt sa bonne humeur.

— Bon, l'incident est clos. Il faudrait que nous allions faire mes courses sans tarder. J'ai rendez-vous avec Gabriel pour déjeuner, je dois donc être de retour ici vers 13 heures.

Miranda songea alors à Deirdre Payne. Il fallait en parler à sa mère, mais pas ici, dans ce couloir. Elle fit signe à Solange de la suivre dans sa chambre.

— Et devine quoi ? annonça celle-ci en se laissant tomber dans un fauteuil, Leon arrive demain.

C'était bien la dernière chose que Miranda avait envie d'entendre. Ecœurée, elle jeta son imperméable et son sac sur le lit.

— Tu lui as demandé de venir ?

— Pas vraiment, non, mais j'ai dû lui dire que je me sentais un peu seule, admit Solange. Cela ne te fait pas plaisir qu'il vienne ?

Miranda se contenta de faire remarquer sèchement :

— Ce voyage était prévu pour nous trois seulement.

— Oh, je sais, s'exclama Solange avec humeur, toi et maman, vous ne pouvez pas supporter ce pauvre Leon, mais moi, je suis heureuse qu'il nous rejoigne. Vous n'avez aucune considération pour moi. Maman est restée à la ferme, et toi, tu t'es entichée de Joe, ce qui me condamne à passer tout mon temps seule, ici. Au moins avec Leon, j'aurai quelqu'un pour me consoler.

— Et Gabriel ?

— Gabriel ? Allons, Miranda, je déjeune aujourd'hui avec lui, cela ne veut pas dire que nous allons passer nos nuits ensemble.

— Eh bien, tant mieux, parce que si c'était le cas, Dierdre Payne t'en voudrait beaucoup.

Solange fut prise au dépourvu.

— Dierdre Payne, la secrétaire de Gabriel ? La potiche installée dans le placard à l'entrée de son bureau ?

Miranda hocha la tête.

— Je l'ai trouvée charmante. Ils sortent ensemble depuis des années.

— Ah, je comprends pourquoi il ne voulait pas que je passe le prendre à l'étude, à midi. Ces hommes ! Tous les mêmes. Eh bien du coup, je suis doublement contente de l'arrivée de Leon.

— Il a l'intention de rester longtemps ?

— Je n'en sais rien. Je ne lui ai pas posé la question.

— S'il compte partager ta chambre, je te conseille de prévenir la réception de l'hôtel, dit sèchement Miranda.

Solange ne releva pas la remarque, et demanda avec impatience :

— Bon, tu viens faire des courses avec moi, ou pas ?

Miranda n'en avait aucune envie. Elle voulait être seule pour se remémorer la nuit passée avec Joe, et penser calmement aux changements survenus dans sa vie, ces dernières douze heures. Hélas, elle avait promis à Solange de l'accompagner.

— Donne-moi une demi-heure pour me préparer, dit-elle.

Dix minutes lui suffiraient, et elle pourrait ainsi réfléchir tranquillement pendant les vingt qui lui resteraient.

Mais Solange ne bougea pas de son fauteuil.

— D'accord, je t'attends ici.

Que faire ? Brusquement Miranda avait envie de pleurer. Pourquoi n'avait-elle pas une mère à qui elle pourrait confier ses problèmes personnels ? Quelqu'un qui saurait la guider dans ces histoires de cœur si compliquées ? L'espace d'un instant, la jeune femme envisagea de parler à Solange du marché qu'elle avait conclu avec Joe, mais elle se ressaisit rapidement. Il ne fallait surtout pas que sa mère sache qu'elle était restée vierge si longtemps. Elle en serait catastrophée, et sans doute humiliée.

La nuit qui venait de s'écouler avait appris beaucoup de choses à Miranda : sur le sexe, sur les hommes, et sur elle-même également. Mais elle avait aussi soulevé pas mal de questions qui restaient pour l'instant sans réponse.

Joe avait clairement stipulé que leur liaison devait être considérée comme un contrat entre deux partenaires. Miranda l'avait accepté parce qu'elle n'avait pas d'autre choix. Mais les sentiments que lui inspirait Joe allaient bien au-delà d'une simple relation entre deux partenaires.

Elle était donc déloyale avec lui, puisqu'elle lui laissait croire qu'elle n'éprouvait rien à son égard.

Mais... est-ce qu'une femme ne tombait pas toujours amoureuse du premier homme avec qui elle faisait l'amour. Miranda croyait avoir lu cela quelque part. Et qui sait ? Dans quelques jours, peut-être se rendrait-elle compte qu'elle n'était pas amoureuse de Joe, et que ce qu'elle ressentait pour lui n'était que du désir, pas de la passion

Comment faisait-on la différence entre les deux, à propos ?

14.

— Dis-moi Solange, est-ce que tu étais amoureuse de mon père ?

— Quelle question, mon chou !

Solange avait trouvé une lime à ongles dans les affaires de toilette de sa fille, et arrondissait avec soin l'ongle de son pouce qu'elle avait cassé dans un geste maladroit.

— Bien sûr que j'étais amoureuse de lui ! Il a été le premier homme que j'ai vraiment aimé.

— Tu serais restée avec lui s'il n'était pas mort ?

Solange hésita, et Miranda sentit son cœur chavirer tant elle devinait la réponse. Jamais elle n'aurait dû poser une question pareille alors qu'elle se souvenait si bien de leurs disputes.

— J'ai du mal à te répondre, soupira sa mère. J'étais si jeune quand je l'ai connu. Les gens changent en prenant de l'âge. Nous envisagions de quitter la communauté : cela aurait sans doute facilité nos rapports. Je détestais la vie là-bas, tu sais.

— Dans ce cas, pourquoi y es-tu restée ?

— Parce que ton père prenait soin de moi. A cette époque de ma vie, c'était tout ce dont j'avais besoin.

La réponse de Solange n'étonna pas Miranda. A aucun moment elle ne s'était attendue que sa mère prétende être restée par amour pour sa fille, ou pour son mari. Solange était par essence égocentrique et ne s'en cachait pas.

— Tu es bientôt prête, Miranda ? J'ai envie de m'acheter un manteau long en poil de chameau. C'est la mode cette année, et c'est très pratique. Un bon manteau est un élément important dans une garde-robe, tu sais. D'ailleurs, tu devrais t'en acheter un aussi.

Tandis que Solange continuait son bavardage au sujet des vêtements, Miranda enfila un jean et une chemise. Elle jeta machinalement un regard vers le réveil électronique de sa table de nuit. Il affichait la date et l'heure : on était mercredi, et le retour à Seattle était fixé à mardi prochain. Le cœur de la jeune femme frémit car il ne lui restait que cinq jours à passer avec Joe.

Joe faisait face à son père qui l'avait convoqué dans son bureau, un quart d'heure plus tôt, dès son arrivée à l'étude. Le sermon avait immédiatement commencé, mais le ton n'y était pas vraiment car, curieusement, son père semblait de charmante humeur.

— J'espère que tu n'abuses pas de l'innocence de cette jeune femme, Joseph. D'abord c'est une cliente de l'étude, et tu sais qu'on ne doit jamais mélanger vie privée et vie professionnelle...

Gabriel s'éclaircit la gorge pour poursuivre après un temps d'hésitation.

— Cela dit, je comprends que Miranda te plaise : elle est charmante.

Où donc voulait-il en venir ? Joe observait son père avec un soupçon de méfiance. Il était tellement aimable, détendu. Que lui arrivait-il donc ? Sans paraître remarquer l'étonnement de son fils, le notaire poursuivit :

— L'incident de ce matin est des plus regrettables, Joseph. La mère de Miranda avait toutes les raisons de s'inquiéter, si bien que je me suis senti obligé d'aller la soutenir. Si tu revois Miranda, je souhaite que tu montres davantage de bienséance. Bien entendu, tout cela reste entre nous.

Voilà, on y était ! Gabriel voulait cacher à Dierdre qu'il avait passé les premières heures de la matinée à consoler Solange. Et pour une raison que Joe devinait facilement, Gabriel comptait revoir Solange. Sinon, pourquoi ne pas dire la vérité à Dierdre ? Il se félicita intérieurement : allons, la manière dont son père allait mener cette affaire serait amusante à observer, en espérant que les choses ne tournent pas mal.

L'Interphone retentit sur le bureau et la voix de Dierdre annonça :

— M. Frankle aimerait déjeuner avec vous aujourd'hui afin de revoir les chiffres de son impôt sur la fortune. Je ne vois rien de prévu sur votre agenda ? Puis-je lui dire que vous êtes d'accord ?

Joe vit le visage de son père virer lentement au cramoisi. Mais c'est pourtant d'une voix parfaitement contrôlée qu'il répondit :

— Excusez-moi auprès de M. Frankle, Dierdre, et voyez s'il est libre pour un autre déjeuner cette semaine. J'ai déjà un engagement pour aujourd'hui.

Un silence gêné s'ensuivit, et comme Gabriel ne donnait aucune précision à propos du mystérieux rendez-vous, Dierdre conclut d'un ton glacial :

— Bien, monsieur.

Pas besoin d'être Sherlock Holmes pour deviner que Gabriel emmenait Solange au restaurant et Joe savait que Dierdre était bien plus futée que Sherlock Holmes.

Quelques instants plus tard, en regagnant son bureau,

Joe se dit, tout guilleret, qu'au moins Miranda et lui n'étaient pas obligés de jouer ce genre de comédie ridicule. Entre eux deux, tout était clairement défini. Et même si Miranda lui avait caché cette histoire de virginité, il ne lui en voulait pas, comprenant fort bien qu'il ne devait pas être facile pour une jeune femme d'aborder ce sujet avec un homme.

A cette pensée, Joe ressentit soudain une sorte de crainte accompagnée d'un insupportable sentiment de responsabilité. C'était à lui désormais de tout lui apprendre. Certes, après des préliminaires désastreux, il ne s'en était pas trop mal tiré, mais il restait encore beaucoup de chemin à parcourir, et il avait si peu de temps devant lui ! Heureusement, Miranda apprenait vite, et elle était touchante tant elle s'en remettait à lui.

Elle était douce et naïve, intelligente et drôle, et surtout raisonnable : elle possédait toutes les qualités que Joe recherchait chez une femme, et il se félicitait de l'avoir choisie pour donner naissance à leur enfant.

Comme il était incapable de se concentrer sur le dossier qui était devant lui, il finit par récapituler sur un papier les points principaux du contrat qu'il voulait établir entre eux deux. Il fallait que ce soit un document clair, qui ne laisse rien au hasard. Miranda pourrait l'emporter à Seattle avec elle, avant de le signer, et le montrer à ses avocats, si elle le souhaitait. Car rien ne pressait : ce document ne serait nécessaire que si elle tombait enceinte. Sinon il serait nul et non avenu.

Les pensées de Joe prirent bientôt une autre direction. Les chances d'une grossesse étaient minces bien sûr et il y avait un bon nombre de détails techniques à prendre en considération : l'ovulation, par exemple à laquelle il ne comprenait rien.

Cela n'avait pas d'importance en réalité. Il n'aurait

qu'à se renseigner auprès de Tony, et il n'était pas obligé de lui dire qu'il avait été le premier avec Miranda. C'était leur secret à tous les deux. Cependant, il pourrait lui demander des précisions médicales et lui parler du contrat. Ils avaient suffisamment discuté de ce type de relation avec une fille, auparavant. Et Tony serait sûrement enchanté que Joe ait enfin trouvé une solution au problème de la pérennité du nom des Wallace.

Il se dit que si Miranda ne repartait pas enceinte en Amérique, il y avait de fortes chances pour qu'elle ne veuille pas renouveler l'expérience. Le temps était compté pour elle, puisque l'objectif était de conserver Bethel Farm. Donc, s'ils ne faisaient pas un enfant avant son départ, il ne la reverrait probablement jamais.

Pour une obscure raison, cette idée ne lui plaisait pas du tout. Il la chassa de son esprit et reprit son stylo afin de compléter la liste des points principaux de leur futur contrat. Une chose était sûre, il ne ménagerait pas ses forces pour faire un enfant à la jeune femme. Il mettrait toutes les chances de leur côté.

Cette fois, il sourit et se félicita intérieurement. A bien y réfléchir, cela n'avait vraiment rien d'une corvée !

Solange se fit ramener à son hôtel par Gabriel à 14 h 30. Jusqu'ici, sa journée avait été plutôt décevante. Elle était d'abord allée chez Harrod's avec Miranda, mais tout était très cher et elle n'avait pas trouvé le manteau de ses rêves. Elle avait juste acheté un petit chapeau noir, très mignon, avec un brin de voilette sur le devant.

Ensuite était venu le déjeuner avec Gabriel. Elle se faisait une fête de ce repas à deux, mais très vite, le temps lui avait paru horriblement long, car Gabriel ne parlait que de problèmes juridiques et de golf. Aussi, bien avant que le dessert ne soit servi, elle s'était surprise à bâiller à s'en décrocher la mâchoire. Elle lui avait demandé des adresses de bonnes boutiques à Londres, mais visiblement ce n'était pas sa spécialité.

Quand elle était sortie de voiture, il l'avait embrassée, mais cette fois encore, elle avait été déçue. Il était beaucoup trop poli et réservé, et n'avait ni l'énergie ni la fougue de Leon. Sans compter que l'ombre de Dierdre Payne planait toujours entre eux...

Tout bien réfléchi, elle n'avait qu'à se le garder, son Gabriel. Solange ne le lui enviait pas. D'ailleurs, elle aurait beaucoup mieux fait de sympathiser avec Dierdre au lieu de tenter de séduire ce notaire rabat-joie. Elle au moins lui aurait sûrement donné des tuyaux sur les magasins à la mode et les coiffeurs en vogue.

Solange fit une courte sieste pour être en forme à l'arrivée de Leon, et quand elle se réveilla vers 15 h 30, elle se trouva de nouveau désœuvrée. Miranda était sortie prendre des photos, et il était trop tôt pour se préparer car Leon n'arriverait que tard dans la soirée.

Et puis Solange mourait de faim et elle avait très envie de se mettre sur son trente et un, pour aller dans un salon de thé chic. Les Anglais, elle en avait assez, il ne lui restait plus que cinq jours à passer à Londres, et Leon serait ici dans quelques heures. Inutile de se remettre en chasse. Mieux valait se faire une copine. Le problème était qu'elle ne connaissait pas une seule femme dans cette ville.

Si, il y en avait une. Et bien fait pour Gabriel !

Sans réfléchir davantage, elle appela l'étude et demanda à parler à Dierdre Payne.

— Ici Solange Irving, annonça-t-elle quand elle l'eut en ligne.

— En quoi puis-je vous être utile, mademoiselle Irving ?

Toujours cette politesse anglaise impeccable ! Impossible de savoir si la secrétaire était au courant ou non du déjeuner. Solange se dit que Gabriel ne devait pas en avoir parlé. D'ailleurs elle s'en moquait comme d'une guigne. Elle avait fait le tour de Gabriel, et n'avait envie que de compagnie féminine, ce qui était rare chez elle.

— Je me demandais à quelle heure vous quittiez votre travail ? demanda-t-elle.

Il y eut un court silence surpris à l'autre bout du fil, puis la secrétaire répondit :

— A 16 h 30, mademoiselle.

— Epatant. Je me demandais si vous ne voudriez pas venir avec moi prendre le thé dans un de ces endroits chic qui font la renommée de votre ville ?

— Comment cela ? Aujourd'hui ? Moi ?

Dierdre était de toute évidence prise au dépourvu.

Oui. Où pourrions-nous aller ? J'aimerais manger de bons petits gâteaux, et ces petits sandwichs que les Anglais savent si bien faire pour accompagner le thé.

— C'est que, je ne pense pas... enfin, je suis sincèrement désolée, mais je ne peux pas.

— Allons, ne refusez pas, c'est moi qui vous invite. Je suis seule dans cette ville inconnue, et je ne sais pas où aller. Nous passerons un moment agréable ensemble. L'autre jour vous avez dit que vous étiez prête à nous aider, si nous en avions besoin, eh bien c'est le cas. Il faudra que je sois de retour vers 20 heures, car mon fiancé arrive ce soir de Seattle, de sorte que vous aurez votre soirée libre, au cas où vous auriez prévu quelque chose. Avec ce raseur de Gabriel, par exemple.

Il y eut un nouveau silence. Puis son interlocutrice reprit avec une réticence évidente :

— Eh bien, euh... oui, pourquoi pas. Nous pourrions nous retrouver chez Fortnum and Mason, c'est une bonne adresse, non loin de votre hôtel.

Dierdre indiqua à Solange comment s'y rendre avant d'ajouter :

— Je vous y rejoins vers 17 h 15 ?

Il était 17 h 20 lorsque son taxi déposa Solange devant l'immeuble imposant de Fortnum and Mason, l'un des plus élégants magasins de Londres, qui possédait également un salon de thé très traditionnel. Dierdre Payne l'attendait, assise à une petite table ronde.

— Bonsoir, mademoiselle.

La secrétaire de Gabriel portait une robe en jersey vert foncé et un collier de perles. Elle avait tiré ses cheveux en chignon.

— Appelons-nous par nos prénoms, proposa tout de suite Solange.

Dierdre répondit par un petit hochement de tête et un sourire poli.

Jolis traits, dix kilos de trop, vêtements de prix mais ennuyeux à mourir... tout en jaugeant sa compagne, Solange prit un siège et s'installa. Ce n'était certainement pas Dierdre qui allait lui donner des renseignements sur les boutiques dans le vent. Elle ne semblait pas très préoccupée par la mode dernier cri.

Un serveur apparut, prit leur commande et, presque aussitôt, leur apporta un plateau de minuscules sandwichs et de petits gâteaux, ainsi qu'une théière en argent.

Elles engagèrent la conversation sur le temps, pendant que Dierdre buvait son thé à petites gorgées, et que Solange dévorait coup sur coup quatre sandwichs en avalant une demi-tasse de thé.

— J'étais morte de faim, dit-elle, je n'ai pas l'habitude de ces gros déjeuners à midi. Chez nous, c'est le contraire : c'est le repas du soir qui est le plus important.

— On me l'a dit en effet. Encore un peu de thé ?

Dierdre remplit la tasse de Solange avant de demander :

— Parlez-moi de Seattle. J'ai toujours rêvé de visiter les Etats-Unis.

Solange s'exécuta de son mieux, décrivant les élégantes galeries marchandes où elle aimait s'habiller.

— Comme je travaille dans le centre-ville, il m'est facile de faire des courses à l'heure du déjeuner, expliqua-t-elle.

— Quel métier exercez-vous ?

— Je fais des arrangements floraux, et j'ai ma propre boutique.

Aussitôt le visage de Dierdre s'éclaira :

— Oh, j'adore les fleurs ! Je rêve de posséder un jour une petite maison à la campagne où je pourrai en faire pousser.

Elle eut un petit sourire triste et demanda :

— Vous aimez jardiner ?

— C'est ma passion, répondit Solange avec enthousiasme. Je la tiens de ma grand-mère. La maison que nous habitons et qui était la sienne se trouve en bordure de l'océan, mais j'y ai quand même un joli jardin avec un potager et des fleurs. J'ai appris à jardiner quand je vivais en communauté.

— En communauté, dites-vous ?

— Oui, au Nouveau-Mexique, avec le père de Miranda. Nous y avons passé douze ans, et nous faisions pousser tous nos légumes. Puis à la mort de John, je suis retournée vivre à Seattle avec ma mère et ma grand-mère. Miranda n'avait que douze ans, à l'époque.

— Quel drame d'avoir perdu votre mari si jeune !

— Nous n'étions pas mariés, je ne l'ai d'ailleurs jamais été, c'est la première fois que j'épouse quelqu'un.

Tout en parlant, Solange avait mis sa main gauche sous le nez de Dierdre pour qu'elle admire sa bague.

— Il n'est jamais trop tard pour bien faire, non ? conclut-elle.

— En effet, reconnut Dierdre avant de s'exclamer : quelle chance d'avoir eu une famille pour vous soutenir quand vous en aviez besoin. Moi, mon père est mort à la guerre, je ne l'ai jamais connu, et ma mère est décédée l'année où j'ai commencé à travailler à l'étude.

— Quand était-ce ? demanda Solange qui était curieuse de savoir depuis combien de temps Dierdre sortait avec Gabriel.

— Il y aura quinze ans en août.

— Et vous ne vous êtes jamais mariée non plus ?

Dierdre secoua la tête.

— Non. J'ai pourtant toujours rêvé de le faire et d'avoir des enfants, mais la vie ne s'est pas organisée ainsi.

Ainsi elle était tombée amoureuse de Gabriel et l'avait attendu. Décidément, certaines femmes ne savaient pas y faire avec les hommes. Solange se retint de lui confier un de ses principes de base : en amour, il ne faut jamais donner l'impression qu'on est disponible et qu'on attend.

— Après la naissance de Miranda, dit Solange, je n'ai jamais voulu d'autre enfant. En revanche, j'ai eu toutes sortes de liaisons, mais je n'ai jamais eu envie de me marier jusqu'à ce que je connaisse Leon.

— Et qu'a-t-il donc de plus que les autres ?

La question de Dierdre prit Solange au dépourvu. Elle ne se l'était jamais vraiment posée auparavant. En fait elle s'était surtout demandé en quoi elle-même avait changé pour avoir soudain envie de se marier.

— Oh, Leon est drôle, il me fait rire, dit-elle d'un ton léger, et il est très beau. Pour moi le physique d'un homme est important. Il est aussi généreux, ce qui est assez rare chez les hommes.

Elle fronça les sourcils cherchant d'autres raisons.

— Et c'est un amant merveilleux, ajouta-t-elle, prenant un malin plaisir à choquer Dierdre.

Mais celle-ci se contenta de hocher la tête.

— En effet, c'est important, admit-elle d'une voix tranquille avant de mordre dans un biscuit au chocolat. On lit tant d'histoires sur des hommes qui ne sont pas à la hauteur dans ce domaine.

Pendant un court instant, Solange se demanda si elle n'aurait pas dû pousser un peu plus avant sa relation avec Gabriel. Solange, en effet, semblait satisfaite de sa vie sexuelle, mais elle n'avait peut-être aucun élément de comparaison.

Leon est fidèle aussi, poursuivit Solange. Et c'est une chose que j'apprécie, car tant d'hommes sont volages à notre époque...

Elle comprit trop tard qu'elle venait de s'aventurer sur un terrain dangereux.

— C'est vrai, poursuivit paisiblement Dierdre, en la regardant droit dans les yeux. Quand un homme auquel on tient invite une autre femme à déjeuner, ce peut être très douloureux.

15.

Le silence entre les deux femmes dura de longs instants, puis Solange poussa un soupir avant de demander.

— Ainsi vous aviez compris ?

Dierdre hocha la tête.

— Je connais très bien Gabriel, je comprends tout de suite quand il essaie de me cacher quelque chose.

— En tout cas, il ne s'est rien passé entre nous, précisa tout de suite Solange, qui s'en voulut immédiatement d'être sur la défensive.

Heureusement Dierdre n'avait pas l'air de vouloir lui faire une scène de jalousie. Au contraire, elle semblait triste et résignée.

— Ce n'est pas vraiment le problème, dit-elle doucement. Vous lui avez plu, il a eu envie de vous, et je peux le comprendre parce que vous êtes très séduisante.

Sa bouche tremblait un peu, mais elle arrivait pourtant à se contrôler. Elle murmura :

— Moi, je suis plutôt terne.

— Ne dites pas ça !

Il fallait pourtant bien reconnaître que cette pauvre Dierdre manquait vraiment d'éclat. Mais pour qui se prenait Gabriel ? Ce n'était certainement pas un don Juan, et il n'avait vraiment rien d'irrésistible !

— Il vous avait déjà fait ça? demanda Solange. Enfin, je veux dire... inviter une autre femme à déjeuner à votre insu?

— Une fois, oui, il y a deux ans. Il n'en a jamais parlé et je ne lui ai rien demandé.

Solange réfléchit un moment avant de dire :

— Vous savez, Dierdre, les hommes ne fonctionnent pas comme les femmes. Ils aiment la conquête, les défis. Si les choses sont trop faciles, ils les apprécient moins.

Dierdre fronça les sourcils.

— Qu'essayez-vous de me dire? Que Gabriel est trop en confiance avec moi? Que je ne lui donne pas assez de raisons de s'inquiéter?

Solange hocha la tête.

— Il sait que vous serez toujours là à l'attendre, j'imagine? demanda-t-elle lentement.

— Pourquoi en douterait-il? Je l'aime tant.

Dierdre avait les yeux pleins de larmes, à présent.

— Je l'aime beaucoup plus qu'il ne m'aime, murmura-t-elle, et je serais incapable de lui faire du mal.

Cette pauvre femme était vraiment sans défense. Solange n'était pas fière de ce qu'elle lui avait fait. Elle-même avait toujours évité les hommes mariés, et quand un amant la trompait, elle le laissait tomber sans un regret, considérant que c'était lui, le perdant. Il est vrai qu'elle considérait ses relations avec les hommes comme un jeu. Néanmoins elle pouvait comprendre que pour Dierdre, sa liaison avec Gabriel était d'une importance capitale. Presque une question de vie ou de mort.

— Ecoutez, dit Solange, pourquoi ne prenez-vous pas quelques jours de vacances? Donnez donc à Gabriel l'occasion de s'ennuyer de vous.

Une idée venait de surgir dans son esprit et elle y réfléchit quelques instants : Dierdre n'était pas particulièrement rigolote, soit, mais elle était sûrement agréable à vivre, et Gabriel méritait une bonne leçon. Rien que d'imaginer sa stupéfaction quand il saurait que... Cela valait la peine de se donner un peu de mal. Et puis la maison était grande, et elle-même n'y était pas souvent dans la journée. Miranda et Pearl seraient probablement d'accord, et si ce n'était pas le cas, tant pis, il ne s'agissait que de quelques jours, après tout, deux semaines tout au plus.

— Pourquoi ne venez-vous pas nous voir à Seattle, Dierdre ? Nous avons largement la place de vous recevoir à la maison, et vous m'aiderez pour mon potager.

— C'est très gentil à vous, merci, répondit Dierdre simplement.

Cependant, elle ne disait pas non. Peut-être l'idée ferait-elle son chemin. En tout cas, Solange avait fait de son mieux.

— Allons faire des courses, proposa-t-elle, cela nous changera les idées. Vous connaissez cette boutique qu'adorait la princesse Diana ? Tous les journaux américains en parlent.

— C'est sûrement celle de King's Road, près de Sloane Square.

— Eh bien, on commencera par là, dit Solange qui prit la note et s'en fut vers la caisse.

Un rai de lumière s'échappait par la porte de la salle de bains demeurée entrouverte. Appuyée sur un coude, Miranda observait le visage de Joe endormi. Comme il était beau et racé ! Il avait des cils courts et épais, de hautes pommettes bien dessinées, une minuscule cicatrice sur la tempe gauche...

Tombait-on plus facilement enceinte quand on aimait à ce point faire l'amour avec son partenaire ? En cet instant, un spermatozoïde de Joe était peut-être en train de pénétrer dans un de ses ovules ?

Le document que Joe avait apporté se trouvait sur la coiffeuse. Il y était stipulé dans le détail tout ce qui se passerait si tous deux concevaient un enfant. Ils se marieraient, puis, après la naissance du bébé, divorceraient.

Cette pensée faisait souffrir Miranda.

L'enfant porterait leurs deux noms : Irving-Wallace. Joe en assumerait la totale responsabilité financière et entretiendrait Miranda si elle décidait d'être mère au foyer. Tous deux auraient la garde conjointe de l'enfant, mais Joe acceptait qu'il vive avec Miranda pendant les périodes scolaires, et ne vienne en Angleterre que pour les vacances. Miranda pouvait l'accompagner, et, durant les premières années, il était préférable qu'elle le fît.

Le document ne laissait rien au hasard. Joe était juriste : il avait été précis, minutieux et aussi équitable que possible. Miranda savait d'ores et déjà quels seraient leurs rapports : cordiaux, amicaux, régis par l'intérêt de leur enfant, et le respect de leur liberté à tous les deux.

Evidemment, Miranda était d'accord sur tout. Il lui restait quatre nuits à passer entre les bras de Joe. Elle s'était juré de ne vivre que l'instant présent, sans penser à l'avenir.

« Je t'aime, Joseph Wallace. » Les mots sonnaient dans sa tête, venus de son cœur. Ils étaient un désaveu flagrant du contrat, et la jeune femme ne les dirait jamais tout haut. Elle avait déjà appris à les refouler quand, après avoir fait l'amour, elle regardait tout au fond des yeux de son amant et avait l'impression de percer son âme.

Il avait pris ses dispositions pour ne pas travailler jeudi et vendredi de façon à faire visiter Londres à Miranda. Et dimanche, il la conduirait à Bethel farm pour y chercher Gram. Enfin mardi... Mardi, il faudrait faire bonne figure, dire adieu, prendre l'avion et rentrer...

Heureusement, il y aurait Pearl. Miranda pourrait tout lui expliquer : qu'elle aimait Joe, qu'ils avaient passé une sorte de contrat, et que, hélas ! elle était tombée amoureuse d'un homme qui ne croyait pas à l'amour.

Quoi qu'il arrive, Gram l'aiderait. Miranda l'avait appelée deux fois à Bethel Farm, mais la conversation s'était révélée difficile parce que la vieille dame entendait de moins en moins bien...

— A quoi penses-tu ?

Joe avait passé son bras autour de sa taille pour l'attirer vers lui.

— A Gram, et je me souvenais aussi de ce restaurant où nous avons dîné, improvisa la jeune femme. On y servait la meilleure nourriture végétarienne que j'aie jamais mangée.

— Il faudra remercier Larry, rétorqua Joe, railleur. Il m'a donné une liste interminable de restaurants, tous végétariens. Je me demande si ce brave homme n'est pas tombé amoureux de toi.

Pourquoi Larry ? Pourquoi pas lui ?

Les mots qu'elle n'osait pas prononcer perdirent vite leur consistance, sous les caresses et les baisers de Joe.

— Viens plus près, ma chérie, murmura-t-il contre son oreille, il faut nous remettre au travail.

— Mais enfin, bien sûr, mon chou, nous voulons y aller avec vous. Joe n'aura qu'à emprunter la grosse voiture de son père.

Miranda venait de comprendre trop tard qu'elle n'aurait pas dû dire à sa mère que Joe l'emmenait chercher Pearl à Bethel Farm le lendemain matin.

Elle n'avait pratiquement pas vu Solange depuis l'arrivée de Leon, et devait reconnaître que pour la première fois, elle devait une fière chandelle au pasteur. Sans lui, la jeune femme aurait culpabilisé de laisser sa mère seule tout ce temps.

— Leon veut voir la propriété, et il ne connaît pas encore Joe, reprenait celle-ci. Il faut dire que tu l'as beaucoup accaparé, ce garçon, ces jours-ci. Et puis en chemin, nous pourrons nous arrêter dans un de ces petits villages. Il paraît qu'on y vend pour trois fois rien des tricots faits à la main qui ont beaucoup de chic.

Le soir même, malheureuse et gênée, Miranda relatait sa conversation à Joe, dans un nouveau restaurant végétarien conseillé par Larry.

— Qu'ils viennent avec nous ! s'exclama tout de suite son compagnon. Où ai-je la tête ? J'aurais dû le proposer le premier. Je prendrai la voiture de papa. Il aime assez faire le joli cœur dans la mienne. Ça le rajeunit. Et je suis content de faire la connaissance du pasteur de ta mère, ce cher Baillie, ton futur beau-père, ajouta-t-il avec un sourire malicieux.

— Pas si vite, rétorqua vivement Miranda. Ils ne sont pas encore mariés.

Elle expliqua à Joe combien elle détestait le fiancé de sa mère et conclut :

— Tu verras, après quelques heures en voiture avec lui, tu regretteras ce que tu viens de dire.

Mais Joe se contenta de rire.

Il était plus de 15 heures lorsqu'ils arrivèrent enfin à Bethel Farm, et il suffit à Miranda de jeter un coup d'œil au visage crispé de Joe pour comprendre qu'il en avait plus qu'assez de sa mère et de Leon Baillie.

Avant même qu'ils soient sortis de Londres, Leon les avait déjà noyés sous une avalanche de prédictions calamiteuses pour le changement de millénaire. Même Solange avait failli perdre patience.

— Dieu du ciel, Leon, cesse de jouer les oiseaux de mauvais augure. Le XXe siècle s'est bien passé. Il se termine, et la terre tourne toujours. Ce sera pareil pour le XXIe et ceux qui suivront.

Baillie s'était tu pendant environ six minutes, puis il s'était lancé dans une violente diatribe contre la politique anglaise, ce qui avait vite exaspéré Joe.

A la demande de Solange, ils s'étaient arrêtés dans plusieurs villages dont les magasins étaient fermés parce que l'on était dimanche. Du coup, Solange faisait la tête, Joe rongeait son frein, et Leon s'était lancé dans des descriptions sanglantes d'accidents de voiture sur lesquels il avait enquêté quand il était « dans la police montée canadienne ». Sa manière à lui d'inciter Joe à ralentir, mais qui avait provoqué exactement l'effet inverse. De sorte que Miranda n'avait pu réprimer un soupir de soulagement quand la grosse Bentley s'était enfin immobilisée devant l'entrée de Bethel Farm.

— Je vous rejoins dans un moment, dit tout de suite Joe qui visiblement n'en pouvait plus. Je file saluer Elijah.

Elizabeth vint leur ouvrir la porte, et Pearl arriva à son tour. Elle embrassa d'abord Miranda.

— J'ai cru que vous n'arriveriez jamais, soupira-t-elle.

— Quelle joie de te retrouver, Gram ! Tu m'as manqué.

Solange embrassa sa mère avant de déclarer sèchement :

— Ne la crois pas, maman, je l'ai à peine vue de la semaine. Elle et Joe ne se sont pas quittés.

— En voilà une bonne nouvelle ! s'exclama Pearl avec un sourire radieux. Mais elle ne put poser à Miranda les questions qui lui brûlaient sans doute les lèvres car Natalie arrivait avec les deux petites filles qu'elle était allée récupérer à l'école.

On présenta Leon à tout le monde. Comme d'habitude, il se montra très à l'aise et charmant avec les enfants, puis Natalie annonça :

— Ronan est à son cabinet, il rentrera pour le thé. Vous serez encore là, n'est-ce pas ?

— Oh, oui, restez, supplia la petite Lydia, prenant la main de Miranda, il faut que vous veniez voir comme les chatons ont grandi.

Miranda lui sourit.

Je crains que nous ne puissions nous éterniser. Il faudra demander à Joe.

Elle s'agenouilla près de Daisy.

— Regarde ce que je vous ai apporté.

D'une grosse enveloppe, elle tira des photos qu'elle avait prises pendant que les fillettes étaient en train de jouer dans le foin. Elle avait choisi les deux meilleures et leur en donna une à chacune.

— Pearl nous a dit que vous étiez une excellente photographe, dit Elizabeth après avoir admiré les clichés. Si vous le pouviez, j'aimerais que vous fassiez des reproductions de votre grand-mère dans son uniforme de pilote. Ce serait épatant pour illustrer mon article dans le journal local.

— Pourquoi pas, répondit Miranda, nous le ferons dès notre retour. Tu choisiras celles que tu préfères, Gram.

Nathalie et Elizabeth échangèrent un regard.

— Justement, il faut que nous en parlions, ma chérie, dit Pearl en prenant les deux mains de Miranda dans les siennes.

— Parler de quoi ?

La jeune femme dévisagea sa grand-mère en même temps qu'un étrange pressentiment l'oppressait

— C'est que... Elizabeth m'aide à rédiger mes mémoires, expliqua alors Pearl. J'ai toujours voulu écrire, sans jamais oser m'y mettre. Et comme je ne rajeunis pas, il est temps que je commence.

Pearl essaya de sourire, mais Miranda voyait bien combien il lui en coûtait.

— Je suis tellement heureuse, ici, Miranda, reprit-elle sur un petit ton d'excuse. Après toutes ces années, j'ai l'impression de me retrouver enfin chez moi.

Gram prit une inspiration avant de déclarer d'une seule traite :

— Natalie et Elizabeth m'ont proposé de m'installer ici et j'ai accepté. Voilà ce que j'essaie de te dire, ma poulette. Je ne rentrerai pas à Seattle avec Solange et toi, demain. J'ai décidé de rester à Bethel Farm.

16.

Les hôtesses avaient débarrassé les plateaux-repas depuis un moment déjà, et les passagers commençaient à s'endormir dans la cabine plongée dans la pénombre.

Miranda, assise du côté du couloir, gardait les yeux fermés, s'efforçant de ne pas prêter attention à la voix monotone de Leon. Solange et lui se chamaillaient, sur un point de détail sans intérêt. Il occupait le siège près du hublot et Solange était au milieu, à la place où aurait dû se trouver Gram.

Miranda sentit sa gorge se nouer. Il ne fallait pas penser à Gram, et surtout pas imaginer comment serait la vie sans elle. La perspective de rester en tête à tête avec Solange n'était déjà pas drôle, mais si Baillie venait s'installer dans la maison au bord de l'océan, l'existence allait devenir tout simplement intolérable.

Joe cependant, au cours d'une conversation, avait émis une idée intéressante. Il parlait du nombre croissant de femmes qui font faire des enquêtes privées sur la vie des hommes qu'elles envisagent d'épouser.

— C'est un nouvel aspect des relations amoureuses, avait-il ajouté non sans ironie, mais je trouve que c'est assez intelligent de la part des femmes, car il vaut mieux prendre toutes ses précautions que de se retrouver lié à quelqu'un pour la vie.

Il devait bien exister des détectives privés, à Seattle. Dès son arrivée, Miranda avait l'intention d'en appeler un et de lui demander de se renseigner sur Baillie. C'était certainement un charlatan comme Gram l'avait soupçonné depuis le début. Alors Solange devrait se rendre à l'évidence : son Leon était un imposteur. Mieux valait le renvoyer là d'où il venait.

Mais au lieu de se préoccuper de sa mère, Miranda se dit qu'elle ferait bien mieux de régler ses propres problèmes. Si elle ne voulait pas devenir folle, il faudrait trouver un moyen rapide pour ne plus penser à Joe. La nuit dernière, elle avait pleuré entre ses bras, lui laissant croire qu'elle était triste parce que Gram ne rentrait pas à Seattle. Il l'avait consolée de son mieux.

— Je t'appellerai et je t'écrirai, lui avait-il murmuré à l'oreille, à l'aéroport, en l'étreignant une dernière fois. Promets-moi de le faire aussi.

Elle avait hoché la tête, et avait même réussi à sourire.

— Embrasse Larry pour moi, avait-elle dit avant que sa gorge ne se noue complètement, l'empêchant de parler.

A présent, elle avait les mains posées sur son ventre. L'enfant de Joe grandissait-il en elle ?

Il fallait attendre pour savoir. On était presque à mi-avril. Dans trois semaines, pas avant, elle saurait si elle avait un avenir commun avec Joe. C'était long, trois semaines.

— Téléphone pour vous, monsieur.

Larry tendit le combiné à Joe qui le prit en hâte.

— Miranda ?

Elle était rentrée depuis un jour et demi, à présent, et elle avait certainement pris connaissance du message rigolo qu'il avait laissé sur son répondeur. Il avait appelé quelques heures après être rentré de l'aéroport, et, prenant une voix très impersonnelle, avait déclaré :

— Télégramme urgent pour Mlle Miranda Irving. Bienvenue chez vous. Stop. Espère que le voyage s'est bien passé. Stop. Espère que notre projet prend tournure comme nous le voulons. Stop. Attends de vos nouvelles au plus tôt. Stop. Baisers non stop. Votre correspondant anglais.

— Miranda ? Si tu réponds ainsi à tous tes appels, tu vas avoir des problèmes, vieux !

C'était Tony qui se moquait gentiment de lui.

— Où avais-tu disparu, Joe ? Je t'ai laissé des messages au bureau et chez toi et tu ne m'as pas rappelé.

— Ne m'en veux pas.

Joe était ennuyé et surtout déçu : il avait tant espéré entendre la voix de Miranda.

— Et toi, comment vas-tu, Tony ? Et Kitty ?

— Oh, toujours pareil : elle me rend cinglé. Ecoute, Joe, voilà pourquoi je t'appelle. La cousine de Kitty est chez nous pour quelques jours. Je sais que tu n'aimes pas sortir avec des filles que tu ne connais pas, mais crois-moi, celle-là te plaira. Elle s'appelle Béatrice, elle est superbement bien fichue, et jolie comme un cœur. En plus elle a de la classe, elle n'est pas bête, et elle est drôle. Elle bosse dans la pub. Ça t'irait de dîner avec elle demain soir ?

Joe hésita. Il n'était pas au mieux de sa forme depuis le départ de Miranda. Sans doute parce qu'il avait trop fait l'amour avec elle. Il faut dire que...

Peut-être qu'après tout ce dîner avec une jolie fille était ce qu'il lui fallait. Il était libre de voir qui il voulait, après tout, et Miranda aussi. Cette dernière pensée le mit un peu mal à l'aise, puis il se souvint qu'elle lui avait avoué ne jamais sortir.

— Pourquoi pas, dit-il. Beatrice, as-tu dit ? Beatrice qui ? Smith. Parfait. Au moins c'est facile à retenir.

Ils continuèrent à discuter encore quelques instants, puis Joe raccrocha.

— Excusez-moi de vous dire le fond de ma pensée, Joseph, mais vous êtes un imbécile.

Tout en rangeant la vaisselle dans le placard en faisant ostensiblement du bruit, Larry avait du mal à dissimuler son indignation

Joe ouvrit des yeux ronds.

— Qu'est-ce qui te prend ? Pourquoi dis-tu ça ?

— Je n'ai pas l'habitude de me mêler de vos affaires, Joseph, mais avez-vous pensé à Miranda ?

— Oui, et alors ? On est amis. On a passé du bon temps ensemble, et elle est repartie pour Seattle.

— Je pensais que vous saviez reconnaître les gens de qualité, mais manifestement je me suis trompé.

Larry ferma brutalement le placard avant de reprendre :

— Un de ces quatre matins, vous vous retrouverez tout seul et ce sera bien fait !

Ebahi, Joe dévisagea Larry.

— Ménopause masculine, marmonna-t-il, baisse de testostérone.

Larry n'avait pas le droit d'écouter ses conversations téléphoniques avec ses amis. Il voulut prendre l'air indigné, et n'y réussit pas. D'ailleurs il n'éprouvait pas une once d'indignation. Mais tout au fond de lui, il ressentait quelque chose de bizarre qui ressemblait peut-être bien à de la culpabilité.

Bref, il ne se sentait décidément pas très en forme.

Il faisait encore clair en cette soirée du mois de mai et tous les soirs on se rendait compte que les jours allongeaient. Depuis trois semaines Miranda avait repris son travail, et chaque soir, elle redoutait davantage son retour à la maison.

Elle s'arrêta en haut du chemin pour prendre le courrier et consulta rapidement sa montre : il était 19 h 30.

Elle était restée à l'école bien après le départ des enfants, puis était passée manger un hamburger végétarien dans un fast-food sans intérêt. Ensuite elle s'était promenée en ville avec l'intention d'aller au cinéma, et en définitive n'en avait plus eu envie. Enfin, après un court passage dans une pharmacie, elle s'était résignée à reprendre le chemin de la maison.

Son cœur fit un bond quand elle vit le break de Leon en bas du chemin, garé comme d'habitude, à la meilleure place. Il ne s'était pas officiellement installé avec Solange, mais il était là pratiquement tous les soirs, depuis leur retour d'Angleterre.

Miranda allait le trouver installé comme chez lui dans le fauteuil de Gram, occupé à lire le journal en commentant tous les titres, sans s'inquiéter de savoir si ce n'était pas celui de Miranda. Quant à Solange, elle serait affalée sur le canapé en train de feuilleter une vague revue d'horticulture, apparemment sourde aux bavardages fumeux de Baillie.

La cuisine ressemblerait à un champ de bataille, comme d'habitude. Et une fois de plus, Solange aurait tenté de préparer un potage en sachet en brûlant six casseroles.

Miranda se prépara, la mort dans l'âme, à une nouvelle soirée solitaire. Elle allait se faire une tisane qu'elle boirait dans sa chambre, en attendant qu'ils partent dîner au restaurant ou montent se coucher. Ensuite, elle descendrait et brancherait la télévision pour ne pas entendre les bruits provenant de la chambre de Solange.

Quelle vie !

La jeune femme regarda rapidement le courrier, cherchant une lettre d'Angleterre. Il n'y en avait pas. Son moral baissa encore d'un cran. Elle avait reçu trois lettres de Gram, mais une seule de Joe : un petit mot tellement impersonnel qu'elle avait eu envie de le déchirer pour lui en renvoyer les morceaux.

Aujourd'hui, cependant, il y avait une grosse enveloppe qui lui était adressée avec la mention : Personnel. *Enquêtes et investigations*, disait l'entête. Voilà plusieurs jours que Miranda attendait de leurs nouvelles. Son cœur fit un bond. Elle déchira l'enveloppe et en sortit trois feuillets qu'elle parcourut rapidement. Son sang battait à ses tempes, et à mesure qu'elle lisait, elle avait du mal à croire ce qui était écrit. Outre une série de dates précises, le rapport disait :

M. Baillie a appartenu à la Police Montée Canadienne pendant quatre ans...

M. Baillie a été décoré pour avoir contribué à la libération d'un otage...

M. Baillie a été marié une fois. Le mariage a duré quinze ans. Sa femme est décédée...

M. Baillie a gagné deux millions de dollars à la loterie nationale...

M. Baillie est pasteur de la Chapelle du Bonheur de Seattle depuis trois ans...

Le seul point sur lequel il avait menti était son âge. Leon Baillie avait en vérité soixante-sept ans, et non pas soixante-deux, comme il le prétendait.

En bref, Miranda avait dépensé quelques milliers de dollars pour apprendre que le révérend était un honnête homme, même s'il était un peu vieux. D'une main qui tremblait, elle replia les feuillets pour les remettre dans l'enveloppe. Son dernier espoir s'envolait en fumée. « Nous nous sommes trompées, Gram. Qu'est-ce que je vais faire, maintenant ? » murmura-t-elle d'un ton désespéré.

Avec Pearl, elle aurait pu rire de leurs soupçons non fondés. Mais la vieille dame n'était pas là, et Miranda n'avait aucune envie de rire, bien au contraire.

Elle se mit à réfléchir aux solutions qui s'offraient à elle.

Il n'y en avait que deux : soit elle continuait à habiter ici avec sa mère et Leon, soit elle s'en allait.

Desserrant le frein à main du 4x4, elle descendit lentement le chemin.

En fait, elle n'avait pas le choix. Dès demain, elle chercherait un appartement. A côté d'elle, il y avait le sachet de la pharmacie : il contenait un test de grossesse, mais à quoi bon l'utiliser ? Toute la journée elle avait senti que ses règles étaient sur le point d'arriver. Elle n'avait qu'une semaine de retard. De toute façon, rien, depuis quelque temps, n'allait comme elle voulait. Alors pourquoi serait-elle enceinte ?

Trois jours plus tard, enfermée dans la salle de bains, Miranda fixait, incrédule, le test de grossesse qu'elle venait de faire. Elle relut pour la cinquième fois le mode d'emploi : bleu = enceinte. Rose = pas enceinte. Puis elle ôta ses lunettes et se frotta les yeux. Elle tremblait comme une feuille.

Bleu, c'était bleu ! Pas mauve, pas violet... Bleu ! Sans l'ombre d'un doute.

— Miranda, chérie, j'ai besoin de la salle de bains.

Un coup frappé à la porte fit sursauter la jeune femme :

— Leon est dans l'autre, dit sa mère d'une voix plaintive. J'en ai assez de cette maison immense qui n'a que deux salles de bains.

D'un geste vif, Miranda fourra la boîte vide et son contenu dans le placard et ouvrit la porte avec l'impression très nette de flotter sur un nuage.

Solange, en déshabillé de satin gris, se précipita dans la salle de bains, tandis que Miranda regagnait sa chambre, sans prendre garde pour une fois à Leon qui, sous la douche, chantait un cantique à tue-tête.

La jeune femme s'assit sur son lit et remonta ses genoux sous sa poitrine. Elle était enceinte. Elle allait avoir un enfant. L'enfant de Joe. Ils allaient se marier, et pendant un temps, elle serait Mme Joseph Wallace. Après...

Après, on verrait ! Pas question de penser à des choses tristes et de gâcher sa joie en imaginant la suite. Avril, mai, juin, juillet..., compta-t-elle sur ses doigts. Cela signifiait qu'elle accoucherait en décembre ou en janvier. Elle était si troublée qu'elle n'en savait rien. Il faudrait qu'elle voie un médecin, mais ça allait être très juste, de toute façon.

Elle croisa les mains sur sa poitrine. Oh, Gram, chère Gram ! Pourvu que l'enfant naisse à temps pour que nous gardions Bethel Farm dans la famille.

Avec le décalage horaire, il était trop tôt pour appeler Pearl en Angleterre. Et puis si un incident survenait... Non, il valait mieux attendre une semaine ou deux.

Et Joe ? Etait-il déjà à l'étude ? Miranda essaya de calculer l'heure qu'il était à Londres, mais en vain. Et soudain sa décision fut prise. Elle ne le préviendrait pas non plus. En tout cas pas tout de suite. Elle garderait son merveilleux secret pour elle toute seule avant de le partager.

— Miranda ?

Solange était entrée dans la chambre sans même frapper. Elle tenait à la main le flacon vide du test de grossesse.

17.

— Ma chérie, tu l'es ou tu ne l'es pas ? s'exclama Solange, brandissant la boîte comme un trophée.

Miranda se recroquevilla. Sa mère était la dernière personne à qui elle avait envie de confier son merveilleux secret, mais elle ne pouvait pas lui mentir.

— Je le suis, mais c'est le tout début, réussit-elle à dire, et j'aurais préféré que personne ne le sache.

— Sauf moi, bien sûr !

Décidément Solange ne doutait de rien ! Elle se laissa tomber sur le lit à côté de sa fille et lui entoura les épaules de son bras.

— Dis-moi, es-tu heureuse ?

— Plus que je ne l'ai jamais été de toute ma vie.

Après cet aveu, Miranda se sentit libérée et se confia facilement à sa mère. D'ailleurs le fait d'en parler donnait plus de réalité à son état.

— Je suis au comble du bonheur, mais j'ai peur aussi.

— Peur de quoi ?

— Oh... je ne sais pas. C'est trop beau pour être vrai. Si quelque chose survenait...

— Tu penses à une fausse couche, comme les deux que j'ai faites après t'avoir eue ?

Solange n'avait jamais abordé ce sujet avec Miranda. Elle ajouta :

— Ne t'angoisse pas pour ça, ma chérie. Nous ne sommes pas pareilles, toi et moi, et ces choses-là ne sont pas héréditaires.

L'entendre dire cela avec autant d'assurance était réconfortant, même si ce n'était pas forcément vrai. Miranda se détendit.

— C'est Joe ? demanda Solange.

Comme la jeune femme hochait la tête affirmativement, elle dit :

— Tu vas le lui annoncer ?

— Bien sûr que oui.

Et d'un seul coup Miranda eut envie d'appeler Joe pour le prévenir, le plus vite possible. Solange au lieu de questionner sa fille sur un éventuel mariage s'exclama soudain :

— Quand je pense que je vais être grand-mère !

Elle frissonna d'une façon très théâtrale.

— En tout cas, j'espère que c'est une fille. Les filles sont si mignonnes à habiller.

C'était Solange, rien ne pouvait la faire changer ! Miranda sourit tandis que sa mère continuait :

— Maman va être si contente d'être arrière-grand-mère, et qui sait, si ce bébé arrive à temps, on pourra peut-être garder Bethel Farm dans la famille. Moi qui me disais qu'avec l'argent de la vente, on partirait en croisière, Leon et moi !

Devant la mine déconfite de Miranda, elle éclata de rire.

— Je plaisantais, mon chou.

— Leon ne trouvera peut-être pas l'histoire si drôle, dit la jeune femme sur le ton de la plaisanterie.

Avec son bonheur soudain, elle ne pensait plus au poids insupportable que représentait Leon pour elle.

— Ah, mon Dieu, j'allais oublier de te prévenir, s'écria alors Solange. Le mariage est annulé.

Miranda ouvrit des yeux incrédules.

— Que dis-tu ?

— Leon et moi ne nous marions plus.

— Mais... je croyais... enfin, je veux dire, il est ici tout le temps, je pensais que vous étiez heureux ensemble.

— Justement, soupira Solange. Je l'ai sans arrêt sur le dos, et ça m'agace. Je ne peux jamais faire ce que je veux. En plus il réclame toujours quelque chose. Quand il ne veut pas manger, il veut que je m'occupe de lui, il occupe la salle de bains précisément quand j'ai envie d'y aller. C'est fatigant, à la longue.

Miranda regarda la bague de fiançailles au doigt de sa mère.

— Comment a-t-il pris la nouvelle ?

Oh, je ne le lui ai pas encore dit ; j'attends le bon moment. C'est un peu compliqué parce que je ne veux pas rompre, au contraire, j'aimerais continuer à le voir, et... garder sa bague. Tu comprends, à ma manière, je l'aime.

— Mais pas assez pour l'épouser ?

Solange se mit à rire.

— Oh, mon chou, ça n'a rien à voir avec l'amour. Tu sais, il y a des femmes qui sont faites pour le mariage, et d'autres pas. Manifestement les femmes Irving appartiennent à la seconde catégorie.

— Moi, je ne suis pas ainsi, dit tranquillement Miranda. J'ai l'intention d'épouser Joe.

— Mon Dieu, mon chou, tu ne le lui as pas dit, au moins ?

Miranda secoua la tête

— C'est lui qui en a eu l'idée.

Elle n'expliqua pas la suite. Déjà Solange soupirait, visiblement soulagée :

— Le ciel soit loué, c'est une bonne chose. Fais-lui bien comprendre qu'accepter de l'épouser est le plus grand honneur que tu puisses lui faire, parce que c'est vrai.

D'un geste imprévisible, elle ébouriffa les boucles de sa fille avant d'ajouter :

— Tu es la meilleure des filles, et c'est normal, puisque tu es la mienne, non ?

La déclaration était tellement inattendue que Miranda, bouleversée, éclata en sanglots.

— Vous avez un appel des Etats-Unis, Joseph, annonça Larry depuis l'entrée de la salle de bains.

— J'arrive.

Joe ferma le robinet de la douche et saisit son peignoir en éponge avant de décrocher le téléphone dans sa chambre.

— ... et une larme de vinaigre balsamique dans l'eau de cuisson, Miranda, disait Larry sur le ton de la confidence depuis l'appareil de la cuisine. Vous laissez cuire les lentilles une heure, et vous m'en direz des nouvelles.

— Bonjour, Miranda.

Joe attendit que Larry ait raccroché avant de reprendre :

— C'est gentil de m'appeler. Justement, je pensais à toi.

C'était la vérité. Depuis la soirée catastrophique qu'il avait passée avec Beatrice, il ne cessait de penser à celle qui l'empêchait de profiter des autres jeunes femmes. D'ailleurs, il n'avait plus fait l'amour depuis le départ de Miranda ! C'était fou, quand même !

— Oui, je vais bien, et toi ?

A mesure qu'il écoutait ce que la jeune femme lui

disait, son cœur battait de plus en plus vite. Brusquement, il s'assit.

— Mais c'est ahurissant... phénoménal ! J'ai... j'ai du mal à le croire.

Il transpirait abondamment maintenant, et s'épongeait le front avec la manche de son peignoir.

— Pardonne-moi de ne pas trouver les mots pour exprimer ce que je ressens, mais je suis un peu interloqué. C'est tout à fait merveilleux. Si tu savais comme je suis heureux !

C'était vrai, mais il lui fallait encore s'habituer à l'idée qu'il allait être père.

Son cerveau fonctionnait à toute vitesse.

— Nous nous marierons dès que possible, évidemment. Tu as fait lire mon contrat par ton avocat ? Parfait. Dans ce cas, fixons la date du mariage pour le début des grandes vacances, c'est-à-dire fin juin. Veux-tu que je vienne ou...

Il écouta sa réponse et acquiesça :

— Certes, il faut que Pearl soit là, et Bethel Farm me semble un excellent choix : il y aura une courte cérémonie civile, et, comme invités, juste la famille proche et nos témoins, c'est tout. C'est une formalité, nous sommes bien d'accord... oui, oui, je m'occuperai de tout. C'est le moins que je puisse faire. En attendant, prends soin de toi, Miranda. Tu n'es pas malade, au moins ? Parfait. As-tu besoin de quelque chose ? Non ? Eh bien, dans ce cas, laisse-moi te remercier pour tout. Je te suis... euh... infiniment reconnaissant.

Joe raccrocha lentement avant de regarder dans le vide un bon moment. Cette idée de l'enfant, c'est son esprit logique qui la lui avait soufflée, mais maintenant qu'elle se réalisait, elle l'emplissait d'un effroi irraisonné. Comme c'était bizarre !

Tout à coup, il se mit à sourire. Il fallait qu'il annonce la nouvelle à quelqu'un. Bondissant sur ses pieds, il se précipita dans l'escalier.

Gabriel était en train de prendre son petit déjeuner dans la salle à manger tout en lisant le « Times ». Larry remplissait sa tasse de café pour la seconde fois.

— Miranda est enceinte, annonça Joe sans préambule, et nous nous marions en juin.

Il aurait dû éclater de rire en voyant son père lâcher bêtement ses couverts et se pencher en jurant pour les ramasser, tandis que Larry, une expression de stupéfaction intense sur le visage, versait le café à côté de la tasse. Mais il était bien trop préoccupé à essayer de retenir les stupides larmes qui lui piquaient les yeux...

La lettre gisait par terre, là où elle l'avait laissée tomber, et voici ce qu'elle disait :

17 juin 99

Chère Miranda,

Navré d'apprendre que tu as des nausées. J'en ai parlé à Tony qui m'a assuré que c'était tout à fait normal. Il te conseille d'essayer les patchs contre le mal de mer. Apparemment ils soulagent certaines de ses patientes.

Ici, tout est devenu incontrôlable. Larry tient à un dîner officiel le soir de ton arrivée, et t'envoie toute son affection. D'après sa mère, si une femme enceinte a des nausées, c'est que l'enfant sera beau et en bonne santé.

Papa a décidé d'inviter une dizaine de ses confrères notaires, avec leurs épouses, au mariage. Natalie a appelé pour dire que le pasteur, M. Cavendish, un ami proche d'Elijah, fera une dépression s'il ne préside pas à la cérémonie religieuse, et qu'elle aimerait aussi que les fillettes soient demoiselles d'honneur. Le bouquet de la mariée fait également l'objet de beaucoup de discussions : apparemment Dierdre a téléphoné à Solange pour s'entendre avec elle à ce sujet. Et, soit dit entre nous, papa a viré au cramoisi quand je le lui en ai parlé. Ces derniers temps, ils entretiennent des rapports polis et distants, Dierdre et lui, mais malgré cela, elle s'intéresse beaucoup à notre mariage qui, comme je te l'ai dit, échappe complètement à mon contrôle.

Je suis vraiment désolé, Miranda. J'ai essayé de rester dans la sobriété, comme nous en étions convenus, mais je n'y suis pas arrivé.

Je suis allé à Bethel Farm samedi dernier voir ta grand-mère. D'après Ronan, elle se remet bien et a bon moral. Je crois d'ailleurs qu'il t'a écrit à ce sujet. Il aimerait cependant qu'elle consulte un spécialiste à Londres, pour son cœur, mais elle s'y refuse catégoriquement. Elle ne veut pas croire que la naissance du bébé est prévue pour le 15 janvier, et assure qu'il arrivera plus tôt. J'imagine que tu es aussi déçue qu'elle. En revanche Ronan a du mal à cacher son bonheur car il veut à tout prix acheter la ferme. Son offre, tu le sais, est très inférieure à celle de International Harvester, mais j'ai cru comprendre que Pearl préférerait la vendre à lui. De toute façon, n'oublie pas qu'il faudra donner à Harvester une réponse définitive d'ici à la fin août.

Tony te conseille de prendre des vitamines. C'est bon pour le bébé, dit-il.

Prends bien soin de toi. Je t'attendrai au point rencontre de Gatwick, mais très vraisemblablement nous nous parlerons avant.

Affectueusement, Joe.

***

— Moi les gâteaux apéritifs me faisaient du bien, mais il est vrai que je n'avais des nausées que le matin, disait Solange sur le ton du bavardage mondain. J'en mangeais trois ou quatre avant de me lever.

Dans la salle de bains, Miranda, à genoux sur le carrelage, était penchée sur la cuvette des WC, attendant la prochaine vague de nausée.

Ces malaises commençaient tous les après-midi vers 14 heures et allaient en empirant au fil des heures. Généralement, à minuit, elle se demandait si elle survivrait à la nuit, et, brusquement, s'endormait pour ne se réveiller qu'au matin, abrutie et mourant de faim.

Solange continuait à papoter de façon exaspérante.

— Dommage que tu ne puisses porter des verres de contact, tu as de si beaux yeux. Mais ce n'est pas grave, tu seras superbe le jour de ton mariage. Cette robe est ravissante. C'est une chance qu'on ne remarque pas ton état. Quand j'étais enceinte, je disais toujours que ce serait parfait si après avoir perdu mon ventre, je conservais ma poitrine...

Tais-toi, Solange, tais-toi et laisse-moi... Miranda aurait bien aimé être malade en paix. Mais sa mère poursuivait, intarissable :

— Quant à moi, je suis ravie que l'ensemble que j'ai acheté pour mon mariage puisse servir à quelque chose : il fera très bien l'affaire. Tu sais, je regrette un peu que Leon fasse la mauvaise tête et refuse de venir avec nous en Angleterre. Il aurait même pu vous marier. Après tout, il est pasteur.

Miranda se retint de gémir, mais Solange continuait :

— Cet imbécile ne veut rien entendre. Je lui ai demandé d'être des nôtres, il y a une semaine, et depuis je n'ai plus de nouvelle de lui. Les hommes sont tellement égoïstes, parfois ! Il leur faut tout ou rien. Tiens, c'est une lettre de Joe ?

Miranda hocha la tête :

— Gram va mieux, dit-elle, mais elle refuse d'aller consulter un cardiologue.

— Tu l'en persuaderas quand nous serons sur place. Toi, elle t'écoute. Dis-moi, Joe parle de ces plantes aromatiques que Dierdre recherche pour ton bouquet de mariée. C'est très à la mode, en ce moment. Au Moyen Age, on les utilisait beaucoup. On les appelait des simples. Chacune avait une vertu différente : la lavande pour le calme, le romarin pour l'amour et la fidélité. Tu le savais, mon chou ?

Miranda secoua la tête. Elle sentait venir une nouvelle nausée.

— Je vais te préparer du thé au gingembre, déclara sa mère. Le gingembre est très efficace contre les nausées.

Solange partie, Miranda s'adossa au mur. Elle avait le vertige et son moral baissait de jour en jour. Le mariage aurait lieu dans six jours, et tout laissait à penser que cette journée pour elle serait un véritable calvaire. En outre, l'état de santé de Gram l'inquiétait vraiment. Dix jours auparavant, elle avait eu une petite alerte cardiaque. Et pour couronner le tout, plus le mariage approchait, plus Miranda se disait que Joe et elle allaient jouer ce jour-là une odieuse comédie.

C'était ignoble. Ils allaient échanger devant tout le monde des serments que ni l'un ni l'autre ne respecterait. Elle en mourrait de honte si ces nausées n'avaient pas raison d'elle avant.

— Mes très chers amis, nous sommes réunis aujourd'hui pour...

La voix chevrotante du vénérable pasteur essayait de couvrir le bêlement des moutons dans l'étable, le bourdonnement des abeilles, et les sanglots discrets de Solange.

Pearl au contraire rayonnait, installée au premier rang, et à la place d'honneur. Elle portait la tenue achetée par Solange : une jolie robe en shantung bleu marine, bien ajustée à la taille, et une capeline de paille agrémentée de roses de soie. Malgré sa fragilité, elle ne semblait pas malade, et Miranda était rassurée.

Dans un ciel sans nuages, le soleil de juin nimbait la noce d'une grande auréole dorée. Le parfum sucré du chèvrefeuille se mêlait à celui des roses qui s'entortillaient autour de l'auvent de la maisonnette.

— Désormais, vous devrez vous soutenir l'un l'autre et...

Miranda sentait ses talons s'enfoncer lentement dans l'herbe grasse du jardin.

Ronan avait tenu à la conduire à son bras de la ferme à la maison du pasteur, et Miranda avait été très émue, songeant à son père depuis si longtemps disparu.

Pendant son séjour à Bethel Farm, Pearl s'était littéralement entichée de Ronan, et, le matin même, elle avait confié à Miranda qu'elle aurait souhaité pour Solange un homme comme lui, plutôt que son guignol de Leon.

— ... pour le meilleur et pour le pire, dans le bonheur comme dans le malheur...

Miranda n'en menait pas large, tout en sachant pourtant qu'elle n'avait jamais été aussi jolie. Sa robe était ravissante, moulante et floue à la fois : trois superpositions de crêpe arachnéen, l'une rose opalescent, l'autre bleu très pâle, et la troisième blanc à peine nacré. C'était sublime. Solange et Dierdre avaient tressé dans ses cheveux des fleurs de seringa, et Elizabeth l'avait maquillée.

Mais elle était nerveuse. Le pasteur allait-il parler longtemps ? Cela n'en finissait plus.

— ... prendront soin l'un de l'autre même dans la maladie...

Miranda avait collé à ses poignets deux patchs contre le mal de mer. Ils étaient cachés par des bracelets en chèvrefeuille tressé par les fillettes qui, pour le moment, se tenaient juste derrière la mariée, adorables dans leurs robes roses qui leur descendaient aux chevilles.

Il était 15 h 15, et, pour la première fois depuis des semaines, Miranda n'avait pas mal au cœur. Pourvu que ça dure...

A côté d'elle, Joe était splendide dans un costume bleu marine d'une coupe irréprochable. Miranda qui le voyait de profil ne l'avait jamais trouvé si beau.

— ... voulez-vous prendre pour épouse...

Miranda entendit le oui de Joe, et quelques instants plus tard, presque comme un automate, elle dit oui à son tour, puis Joe prit sa main pour lui passer son alliance, et il y avait tant de tendresse dans son regard que personne n'aurait imaginé un seul instant que ce mariage n'était qu'une mascarade. Même Miranda aurait pu s'y laisser prendre.

— ... préfèrent soit, l'un de l'autre même, dans la main...

Miranda avait collé à ses oreilles deux petits écouteurs la nuit de noces, ils étaient cachés par des [illegible] en [illegible] tressée par les fidèles qui, pour le moment, se tenaient juste derrière la mariée, accroupis dans leurs robes noires qui leur descendaient aux chevilles.

18.

Pourtant elle ne devait pas oublier que Joe remplissait seulement leur contrat. Certes, il le faisait avec élégance, mais c'était sa manière d'être en toute occasion, et il aurait sûrement la même attitude quand viendrait le temps du divorce.

— ... je vous déclare maintenant mari et femme. Joseph, vous pouvez embrasser votre épouse.

Miranda se retrouva soudain dans les bras de Joe, respirant son odeur qu'elle aimait tant, et sentant ses lèvres si douces posées sur les siennes.

Une émotion incontrôlable la submergea. Elle aimait à la folie cet homme qu'elle venait d'épouser, et elle portait son enfant. Tant pis pour les autres clauses du contrat : en cet instant, elle était transportée de bonheur. Les larmes lui vinrent aux yeux et roulèrent doucement sur ses joues. D'un geste très doux, Joe lui enleva ses lunettes, pour les essuyer avec son mouchoir, la barbouillant de mascara.

— Tu es belle comme un ange, murmura-t-il. Les invités se pressèrent autour d'eux. Pearl fut la première à les embrasser.

— Tous mes vœux de santé, de joie et d'éternel bonheur, mes enfants chéris, leur dit-elle.

Suivirent Solange et Dierdre qui souriaient en se tapotant discrètement les yeux.

Puis Natalie, Elizabeth, Tony, Kitty. Des amis notaires de Gabriel et leurs femmes, et enfin Elijah qui se hissa sur la pointe des pieds pour déposer un baiser sur la joue de Miranda. Sa moustache piquait, il sentait l'eau de Cologne et la naphtaline et son visage parcheminé rayonnait de bonté.

— A M. et Mme Wallace, lança alors Ronan qui servait le champagne aidé de Gabriel.

Tout le monde but, y compris les enfants. Quant à Miranda, elle était reconnaissante à Larry qui lui avait servi de l'eau gazeuse.

Les rires fusaient et chacun venait à son tour les féliciter, mais Miranda n'écoutait que d'une oreille. Voilà plusieurs jours qu'une question la préoccupait : qu'avait prévu Joe pour leur nuit de noces ? Après tout, ils n'étaient plus obligés de faire l'amour maintenant qu'elle était enceinte. Pourtant tout le monde s'attendait à les voir partir ensemble à l'issue de la petite réception.

Ah, si seulement... La jeune femme s'interdit de laisser son imagination vagabonder davantage. Les règles avaient été clairement définies dès le début, elle n'avait pas le droit de se lamenter.

— Miranda, voici notre cadeau de mariage.

Daisy et Lydia s'étaient approchées avec un panier contenant un chaton de deux mois.

— On l'a appelée Félicité, maman dit que c'est bien choisi pour la circonstance, déclara Lydia avec beaucoup de sérieux.

A cet instant précis, le chat bondit de son panier et fila en courant à travers le jardin. Les fillettes se lancèrent à sa poursuite et percutèrent le pasteur dont la coupe de champagne vola en l'air. Pendant un court moment, ce fut la panique.

Larry et Elizabeth s'activaient auprès du buffet dressé au bout du jardin. Bientôt chacun eut entre les mains une assiette bien remplie. Quant à l'héroïne du jour, si elle n'avait pas faim, miraculeusement elle n'avait pas mal au cœur non plus.

Puis vint le moment des discours, et ce fut Gabriel qui prit la parole le premier. Il commença par taquiner gentiment son fils, puis félicita chaudement sa nouvelle belle-fille.

Debout à côté d'Elijah, Dierdre ne le quittait pas des yeux, et Miranda, qui la regardait à ce moment-là, eut l'impression de reconnaître dans ses yeux cet amour fou et sans espoir qu'elle-même éprouvait pour Joe. Elle se sentit triste pour cette femme qui s'était donné tant de mal pour que cette journée soit un succès, et qui dans le secret de son cœur souffrait d'un amour non partagé.

— Etant moi-même un vieux célibataire endurci, concluait maintenant Gabriel, je n'ai pas de conseil à donner en matière de couple et de mariage, mais je sais de source sûre qu'il faut, pour réussir une vie à deux, beaucoup d'amour, de dévouement et de loyauté... comme dans la plupart des bonnes associations, d'ailleurs. En conclusion, Joe, Miranda, je vous souhaite d'être très heureux ensemble.

Miranda ne pouvait détourner ses yeux de Dierdre qui avait pâli, et dont le visage s'était soudain durci. Pourtant, elle applaudissait, comme tout le monde.

Puis ce fut à Ronan de prendre la parole, et, pour faire rire le public, il força son accent irlandais. Après avoir exprimé ses vœux de bonheur aux nouveaux mariés, il dit :

— Je souhaite que ce mariage soit le signe du renouveau de cette belle propriété qui me rappelle tant mon île natale.

Solange regarda Miranda et leva les yeux au ciel. Visiblement, son opinion sur Ronan ne s'était pas améliorée. La suite du discours visait à lui assurer la sympathie de Miranda qui, bien sûr, n'était pas dupe. D'ailleurs, qu'elle le veuille ou non, elle savait bien que Pearl ne vendrait Bethel Farm à personne d'autre qu'à lui.

Gram, en dépit de ce qu'avait dit le gynécologue, croyait dur comme fer que le bébé arriverait avant la fin de l'année et que la propriété resterait dans la famille. Miranda cependant savait qu'il n'y avait aucune chance pour que les choses se passent ainsi. Le médecin avait été formel.

Si Ronan achetait la propriété, au moins elle resterait en l'état et garderait tout son charme. Après tout, l'argent n'était pas toujours ce qu'il y avait de plus important !

Les discours prirent fin, puis vint le moment de découper le traditionnel gâteau de la mariée. Miranda trépignait d'impatience. Quand pourrait-elle enfin filer avec Joe ?

Comme s'il avait lu dans ses pensées, ce dernier s'approcha d'elle et lui prit la main pour l'attirer vers lui.

— Je t'enlève, mon amie, je t'enlève sur mon beau destrier blanc. Où est ton bagage ?

— Au premier. Je passe à la salle de bains, et je te rejoins dans deux minutes.

Ils entrèrent dans la maison, et pendant que Miranda se préparait, Joe alla chercher son sac de voyage. Ils reprirent le couloir en direction de l'escalier, et c'est alors que des éclats de voix leur parvinrent depuis la première chambre en haut des marches. Ils aperçurent le dos de Gabriel adossé au chambranle de la porte. Dierdre, dont ils reconnurent la voix, se trouvait à l'intérieur de la chambre et était en train de le tancer vertement.

— Gabriel Wallace, tu n'es qu'un lâche et un menteur !

Miranda s'immobilisa et jeta un regard interrogateur à Joe. Pour arriver à l'escalier, ils devaient passer devant la chambre. Ils hésitèrent un instant, tandis que la voix de Dierdre reprenait :

— Ah, ça te va bien de parler d'amour et de loyauté ! Voilà des années que j'attends que tu m'épouses. Tu le sais pertinemment, mais tu es incapable de prendre tes responsabilités et de décider si tu dois rompre avec moi ou légaliser notre situation.

Mettant un doigt sur ses lèvres, Joe tira Miranda par la manche et l'entraîna dans le couloir avant de la pousser doucement dans une chambre dont il ferma la porte derrière eux. Ils continuaient malgré tout à entendre les éclats de voix de Dierdre qui semblait bien décidée à dire tout ce qu'elle avait sur le cœur.

— Jamais tu n'as voulu reconnaître devant qui que ce soit que nous étions amants, Gabriel, tu es même sorti avec d'autres femmes dans mon dos, en espérant que je ne le saurais pas. Et pour couronner le tout, aujourd'hui, tu déclares haut et fort que tu es un célibataire endurci alors que tu viens dormir chez moi au moins trois fois par semaine ! Eh bien, écoute ce que je vais te dire : désormais, je ne suis plus ta secrétaire. Je te donne ma démission, et elle prend effet tout de suite. J'en ai assez de t'attendre.

— Dierdre, je vous en prie, ne vous emportez pas chère amie...

— Je ne suis pas ta chère amie !

— Dierdre, s'il vous plaît...

Ils entendirent une exclamation, puis le bruit significatif d'une paire de chaussures à hauts talons qui martelaient le dallage et s'éloignaient en direction de l'escalier. Gabriel poussa un juron sonore, et ce fut le silence.

Levant les yeux sur Joe, Miranda vit tout de suite qu'il

était aussi mal à l'aise qu'elle. Il attendit un petit moment avant d'ouvrir la porte de la chambre pour risquer un œil dans le couloir.

— Ils sont partis, chuchota-t-il. Filons en vitesse.

Dehors, le bruit s'était répandu que les mariés allaient partir, aussi dès que Miranda apparut, on la supplia de jeter son bouquet de mariée. Elle le fit, tournant le dos à l'assemblée, et le bouquet atterrit sur Dierdre. Celle-ci le contempla quelques instants avec incrédulité, puis d'un pas décidé, elle se dirigea vers Gabriel et le lui planta dans les mains d'un geste brutal. Tout le monde éclata de rire, les applaudissements fusèrent, mais Miranda, elle, retenait son souffle.

Gabriel semblait au bord de l'apoplexie. Dierdre, quant à elle, avait tourné les talons pour disparaître dans la maison sans attendre sa réaction. Gabriel finit par laisser tomber le bouquet à ses pieds comme s'il lui brûlait les doigts, puis il s'éclaircit la voix et lança avec un entrain forcé :

— Où est le riz ? Ronan, Natalie, vous avez le riz ?

Aussitôt, une pluie de riz s'abattit sur Joe et Miranda qui gagnèrent leur voiture en courant et en se protégeant la tête.

Miranda se laissa tomber sur le siège, et ni l'un ni l'autre ne dirent un mot tandis que Joe accélérait dans le chemin privé, avant de bifurquer sur la nationale.

Ce ne fut qu'au bout d'un long moment qu'il laissa échapper un petit sifflement prolongé :

— Je dois reconnaître que papa a mérité la sortie de Dierdre, déclara-t-il, mais j'avoue qu'il m'a fait un peu pitié. Elle ne l'a pas ménagé.

— Moi, c'est elle qui me fait pitié. Ton père l'a bien cherché, et c'est tant pis pour lui.

Joe sourit malicieusement.

— Mon père va-t-il être la cause de notre première dispute ?

Miranda lui rendit son sourire en même temps qu'elle se détendait.

— Non, bien sûr, tu sais que je l'aime beaucoup.

— Tant mieux parce que figure-toi que comme cadeau de noce, il nous achète un appartement à Londres, ce que je trouve très généreux de sa part.

— Un appartement à Londres ? s'écria Miranda, atterrée. Mais Joe, c'est affreux ! Que va-t-il penser quand l'enfant sera né et que nous divorcerons ? Il comprendra que nous nous sommes moqués de lui.

— Mais non ! Je le rembourserai, c'est tout. De toute façon, il était temps que je prenne mon indépendance. Et je garderai l'appartement pour moi. En attendant, nous allons avoir un endroit à nous où nous ne serons pas obligés de jouer en permanence la comédie des deux pigeons amoureux.

Dieu, que c'était douloureux à entendre !

— C'est là que nous allons, maintenant ?

— Nous irons après avoir dîné au restaurant, si tu es d'accord, bien sûr. L'appartement n'est pas encore meublé. Je pensais que nous pourrions nous en occuper demain. J'ai juste fait livrer un lit.

Miranda se raidit. Voilà ce qui l'avait tant tracassée durant la journée : Joe venait de dire qu'ils n'auraient plus à faire semblant d'être amoureux, cela impliquait-il qu'ils ne dormiraient pas ensemble.

— Il faut que nous nous mettions d'accord, Miranda.

Joe doubla une file de voitures à toute vitesse avant de freiner brutalement pour se coller derrière un camion qui roulait à 40 km/h.

— Excuse-moi, j'avais oublié que tu étais enceinte. Je te promets que je vais rouler comme un bon père de famille à partir d'aujourd'hui. Maintenant, revenons à ce problème de lit.

Il lui jeta un bref coup d'œil avant de reporter son attention sur la route. Qu'il était nerveux ! Miranda n'en revenait pas. Ainsi, il s'était interrogé sur la suite de leur relation. Comme elle.

— Quel problème de lit ? demanda-t-elle avec une innocence feinte.

Nerveux ou pas, il irait jusqu'au bout, elle ne l'aiderait pas.

— La question est : allons-nous dormir ensemble ou pas ? Je sais que nous n'avons rien stipulé à ce sujet. Cependant, à partir du moment où nous sommes mariés et... et où ça marche bien entre nous sur le plan physique...

Il était mal à l'aise. Il s'interrompit, sembla chercher ses mots et finit par conclure :

— Donc, sachant que nous nous entendons bien sur ce point... Etonnamment bien même... Nous pourrions peut-être envisager de continuer à dormir ensemble, comme avant. Qu'en penses-tu, Miranda ? Ce serait absurde de vivre notre vie chacun de notre côté alors qu'entre nous, c'est si agréable.

Etait-il sorti avec d'autres filles pendant qu'elle était à Seattle ? Miranda ne voulait pas poser la question. Elle avait déjà assez mal comme ça. Mais est-ce qu'elle ne courait pas le risque en dormant avec lui d'être encore plus amoureuse ? C'était cela le vrai problème. Et comment ne pas céder à la tentation ?

— Je pense que tu as raison, réussit-elle à dire avec détachement.

Elle fut étonnée de l'expression de joie et de soulagement qu'elle lut sur le visage de Joe.

— Parfait ! C'est super !

Il lui prit la main, noua ses doigts avec les siens et les serra.

— Je ne sais pas si je te l'ai déjà dit, Miranda, mais j'adore faire l'amour avec toi. Tu es vraiment une fille très sexy !

Ce n'était pas exactement le compliment que la jeune femme voulait entendre le soir de ses noces. Elle aurait sûrement préféré des mots d'amour. Mais c'était mieux que rien, et il faudrait s'en contenter.

Quelques heures plus tard, Joe écoutait la respiration régulière de Miranda allongée près de lui. C'était toujours aussi fantastique de faire l'amour avec elle. Il se sentait apaisé, heureux, comme jamais auparavant. Elle était vraiment la maîtresse idéale, et maintenant, en plus, elle était sa femme.

Cette pensée fit naître en lui des sentiments étranges. Sans pouvoir se l'expliquer, il avait la sensation d'être devenu différent, comme si sa vie était en train de prendre une autre tournure. Pendant la cérémonie chez le vieux pasteur, Miranda était si belle, si émouvante qu'il s'était surpris à souhaiter que ce mariage ne fût pas tout à fait une comédie.

Allons, était-il devenu stupide ? Son union avec Miranda était provisoire et conventionnelle. Dès que l'enfant serait né et son devoir familial accompli, il serait libre. Et s'il était ainsi troublé, c'était seulement parce que la situation était nouvelle pour lui.

Solange repartait à Seattle dans une semaine, mais Miranda passerait l'été en Angleterre. Ronan avait dit très clairement que Pearl ne pouvait pas entreprendre un si long voyage tant qu'elle ne serait pas tout à fait remise, de telle sorte que Miranda allait être souvent à Bethel

Farm avec elle. Toutes deux rentreraient ensemble en septembre aux Etats-Unis. Miranda avait décidé de continuer à travailler jusqu'à Noël, et d'accoucher à Seattle, et Joe n'avait rien trouvé à y redire. La clause était stipulée dans leur contrat.

De toute façon, l'été allait leur permettre de profiter pleinement l'un de l'autre, et peut-être même de se lasser. Au point qu'ils seraient sûrement soulagés lorsque Miranda s'en irait.

Mais pour l'instant, elle était endormie entre ses bras, et le bonheur tranquille qu'il éprouvait l'étonnait.

19.

Solange transpirait, ce dont elle avait horreur. Comment avait-elle pu accepter d'accompagner Pearl en promenade par une chaleur pareille ? Et ce n'était rien comparé à la température qu'il faisait ce matin à Londres, dans l'appartement de Dierdre qui n'était pas climatisé. Mais Solange aurait été malvenue de se plaindre car durant les trois jours qui avaient suivi le mariage, Dierdre s'était donné tant de mal pour qu'elle se sente à son aise, qu'elle en avait presque oublié la canicule.

— C'est là que j'ai aperçu Jacques la première fois sur le chemin, et j'ai senti en moi comme un déclic, disait Pearl.

Elle avait raconté mille fois à sa fille l'histoire de sa rencontre avec Jacques Desjardins, et Solange n'écoutait toujours que d'une oreille.

La vieille dame avançait lentement sur le petit sentier, appuyée de tout son poids sur sa canne. Elle respirait si laborieusement que c'en était impressionnant. Mais elle avait tenu à faire cette promenade avec sa fille, et rien n'aurait pu l'en dissuader. De toute façon, elle n'écoutait jamais les conseils de Solange.

A l'inverse de Dierdre qui semblait penser que Solange savait tout sur les hommes. C'était flatteur et bien agréable. Solange l'avait retrouvée sanglotant dans la cuisine de Bethel Farm, après le départ de Joe et de Miranda, le soir du mariage. Spontanément, elle lui avait raconté la scène qu'elle avait faite à Gabriel. Puis elle avait supplié sa nouvelle amie de venir s'installer chez elle, à Londres. Solange avait alors accepté, soulagée de quitter la ferme.

Elle ne pouvait décidément pas supporter Ronan O'Donnel. Il lui donnait la chair de poule, et elle espérait bien que Natalie recouvrerait sa lucidité avant de commettre l'irréparable. Ce type était vraiment louche.

— Maman, nous devrions faire demi-tour, tu ne crois pas ? Il fait très chaud, et je meurs de soif.

— Allons, Solange, l'exercice te fait du bien. Tu ne marches pas assez, je te l'ai toujours dit. Enfin, si vraiment tu n'en peux plus, retournons sur nos pas.

Pearl s'arrêtait souvent, sous prétexte d'admirer le paysage, mais Solange savait bien, qu'en vérité, sa mère était fatiguée, et qu'elle n'avait plus sa vitalité d'autrefois.

Avait-elle bien fait de fixer la date de son départ au lendemain ? Bien sûr, les réservations étaient faites, et elle devait reprendre son travail. D'autant plus qu'elle avait renoncé à se faire entretenir par Leon et que la fille qui tenait sa boutique était incapable de distinguer une pivoine d'un œillet. Mais elle ne pouvait s'empêcher d'être inquiète.

Pearl cependant continuait à parler :

— L'idée que Miranda va avoir un bébé me comble de bonheur. J'étais désespérée à l'idée de vendre cette propriété que j'aime tant.

Solange tint sa langue. A quoi bon répéter à sa mère que l'enfant ne naîtrait qu'en janvier ? Elle ne voulait pas en entendre parler. Tant pis pour elle ! Dans quelques mois, la réalité n'en serait que plus dure à affronter.

— Tu sembles très bien t'entendre avec Dierdre, dit

Pearl. Je t'ai toujours dit de te faire des amies femmes, Solange. Moi j'en avais des quantités autrefois, mais malheureusement, je les ai presque toutes perdues. A mon âge, on se retrouve souvent un peu seule.

— Dierdre est fort sympathique, répondit la jeune femme, et je ne suis pas mécontente qu'elle commence à ouvrir les yeux sur Gabriel.

Elle avait raconté à sa mère l'histoire de la pauvre Dierdre et comment elle l'avait invitée à venir passer quelque temps à Seattle.

— Sur le moment, j'ai eu peur de m'être un peu trop avancée, mais avec toi ici et Miranda à Londres, c'est une bénédiction au contraire. Je n'ai aucune envie de rester seule dans cette grande maison.

L'idée même de la solitude était totalement insupportable à Solange. Elle aurait presque préféré renouer avec Leon. Pas tout à fait, pourtant...

— Que fera Dierdre pendant que tu travailleras ? S'enquit Pearl.

Solange haussa les épaules : ce n'était pas son problème.

— Elle trouvera un boulot, j'imagine. Elle est secrétaire : elle travaillera comme intérimaire. Et elle peut toujours m'aider à la boutique : elle adore les fleurs.

Pearl hocha la tête, et soudain Solange dit sans que rien ne le laisse prévoir.

— Vous allez me manquer, Miranda et toi. Vivement septembre que vous reveniez toutes les deux !

Pearl pinça les lèvres, l'air dubitatif.

— Je ne pense pas que Miranda rentre à Seattle en septembre, Solange. Il est clair qu'elle est folle amoureuse de Joe. Et elle m'a promis d'accoucher ici, à Bethel Farm, comme je l'ai fait. C'est très important, tu sais ? Ce sera sûrement une fille, la première de la nouvelle génération Irving, celle qui décidera en définitive du sort de la propriété. Quant à toi, tu devras revenir ici à Noël, ma fille, pour la naissance de ta petite-fille.

Solange préféra ne pas relever la remarque de sa mère. Elles poursuivirent leur chemin un moment en silence. Puis Pearl reprit :

— La semaine prochaine, Miranda vient s'installer ici pendant que Joe travaillera. Je veux lui faire lire ma biographie. Elle est presque terminée.

— Tu y parles de moi, maman ?

— Bien sûr que oui ! Comment écrirais-je l'histoire de ma vie sans y mentionner ma fille unique ?

Solange sourit, mais elle soupçonnait que si sa mère avait pu l'éviter, elle l'aurait fait, sautant une génération pour passer directement à Miranda. Car de toute évidence, elle était la fille que Pearl aurait désiré avoir.

— Nous t'avons conçue sous ce hêtre pourpre, Solange.

Pearl s'était arrêtée une nouvelle fois, et indiquait l'arbre en question du bout de sa canne.

— C'est vrai ?

Imaginer Pearl faisant l'amour mettait Solange un peu mal à l'aise. A sa connaissance, elle n'avait eu qu'un homme dans sa vie et, apparemment, Miranda sur ce point lui ressemblait beaucoup. Quel dommage ! L'amour était l'une des plus belles choses de la vie. C'était simple, amusant, distrayant, et elle, Solange, avait toujours adoré ça.

— J'ai aimé ton père de tout mon cœur et de toute mon âme, disait maintenant la vieille dame dans un souffle.

Solange n'avait jamais aimé quelqu'un de cette manière, et cela ne lui arriverait sans doute pas. Il y avait tant d'hommes charmants partout. Pourquoi se limiter à un seul ?

— Tu lui ressembles beaucoup, Solange. Pas physiquement bien sûr, mais tu as son caractère. Le retrouver en toi m'a toujours procuré beaucoup de bonheur.

Solange n'en revenait pas. C'était la première fois que sa mère lui disait une chose pareille, elle toujours si critique et si sévère dans ses jugements à son égard. Elle ressentit soudain une vive émotion.

— Tu sais, notre couple n'aurait pas duré si Jacques avait vécu, ajouta alors Pearl avec le plus grand détachement. Nous étions trop différents. Mais ça n'empêche pas l'amour.

Cette fois, Solange ressentit un élan de gratitude inattendu envers sa mère. Toutes deux s'étaient rarement fait des confidences, et elle-même n'avait jamais été demandeuse en la matière. Mais peut-être en vieillissant, une femme s'intéressait-elle davantage à ses origines. Elle murmura :

— Prends soin de toi, maman, et rentre en pleine forme à la maison, au mois de septembre. Tu vas me manquer.

— Il faut que je termine ma biographie, et que je garde un œil sur Miranda. Je t'écrirai pour te donner de nos nouvelles. Et maintenant, rentrons et buvons un verre de cette limonade que Natalie prépare si bien. Il fait vraiment chaud, aujourd'hui.

Ce ne fut que le lendemain, une fois dans l'avion que Solange s'aperçut que Pearl n'avait pas fixé de date pour son retour aux Etats-Unis.

Juillet fut très chaud, cette année-là, et Londres se transforma en fournaise. Bien que l'appartement acheté par Gabriel soit climatisé, Miranda préféra bientôt passer la semaine à Bethel farm. Elle prenait le train le lundi matin, et Natalie allait la chercher à la gare de Beechford. Grâce à ses épais murs de pierre, la maison était relativement fraîche, et Miranda aidait aux taches ménagères, s'amusait avec les fillettes, et bien sûr, lisait et relisait avec bonheur le livre qu'écrivait Gram.

Ainsi, les longues journées de juillet passaient comme dans un rêve, et Joe venait tous les vendredis après-midi pour ramener la jeune femme à Londres. Les premières semaines, Miranda se dit qu'il se lasserait vite de faire le trajet jusque dans les Cotswolds pour la chercher, mais le temps passait et toutes les fins de semaine il débarquait à la même heure, si bien qu'elle finit par s'y habituer et l'attendre.

Il prenait le thé à la ferme, parlait avec Elijah de rugby, de jardinage et de moutons, sous l'œil attendri de Miranda qui le trouvait magnifique.

Plus tard, lorsqu'ils étaient tous les deux seuls dans la voiture, sur la route de Londres, il la faisait rire d'abord en lui racontant des anecdotes hilarantes survenues à l'étude durant la semaine, puis il lui expliquait avec des détails exquis comment il lui ferait l'amour une fois qu'ils seraient de retour chez eux.

Savoir qu'il éprouvait pour elle un désir physique aussi fort, rendait Miranda plus belle que jamais, et chaque fois qu'elle se regardait dans un miroir, elle s'en rendait compte et en était heureuse. D'ailleurs Joe ne cessait de le lui dire, et quand ils faisaient l'amour, il y avait tant d'intensité, tant de bonheur et de générosité entre eux que la jeune femme se prenait à croire que son mari commençait à tomber amoureux d'elle, même s'il se gardait bien de le dire. Elle non plus ne le disait pas. Ce serait à lui d'en parler le premier.

***

— J'ai rompu avec Kitty, annonça Tony avec un détachement que démentait son air hagard et sa tenue négligée. On s'est disputés comme des chiens. D'après elle, il faut qu'on se marie et qu'on pense à avoir des enfants. Tu sais, Joe, tu m'as joué un sale tour en épousant Miranda.

Il porta sur son ami un regard lourd de reproches et fit signe à la serveuse de lui apporter une nouvelle bière, sans avoir encore touché au petit pâté en croûte que tous deux avaient commandé en guise de déjeuner. Puis, il reprit :

— Tu m'avais fait jurer de ne pas te trahir, c'est pourquoi je n'ai pas pu lui parler de ce que vous étiez convenus Miranda et toi. Mais j'ai quand même rappelé à Kitty que ton père t'avait mis la pression pour que tu aies rapidement un enfant, et que tu te mariais plus par nécessité que par choix. Elle m'a rigolé au nez, en disant qu'il fallait être aveugle pour ne pas voir que vous étiez fous amoureux l'un de l'autre, Miranda et toi. Elle a ajouté qu'à votre mariage, toutes les femmes pleuraient d'émotion en voyant comment vous vous regardiez.

Joe éclata de rire.

— Bravo pour la célèbre intuition féminine ! s'exclama-t-il avant de vider sa chope de bière. En réalité, il avait l'impression d'avoir reçu un coup de poing dans l'estomac. Comment s'étaient-ils donc comportés, Miranda et lui, le jour du mariage, pour que les gens en concluent qu'ils s'aimaient à ce point ? Certes, la journée avait été idyllique, mis à part l'éclat de Dierdre, mais ni lui ni Miranda n'étaient dupes : leur mariage était une comédie, un moyen pour parvenir à une fin, rien de plus.

D'ailleurs, ils n'étaient pas amoureux, et c'est pour cela qu'ils s'entendaient si bien. Le samedi, ils passaient des heures chez les antiquaires à chercher des meubles pour l'appartement, et en fin d'après-midi, souvent ils allaient au cinéma et dévoraient du pop-corn en riant des mêmes choses. Joe n'en parlait pas, bien sûr, mais la pensée que peut-être Miranda allait renoncer à retourner à Seattle en septembre lui avait plusieurs fois traversé l'esprit.

Et évidemment, il attendait avec impatience le vendredi, jour où il ramenait Miranda à la maison.

La maison. L'expression lui était venue spontanément et elle le laissa pantois. Pourquoi se sentait-il à la maison dans cet appartement ? Etait-ce juste parce qu'il y habitait avec Miranda ? Bien sûr elle était intelligente, douce, drôle, et merveilleuse au lit, mais ils n'étaient ensemble que temporairement. Tony avait peut-être raison. Il allait sans doute trop loin avec elle. Il était temps de prendre ses distances et de respecter les termes de leur contrat.

— Si on faisait une partie de golf, ce week end, Tony ? Ça te distrairait, tu penserais moins à Kitty. D'ailleurs, on pourrait partir vendredi après-midi, et jouer tout le week-end, non ?

Tony reprit aussitôt du poil de la bête.

— Bonne idée. Mais je pensais que tu passais la fin de semaine avec Miranda ?

— Je l'ai fait jusqu'à présent pour donner le change et faire croire qu'on était amoureux. Mais je vais l'appeler pour lui dire qu'on ne se verra pas cette fois. Ce n'est pas un problème.

— Toi au moins, tu sais préserver ton indépendance, Wallace, et je t'envie. Tu es un vrai célibataire, et tu as une femme dans ton lit quand tu en as envie.

Joe aurait bien aimé se persuader que Tony avait raison.

20.

— Ça ne va pas, Miranda ?

Elizabeth montait l'escalier avec une pile de draps sur les bras. Des pensionnaires arrivaient ce soir, il fallait leur préparer une chambre.

Miranda qui venait de raccrocher le téléphone essaya de faire bonne figure.

— Joe ne vient pas ce week-end, il va jouer au golf avec Tony.

— Ah, le golf ! Chez certains hommes, ce jeu tourne à l'obsession. Je le sais, Stewart était golfeur. Vous êtes déçue, j'imagine ?

Le mot était faible ! En vérité, Miranda retombait brutalement sur terre après avoir vécu sur un petit nuage. Le chagrin la submergeait, mais elle s'obligea à réagir.

— Je vais ramasser des haricots, Elijah m'a demandé de le faire, dit-elle, et elle fila dans le jardin pour y être seule.

Dire qu'elle attendait cette fin de semaine avec tant d'impatience ! Il n'en restait que deux avant son retour à Seattle avec Gram. Et elle voulait profiter de celui-ci pour annoncer à Joe qu'elle avait écrit à son école pour les prévenir qu'elle ne reprendrait pas son poste à la rentrée.

Elle y avait bien réfléchi, puis elle avait décidé que ce

ne serait pas correct vis-à-vis des enfants de les confier à une autre maîtresse en plein milieu de l'année scolaire. Mais il y avait une autre raison à sa décision et elle devait bien l'admettre aujourd'hui. Elle s'était en effet mis dans la tête de ramener Gram à Seattle, puis de revenir à Londres pour rester avec Joe, et accoucher près de lui. Elle avait même cru un moment qu'il le lui demanderait.

Quelle idiote elle était! En fait il s'était déjà lassé d'elle, et elle ne s'en était même pas rendu compte! Tout en arrachant des haricots avec énergie, elle sentait les larmes couler sur ses joues avant d'aller s'écraser dans la passoire. Elle finit pas aller s'asseoir sur un banc dans un coin du potager et pleura tout son soûl.

Peu ou prou, la journée s'écoula. Il émanait de la ferme une tranquillité rassurante et réconfortante, et quand le soir fut là, Miranda savait ce qu'elle devait faire.

Elle allait arrêter de se conduire comme une idiote en espérant quelque chose qui ne viendrait jamais, et comme elle ne se sentait pas assez forte pour supporter près d'elle la présence de Joe, elle l'appellerait la semaine prochaine pour lui dire qu'elle ne se sentait pas bien, et qu'il valait mieux qu'il ne vienne pas passer le week-end avec elle. Ainsi elle consacrerait à Gram ses derniers jours à Bethel Farm.

Quand vint le moment de téléphoner, il lui fallut tout son courage pour se décider à le faire. Cependant, en entendant dans la voix de Joe une pointe de soulagement, quelque chose se durcit en elle.

— C'est sans doute mieux ainsi, lui répondit-il avec bonne humeur. Justement je voulais regarder le match de rugby samedi. Mais je peux venir te voir dimanche, ce n'est pas très gai pour toi d'être aussi mal fichue, même si tu es mieux à la campagne. A Londres, il fait une chaleur intolérable.

— Non, ne viens pas dimanche, ce n'est pas la peine, réussit-elle à dire d'une voix à peu près normale. J'irai à l'église avec Gram, et je l'emmenerai déjeuner dans une auberge de campagne. Elle sera contente d'être seule avec moi.

— Pas de problème, c'est comme tu veux. A propos, tu as pris une décision pour la vente de la propriété ? Harvester nous a rappelés. Ils attendent une réponse de ta part.

— Elle est négative. J'ai dit à Ronan que j'acceptais son offre. Mon séjour ici m'a convaincu que Bethel Farm devait rester tel quel. Ronan m'a dit qu'il te téléphonerait.

— Je comprends tout à fait, et je pense que tu as pris la bonne décision, même si elle est un peu préjudiciable sur le plan financier. Moi aussi, je me suis beaucoup attaché à Bethel Farm.

Un silence un peu gêné suivit, puis Joe finit par prendre congé.

Cette nuit-là, Miranda ne réussit pas à dormir. Elle se tournait et se retournait dans son lit, s'efforçant de ne pas entendre les éclats de voix qui lui parvenaient de la chambre de Nathalie et de Ronan. Ils s'étaient déjà disputés à plusieurs reprises, ces derniers temps, mais cette fois, c'était encore plus violent. Ronan était charmant certes, mais quel fichu caractère il avait !

Un bruit de verre cassé retentit dans la nuit, et la porte de la chambre claqua. Immédiatement après, elle entendit des pas lourds dans l'escalier, puis le moteur de la vieille Land Rover de Ronan rugit, et le véhicule s'éloigna.

Le silence revint dans la maison. Miranda eut l'impression que des heures passaient, avant qu'elle trouve le sommeil. Alors, de guerre lasse, elle se leva et descendit sur la pointe des pieds dans la cuisine pour boire un verre d'eau glacée.

Elle y découvrit Natalie, recroquevillée dans le vieux fauteuil, près de la table. La pauvre femme pleurait à chaudes larmes, et en voyant Miranda, elle s'essuya les joues à la hâte.

— Vous nous avez entendus ? demanda-t-elle d'une toute petite voix. Je suis désolée que nous vous ayons tirée du sommeil. Ronan a dû réveiller la maisonnée entière en jetant par terre mon joli vase.

— Je ne pouvais pas dormir, Natalie, vous ne m'avez pas réveillée. Je suis descendue parce que j'avais soif. Voulez-vous un verre d'eau, vous aussi, à moins que vous ne préfériez du thé ?

— De l'eau, volontiers.

Miranda en servit deux verres avant de s'asseoir à la table. Elle ne savait que faire, ne voulant pas laisser Natalie seule dans cet état, mais ne sachant pas non plus que lui dire.

— Vous vous disputiez avec Joe, vous aussi, avant de vous marier ? finit par demander Natalie.

Miranda secoua la tête.

— Nous ne nous sommes pas connus bien longtemps avant. J'ai été enceinte tout de suite, et nous ne nous connaissons sans doute toujours pas assez pour nous bagarrer.

Cette constatation l'attrista. Leur relation était encore si superficielle. Pour se disputer, il fallait avoir confiance en l'autre et être sûr, qu'une fois le différend réglé, le lien demeurerait intact. La passion qu'avaient partagée Joe et Miranda n'était jamais sortie de l'espace clos d'une chambre à coucher... le peu de temps qu'elle avait duré.

— Ronan et moi sommes ensemble depuis un an tout juste, disait à présent Natalie. Au début nous nous entendions parfaitement. Il était tout ce que j'attendais d'un homme. Mais dernièrement... Je veux dire, ces temps-ci, les choses ont changé. On dirait que nous ne sommes jamais d'accord sur rien.

Clairement, Natalie avait envie de se confier, mais elle craignait de trahir Ronan. Elle finit cependant par céder, et expliqua très vite comme si les mots lui échappaient :

— Il veut que je demande à Elizabeth de nous donner l'assurance vie qu'elle a touchée à la mort de Stewart, et je ne peux pas m'y résoudre. Elizabeth a placé cet argent afin d'assurer les études supérieures de ses filles.

Cette révélation choqua Miranda qui décida pourtant de n'en rien montrer.

— Il a besoin de cette somme pour acheter la ferme, c'est ça, Natalie ?

— Je n'aurais jamais dû vous le dire, gémit la jeune femme, mortifiée, vous vous en seriez rendu compte de toute façon. Il n'a pas l'argent pour l'apport initial. Je lui ai déjà donné toutes mes économies, mais elles ne suffisent pas. Et j'ai beau lui dire que nous pourrions aller vivre ailleurs, il ne veut pas m'écouter : acheter Bethel Farm est devenu une obsession chez lui.

Natalie posa sur Miranda ses yeux gonflés de larmes et dit d'une toute petite voix :

— Parfois, j'aimerais ne l'avoir jamais connu.

Miranda n'avait jamais éprouvé pareil sentiment à l'égard de Joe. Quoi qu'il advienne par la suite, elle était heureuse qu'il ait traversé sa vie et lui ait fait un enfant. Mais son opinion changerait-elle avec le temps ?

— Vous voulez toujours l'épouser, Natalie ?

L'interpellée hésita, avant de hausser les épaules.

— Je n'en suis plus très sûre. Avant que je le connaisse, la vie finalement n'était pas si mal. Je m'entendais bien avec Elizabeth, mon père et les petites filles. Nous étions heureux. Mais je me sentais un peu à part, c'est vrai. Je n'ai jamais été mariée, comprenez-vous, et je voudrais avoir des enfants avant qu'il ne soit trop tard. Oh, si vous saviez comme je vous envie d'être enceinte, Miranda ! Chaque fois que j'aide un enfant à venir au monde, je pense à celui que j'aimerais avoir. J'ai quarante-deux ans, et il ne me reste plus très longtemps. Ronan et moi avons essayé, mais sans y arriver.

— Je comprends ce que vous ressentez, Natalie, j'éprouvais la même chose il n'y a encore pas si longtemps.

Miranda se leva et entoura les épaules de Natalie de son bras pour mieux lui manifester sa sympathie. Elle se rassit et changea de sujet.

— Vous avez procédé à combien d'accouchements, Natalie ?

— Quatre-vingt-six. Je tiens un compte précis.

— Dites-moi, à quoi ça ressemble, un accouchement.

— C'est quelque chose d'unique ! s'exclama la sage-femme dont le regard s'était éclairé. Et chaque fois, j'ai l'impression de participer à un miracle.

Miranda posa encore beaucoup de questions qui la préoccupaient, et qu'elle avait été trop timide pour demander à son médecin. Natalie était rassurante et donnait des réponses simples et claires. Les deux femmes finirent par se préparer un thé. Il était plus de 2 heures du matin lorsque Miranda remonta se coucher. Mais même alors, elle ne réussit pas à trouver le sommeil.

Ce que lui avait dit Natalie sur Ronan la troublait beaucoup. Jamais il n'avait laissé entendre qu'il avait des problèmes d'argent, et comme il était médecin, Miranda avait cru qu'il avait largement les moyens d'acquérir la ferme. Qu'il veuille que Natalie demande l'argent à sa sœur était impardonnable. Miranda se dit qu'il fallait qu'elle appelle Joe pour le mettre au courant, et bien que cette idée lui répugne, elle décida de le faire dès le lendemain matin.

Un coup léger frappé à sa porte l'éveilla. Il faisait grand jour et le soleil se déversait à flots par la fenêtre de sa chambre. Elle s'étira et se rendit compte qu'elle était tout engourdie.

— Entrez, cria-t-elle, en cherchant fébrilement ses lunettes.

Il était 10 h 20 !

— Je pensais que du thé et du pain frais vous feraient plaisir, dit Elizabeth qui posa en souriant un plateau sur la table de nuit. Tout le monde est fatigué ce matin. Natalie vient juste de se lever, et Pearl est encore au lit. C'est sans doute à cause de cette chaleur. Quant à moi, si les filles ne me réveillaient pas à l'aube, je crois que je dormirais encore.

— Gram n'est pas encore levée, dites-vous ?

Miranda se versa une tasse de thé et commença à la boire avec béatitude.

— Je lui ai préparé aussi un plateau, dit Elizabeth. Je vais descendre le chercher.

— Dans ce cas, je porterai le mien dans sa chambre pour prendre mon petit déjeuner avec elle.

Après le départ d'Elizabeth, Miranda se leva et enfila rapidement son peignoir avant de se laver le visage. Puis, portant avec soin son plateau pour ne rien renverser, elle suivit Elizabeth dans le couloir jusqu'à la chambre de sa grand-mère.

— Gram, il est tard, réveille-toi, nous allons boire notre thé ensemble, lança-t-elle à travers la porte.

Pas de réponse.

Il n'y en eut pas davantage quand elle frappa, et tout à coup son cœur s'accéléra en même temps qu'elle éprouvait du mal à respirer. Elle posa son plateau par terre pour ouvrir la porte, suivie d'Elizabeth qui poussa une exclamation pleine d'effroi en regardant par-dessus son épaule.

Calée contre ses oreillers, les mains posées à plat sur le drap blanc, Pearl paraissait merveilleusement sereine. Mais avant que Miranda ne perde connaissance, elle avait compris l'horrible vérité : sa chère Gram n'était plus !

— Ah, si tu consentais à être raisonnable et à me laisser partir seule !

Miranda avait parlé d'une voix distante, mais la colère n'était pas loin, et Joe se demanda s'il tiendrait longtemps sans exploser.

— Tu es ma femme, tu es enceinte, et tu as subi un très gros choc affectif. Dans ces conditions, il n'est pas question que tu fasses un aussi long voyage seule.

C'était au moins la vingtième fois qu'il répétait cela depuis deux jours, et il commençait à perdre patience.

Si seulement Pearl avait demandé à être enterrée dans le petit cimetière de Beechford, comme tout le monde s'y attendait. Mais non, elle avait laissé des instructions précises stipulant que sa dépouille devait être rapatriée à Seattle pour être mise en terre à côté de celles de sa mère, Geneva, et de sa grand-mère, Cordelia.

Et impossible de dissuader Miranda d'accompagner le corps. Joe, sans l'écouter, avait tout organisé, mais maintenant encore, alors qu'ils s'apprêtaient à embarquer dans l'avion, Miranda ne baissait pas les bras.

Cette obstination était un aspect de sa personnalité que Joe ne lui avait pas connu avant, de même que la froideur et la distance dont elle faisait preuve depuis quelque temps et qui la rendaient inaccessible. Jamais il n'aurait cru que le chagrin changeât un être à ce point. Miranda avait même refusé qu'il lui passe le bras autour des épaules, alors qu'il avait tant besoin de la sentir... ou plutôt, qu'elle avait tant besoin de son réconfort.

Soudain elle revint à la charge.

— C'est ridicule que tu entreprennes un voyage pareil, Joe. Tu ne feras rien de plus qu'assister à la cérémonie d'enterrement et reprendre l'avion immédiatement après. Je comptais partir bientôt, de toute façon, et nous étions convenus que j'accoucherais à Seattle, tu te souviens ?

— Cesse donc de toujours me rappeler ce dont nous sommes convenus ! rétorqua-t-il avec irritation, mais il se reprit vite. Miranda était encore sous le choc de la mort de sa grand-mère, il ne fallait pas la pousser à bout.

— Les circonstances sont particulières, poursuivit-il d'un ton radouci, et outre mes propres sentiments, mon père ne comprendrait pas que je ne t'accompagne pas.

Miranda finirait bien par s'amadouer pendant le long voyage, se disait-il. Ils seraient assis côte à côte pendant treize heures d'affilée. Pour qu'elle soit installée aussi confortablement que possible, non seulement il avait pris des billets en classe affaires, mais il avait aussi réservé le troisième siège de la rangée afin qu'elle dispose de plus de place, et que personne ne la dérange. Une fois qu'elle se serait bien reposée, ils auraient une conversation intelligente.

Mais il n'en fut rien. La première heure, elle se tint raide comme un piquet sur son siège, tandis que, pour lui éviter de penser à Pearl, il lui racontait avec humour les instructions que son père lui avait données à l'intention de Dierdre.

— Dis-lui bien que son poste à l'étude l'attend, et qu'elle peut revenir quand elle veut, avait déclaré Gabriel. Dis-lui aussi que je suis disposé à oublier le fâcheux incident du soir du mariage.

— Pourquoi ne pas lui écrire ou lui téléphoner pour le lui dire toi-même, papa ? avait demandé Joe.

— Qu'est-ce que tu crois, j'ai essayé, avait grommelé

Gabriel, mais elle refuse de me parler, et toutes mes lettres m'ont été retournées sans avoir été ouvertes.

Joe expliqua ensuite à Miranda combien il était heureux de ne plus habiter avec son père, car s'il était aussi détestable à la maison qu'à l'étude, la vie avec lui devait être infernale. Les deux secrétaires qu'il avait engagées pour remplacer Dierdre n'avaient pas tenu plus de quelques jours.

— Ton père ferait bien de savoir ce qui est important et ce qui ne l'est pas, rétorqua sèchement Miranda, et s'il veut garder Dierdre, il a intérêt à se décider vite. Solange m'a dit la semaine dernière qu'elle sortait avec un de ses patrons.

— Eh bien, c'est rapide, au moins.

Joe eut soudain un élan de sympathie pour son père.

— Il y a des limites à la manière dont on traite une femme, Joe, conclut Miranda sur un ton qui ne laissait planer aucun doute : c'était un avertissement en bonne et due forme.

Mais Joe choisit de ne pas relever ce qu'elle venait de dire, de même qu'il préféra ne pas lui parler tout de suite de Kitty et Tony. Pourtant les derniers détails concernant leur rupture ne manquaient pas de piquant : il se souvenait encore de la tête que faisait Tony en lui racontant comment Kitty avait débarqué dans son service, à l'hôpital, pour déposer en plein milieu de la salle des médecins les affaires qu'il avait laissées chez elle.

— Comment vont les choses à la ferme ? demanda-t-il, espérant se retrouver en terrain neutre. Ronan et Natalie ont-ils fixé une date pour leur mariage, maintenant qu'ils sont sûrs de rester à Bethel Farm ?

Miranda mit la main sur sa bouche, l'air catastrophé.

— Oh, mon Dieu, j'ai oublié de t'en parler ! Ronan O'Donnel n'a pas un sou.

Elle lui relata sa conversation avec Natalie, avant d'ajouter :

— Ronan a un très sale caractère.

Joe prit un air ahuri.

— Ah bon ? Je le croyais adorable, toujours content et facile à vivre ?

— Moi aussi, mais dernièrement, j'ai découvert d'autres facettes de sa personnalité et je regrette bien de lui avoir donné mon accord pour l'achat de la propriété.

— Mais Pearl l'appréciait tellement ?

Le visage de Miranda se ferma, et c'est avec une visible difficulté qu'elle répondit :

— En fait, Gram était très sourde et n'entendait pas tout. En outre, elle voulait que la ferme demeure ce qu'elle avait toujours été, et puisqu'il fallait absolument la vendre, elle préférait que ce soit à Ronan qui tenait à la conserver en l'état.

La jeune femme ferma les yeux un instant, luttant visiblement pour ne pas laisser éclater son chagrin, avant d'ajouter :

— Quand je lui ai dit que j'avais décidé de vendre à Ronan, elle s'est mise à rire, en me disant que j'avais tort de donner de faux espoirs à ce pauvre homme, parce que notre bébé naîtrait à temps pour que nous conservions la propriété.

— Je reprendrai contact avec International Harvester dès mon retour.

— N'en fais surtout rien. Je sais maintenant pourquoi Gram aimait tant Bethel Farm. Il y a une atmosphère spéciale dans cette maison, et je ne veux pas la voir disparaître au profit d'une usine.

— Dans ce cas, je contacterai des agents immobiliers.

— Non, dit encore la jeune femme, pointant fermement le menton en avant. Laissons les choses comme elles sont pour l'instant. Ronan trouvera peut-être l'argent nécessaire, et il est très attaché à la ferme. Et puis s'il ne réussit pas à l'acheter, je déciderai de ce qu'il convient de faire le moment venu.

— Entendu.

Joe ne voulait pas la contrarier, mais un point le préoccupait beaucoup et il fallait qu'il en ait le cœur net.

— Dis-moi, Miranda, est-ce que tu regrettes que nous ayons fait un enfant ? D'une part, il va naître trop tard pour que ta famille conserve Bethel Farm. D'autre part, maintenant que ta grand-mère n'est plus, eh bien... euh... Bref, je vais être le seul à retirer des avantages de la venue de ce bébé.

— Ne redis jamais une chose pareille ! murmura Miranda avec dans la voix une colère contenue.

Elle se tourna vers lui, et l'expression furieuse qu'il lut dans son regard lui fit peur.

— Ce bébé représente tout pour moi, Joe Wallace, reprit-elle sur le même ton. Tu l'as peut-être voulu pour des raisons mesquines et égoïstes, mais pour moi, c'est un miracle, un vrai.

Puis elle se tut et, durant tout le temps que dura le vol, elle conserva cette attitude froide et distante qui mettait Joe au désespoir et lui faisait craindre le pire.

21.

Joe resta quatre jours à Seattle. Il tint à prendre en charge tous les détails matériels de la cérémonie qui fut un véritable crève-cœur pour Miranda, et fut toujours à ses côtés, la soutenant autant physiquement que moralement.

Elle lui en fut éperdument reconnaissante, pourtant sa seule présence lui était douloureuse. Depuis la disparition de Gram elle se sentait complètement désemparée sur le plan affectif. Mais elle ne pouvait pas pleurer, sachant qu'il lui fallait garder le contrôle d'elle-même devant Joe. Si elle baissait la garde ne fût-ce qu'un instant, il en profiterait pour la consoler, elle se laisserait de nouveau prendre à son charme et oublierait qu'il ne s'agissait précisément que de cela : du charme et rien d'autre.

Solange s'attendait évidemment que les nouveaux mariés partagent la même chambre. Sachant qu'elle ne supporterait pas de dormir dans le même lit que lui, Miranda dit à Joe le premier soir :

— Je ne me sens pas très bien, et j'aimerais que tu me laisses seule.

Sans un mot, Joe s'en fut dans une chambre vide.

Mais la dernière nuit, Miranda fit un cauchemar vers 3 heures du matin. Quand elle se réveilla, elle le trouva à son chevet.

— Il faut que nous parlions, Miranda.

Il s'assit au pied du lit et alluma la lampe sur la table de nuit. Vêtu seulement de son pantalon de pyjama, il était torse nu, et Miranda fut douloureusement troublée en se souvenant de ces nuits merveilleuses où elle se blottissait contre le duvet blond de sa poitrine.

— Tu ne m'as pratiquement pas adressé la parole durant ces quelques jours, et j'ai beau comprendre ton chagrin, il y a tout de même des points dont il faut que nous discutions.

Joe semblait déterminé à aller au fond des choses.

Miranda s'assit dans son lit et mit ses lunettes. Il paraissait à bout de nerfs comme quelqu'un qui n'a pas réussi à trouver le sommeil.

— Je croyais que nous étions d'accord sur tout depuis longtemps, réussit-elle à dire avec naturel.

— Mais les choses ont évolué, figure-toi. Je veux que tu reviennes en Angleterre avec moi.

— Tu... tu quoi ?

Elle s'attendait à tout sauf à ça.

— Tu m'as très bien entendu, dit-il avec impatience. Il n'y a aucune raison pour que tu restes ici, à Seattle. Tu n'as pas l'intention de reprendre pour le moment ton métier d'institutrice, et tu seras toute seule ici pendant que Solange et Dierdre travailleront. Cette maison est isolée et je serais plus rassuré si tu étais avec moi à Londres. En outre mon père et Larry vont finir par se demander ce qui se passe entre nous si tu ne reviens pas.

— Ton père et Larry ?

L'espace d'un instant, la jeune femme avait cru qu'il allait avouer qu'il n'avait pas envie de se séparer d'elle. En fait il ne s'inquiétait que des apparences. Ah, comme il savait bien s'y prendre pour lui briser le cœur ! Mais s'il croyait la faire craquer, il se trompait. Elle avait encore un peu d'amour-propre, et elle était bien décidée à lui tenir tête.

— Ton père et Larry n'ont rien à voir dans notre histoire, Joe. Nous allons partager la garde de notre enfant, et nous le ferons en adultes célibataires et indépendants, comme nous l'avons décidé. Donc tôt ou tard tu devras annoncer à Gabriel et à Larry que nous divorçons, et peut-être devrais-tu le faire plus vite que prévu.

— J'en ai bien l'intention, qu'est-ce que tu crois ? Mais cela ne change rien au fait que pour l'instant, nous sommes mari et femme, et que nous allons avoir un enfant.

Joe avança une main pour la poser doucement sur le ventre de la jeune femme avant de reprendre un ton plus bas :

— J'ai décidé que je voulais assister à la naissance de ce bébé, Miranda. Rentre à Londres avec moi.

Il dit encore dans un murmure :

— Nous nous entendons bien, tu le sais. Pourquoi ne pas profiter des quelques mois à venir ? Je veux dormir avec toi, Miranda.

Oh, comme elle aurait voulu lui dire qu'elle en avait envie elle aussi ! Tout au fond d'elle-même, une force inconnue la poussait à le faire. Puis elle revit Dierdre jetant violemment son bouquet de mariée à Gabriel.

Les Wallace n'étaient pas seulement père et fils. Ils se ressemblaient aussi sur bien des points. C'étaient des hommes de pouvoir habitués à ce que tout plie devant eux, et faisant passer leurs désirs en priorité sur ceux des autres. Il avait fallu des années à Dierdre pour comprendre que Gabriel ne s'engagerait jamais officiellement avec elle, et elle en avait eu le cœur brisé.

Joe ne s'était pas davantage engagé vis-à-vis de Miranda : la seule différence avec son père était qu'il avait joué cartes sur table dès le début. C'est Miranda qui n'avait pas respecté le contrat.

Maintenant qu'elle le comprenait, elle savait ce qu'il lui

restait à faire. Si elle voulait qu'il sorte de sa vie afin qu'elle puisse guérir de son chagrin d'amour, il n'y avait qu'une solution : une solution imparable.

— Je t'aime, Joe.

Les mots venaient tout seuls, à présent.

— Je suis tombée amoureuse de toi dès la première nuit que nous avons passée ensemble, reprit-elle, le regardant droit dans les yeux. Je rentrerai à Londres avec toi à une seule condition : que tu déchires notre contrat et que tu me dises que tu m'aimes et que tu veux passer le reste de ta vie avec moi.

L'expression incrédule et furieuse de son visage la convainquit immédiatement qu'elle avait touché juste. La vérité était parfois une arme redoutable.

Sa déclaration avait déclenché chez Joe un chaos d'émotions et de sentiments incontrôlable : ahurissement, trouble, joie aussi, mais également de l'effroi et de la rancune qui se transformèrent vite en rage.

Elle l'avait encore trompé !

— Tu m'as menti ! Et c'est la seconde fois ! Tu l'avais déjà fait avec cette histoire de virginité, et tu as recommencé !

Miranda hocha la tête.

— Je ne voulais pas que tu disparaisses de ma vie, et je voulais un enfant de toi : ça me semblait plus important que de t'avouer la vérité.

— Je t'avais pourtant expliqué que je refusais de m'engager sur le plan affectif, et tu m'as assuré que tu étais d'accord.

De fureur, Joe aurait tout cassé dans la chambre. Il prit une profonde inspiration avant de dire, se retenant pour ne pas hurler :

— Je ne comprends pas, Miranda ! Tu l'as bien signé, ce fichu contrat qui stipulait noir sur blanc que je ne voulais pas de complications sentimentales. Et maintenant tu me dis que tu m'as menti, mené en bateau ?

La jeune femme hocha de nouveau la tête.

— Oui.

— Tu t'es moquée de moi, alors !

— Exactement.

Et il ne fallait surtout pas qu'il s'attende à des excuses. Miranda releva la tête et le regarda bien en face. Sa poitrine se soulevait tandis qu'elle soutenait son regard, les yeux secs, les lèvres tremblantes. Il baissa légèrement les yeux et aperçut le contour de ses seins sous la chemise de nuit bleu pâle à petites fleurs roses. Leur pointe avait grossi et foncé, depuis qu'elle était enceinte. Dieu qu'elle était excitante avec ses cheveux bouclés en bataille, et, posées au bout de son nez, ses lunettes qui lui donnaient un air si jeune et si vulnérable.

Tout furieux qu'il était, Joe avait envie d'elle, mais maintenant qu'elle lui avait avoué son secret, plus rien ne pourrait être comme avant. Il avait trop peur de l'amour et cela redoublait encore sa colère.

— Je n'aime pas les ultimatums, Miranda.

— Je m'en doutais.

Elle semblait si triste, si résignée qu'il dut se faire violence pour ne pas la prendre dans ses bras. Mais c'était une direction dans laquelle il ne voulait surtout pas s'engager.

— En fait, rien n'a changé, tu sais, dit-elle avec un calme effarant. Tu n'as pas à t'inquiéter, je ne te ferai jamais d'ennuis pour la garde de l'enfant ou quoi que ce soit d'autre. Fais-moi confiance, je respecterai notre contrat à la lettre. Tu n'auras pas à me voir avant la naissance du bébé, et nous pourrons communiquer par avocats interposés, si tu le désires.

Elle essaya de sourire, mais n'y réussit pas. Elle reprit sa respiration et poursuivit.

— A présent, il faut que je dorme, Joe. Solange a dit qu'elle te conduirait demain matin à l'aéroport, aussi vaut-il mieux que nous nous disions au revoir maintenant.

Il rêvait de se glisser à côté d'elle dans le lit, de la tenir serrée contre lui et de lui murmurer les mots qu'elle voulait entendre. Mais un démon en lui résistait toujours. Aussi lui dit-il adieu d'un ton froid et, tournant les talons, sortit de la chambre.

Les premiers jours qui suivirent son départ, Miranda ne put s'empêcher de pleurer. Pensant qu'elle était triste à cause de la mort de Pearl et que Joe lui manquait, Dierdre et Solange essayaient de l'entourer de leur mieux, lui préparant des tisanes, lui prodiguant leur affection de toutes les manières. Certes, Gram lui manquait, mais c'était surtout l'amour de Joe dont elle avait besoin, et quand Solange menaça d'appeler celui-ci pour lui dire dans quel état se trouvait la jeune femme, Miranda n'eut pas le choix : il lui fallut raconter la triste histoire de leur couple de pacotille.

Pas plus Dierdre que Solange ne parurent choquée lorsqu'elle avoua s'être donnée vierge à Joe. La première lui dit sans se troubler qu'elle avait presque trente ans, lorsqu'elle avait fait l'amour pour la première fois. La seconde marmonna quelque chose où il était vaguement question de temps perdu, mais enfin... et elle ajouta qu'elle tordrait volontiers le cou de Joe. Les deux femmes lurent le contrat que Miranda avait signé, et Dierdre fit observer que sur le plan légal, Joe avait fait du beau travail. Tout était clair, concis, et ne prêtait à aucune contestation possible.

Parler d'elle et de son amour avait soulagé Miranda. Bientôt, elle cessa complètement de pleurer, et son chagrin s'atténua un peu.

Solange passa alors à l'aspect pratique de la situation.

— Tu es toujours amoureuse, ma chérie ? Décidément ces crétins de Wallace ne savent pas reconnaître l'or quand il leur tombe dessus. Moi, si j'ai un conseil à te donner, c'est le même qu'à Dierdre : au suivant ! Et trouve-toi un garçon qui te vaille. Mais cette fois, de grâce, ne l'épouse pas.

C'était hélas beaucoup plus compliqué qu'elle ne le croyait. Miranda croisa le regard de Dierdre et y lut le reflet de son propre chagrin.

Solange après avoir vu leur expression secoua la tête.

— Tu n'es pas d'accord, c'est ça ? Eh bien, voici mon conseil numéro deux : ne lui parle pas, ne lui écris pas, il ne faut surtout pas qu'il ne se doute de ce que tu éprouves. Laisse-le attendre, et quand il ouvrira enfin les yeux, garde tes distances. Il faut qu'il se donne du mal, qu'il sue sang et eau pour te récupérer. C'est ce que j'ai fait avec Leon, et ça a marché comme sur des roulettes.

Miranda et Dierdre échangèrent un nouveau regard de connivence. Toutes deux pensaient la même chose : quelle drôle d'idée de récupérer Leon ! Pour la première fois depuis la mort de Gram, la jeune femme esquissa un timide sourire.

Grâce au répondeur, on réussit à éviter les appels téléphoniques d'Angleterre. Les trois femmes étaient convenues de laisser la machine branchée en permanence, car Gabriel aussi appelait souvent Dierdre. Puis, à la fin de la semaine, la première lettre de Joe arriva. Envoyée en express. Contre l'avis de Solange, Miranda signa le récépissé du facteur et la lut.

« Ma chère Miranda,

» J'ai eu le temps de réfléchir à notre dernière conversation, et je m'excuse d'avoir eu une réaction aussi violente. Je me suis montré déraisonnable, je l'avoue et j'espère que tu me le pardonneras. Je t'aime beaucoup, et ce différend entre nous me trouble infiniment. Nous nous entendions si bien avant ! De plus, il faut penser à notre enfant.

» J'ai eu énormément de travail, ces jours-ci. Une réflexion que tu m'as faite au sujet de Ronan m'a mis la puce à l'oreille, et j'ai pensé qu'il convenait d'en savoir un peu plus sur lui avant que tu ne t'engages davantage à lui vendre Bethel Farm. J'ai donc mis un de nos enquêteurs privés sur sa piste. Je te tiendrai au courant.

» Miranda, je t'en prie, appelle et dis-moi que tout est comme avant. Pourquoi se préoccuper du futur ? Si les prédictions catastrophiques pour le prochain millénaire se réalisent, profitons du présent. (Désolé pour cette mauvaise plaisanterie). Soyons sérieux, je pense que l'avenir ne posera pas de problème. Cependant je m'inquiète pour toi, Miranda. Tu n'étais pas toi-même, quand je t'ai quittée. C'est bien compréhensible, mais j'aimerais savoir que maintenant tu vas bien.

» Affectueusement,

Joe. »

Affectueusement. De rage, Miranda faillit déchirer la lettre en mille morceaux. Dans son ventre, le bébé lui envoya des coups de pied, et se retourna comme s'il réagissait en même temps que sa mère.

Ainsi Joe faisait faire une enquête sur Ronan. Si le résultat était le même qu'avec Leon, elle pouvait lui dire de ne gaspiller ni son énergie, ni l'argent de l'étude. Mais elle ne lui parlait plus, alors qu'il fasse comme bon lui semblait.

Dierdre ne travaillait pas, ce jour-là. L'agence d'intérim ne l'employait que de façon épisodique, et elle était en train de déterrer des bulbes dans le jardin pour les mettre à l'abri pendant l'hiver. Miranda sortit la rejoindre et lui tendit la lettre.

Après l'avoir parcourue, Dierdre émit une petite exclamation pleine de mépris. Elle avait de la terre sur le nez, et portait un vieux pantalon de Miranda, beaucoup trop étroit pour elle, et beaucoup trop long aussi. Solange l'ayant convaincue de se faire couper les cheveux, sa nouvelle coiffure lui donnait un air angélique. Mais elle avait pris aussi certaines des expressions de langage crues et brutales de Solange.

— Je n'ai jamais rien lu d'aussi crétin depuis la dernière lettre de Gabriel. Manifestement, ils puisent aux mêmes sources.

Levant les yeux sur Miranda, elle poursuivit :

— Ne te laisse pas attendrir, ma chérie. Sors, distrais-toi, amuse-toi. Tiens, veux-tu que nous allions en ville, aujourd'hui ? Nous déjeunerons au restaurant, nous passerons faire un coucou à Solange, et qui sait, nous ferons aussi quelques courses, pourquoi pas ?

Aussitôt dit, aussitôt fait, et Miranda se sentit tout de suite rassérénée. Durant la journée, elle réussissait à ne pas trop penser à Joe. Mais la nuit, il en était autrement : entre l'image de Joe qui la hantait, et ses allées et venues aux toilettes, elle ne dormait pas beaucoup. C'est pourquoi elle avait pris l'habitude de faire une petite sieste, l'après-midi. Et comme Dierdre était excellente cuisinière, elle n'avait en vérité rien d'autre à faire que de couver son bébé.

Les coups de téléphone se multipliaient. Miranda écoutait les messages, notant que Joe était de moins en moins aimable. Une seconde missive arriva, suivie d'une troisième. La quatrième portait la mention URGENT, et elle était courte :

« Miranda,

» Ma patience a des limites. Voilà presque un mois que nous ne nous sommes pas parlé. Je pense que tu n'es pas raisonnable, et c'est un euphémisme. Il y a des problèmes graves concernant la vente de Bethel Farm et nous devons en discuter. J'appellerai à 20 heures, heure locale pour toi, le 29 septembre. Je te demande de décrocher. »

A l'heure dite, Miranda se tint près du téléphone sous le regard captivé de Solange et de Dierdre. La sonnerie retentit, Miranda ne décrocha pas, et le répondeur se mit en route. Joe poussa une exclamation exaspérée.

— La barbe, Miranda, je sais que tu écoutes. Maintenant, s'il te plaît, décroche ce maudit téléphone.

— Mon Dieu, mon Dieu, il est bien énervé ! dit Dierdre en minaudant.

Le cœur de Miranda battait à tout rompre, comme toujours quand elle entendait la voix de Joe. Pourrait-elle jamais l'écouter sans s'émouvoir ?

— J'ai le droit de savoir comment se passe ta grossesse. Je m'inquiète pour toi. Tu peux le comprendre, non ? Et maintenant, pour l'amour du ciel, décroche.

L'argument était valable. Miranda pesait le pour et le contre quand la voix de Joe devint dure :

— C'est bon, ce sera comme tu voudras. Maintenant je vais parler vite parce qu'il faut que tu saches. J'ai appris de source sûre que Ronan O'Donnel est bigame et que de surcroît, c'est un escroc et un menteur. Il a été marié deux fois, et n'est pas divorcé de sa seconde épouse. Il n'y a pas de procédure de divorce en cours. Il n'a pas non plus les diplômes requis pour exercer son métier de médecin en Angleterre, et...

Miranda prit le combiné d'un geste brusque.

— Ronan est bigame ? Natalie le sait-elle ?

— Ah ah ! Tu veux bien me parler quand il s'agit des affaires de Natalie, mais pas quand je veux parler de nous ?

Il était fou de rage.

— S'il te plaît, Joe, raconte-moi seulement tout ce que tu sais sur Ronan.

Miranda percevait le tremblement de sa propre voix, mais elle n'y pouvait rien. Il lui était si difficile de lui parler : beaucoup plus encore que de l'écouter.

— Je le ferai à condition que tu me promettes de ne pas raccrocher après, pour que nous discutions de nos problèmes à nous.

— D'accord, promis.

C'était du chantage, mais en même temps, en effet, il était peut-être temps de reprendre la discussion où ils l'avaient laissée.

— Ronan nous a trompés sur toute la ligne. Pour commencer, il joue aux cartes et a perdu beaucoup d'argent, ces derniers mois. Il ne dispose plus de la somme nécessaire pour acheter la propriété, c'est pourquoi il veut que Natalie demande l'argent d'Elizabeth. Et il n'a pas du tout l'intention de maintenir la ferme en gîte rural. On a découvert qu'il s'était acoquiné avec un promoteur douteux qui construit des maisons minables sur de tout petits terrains, et les vend à bas prix. Si Ronan avait pu t'acheter Bethel Farm, lui et son comparse auraient fait un joli bénéfice.

— Doux Jésus ! J'ai du mal à le croire, murmura Miranda incrédule.

— Je n'y croyais pas non plus, mais les preuves sont là : mon enquêteur est formel.

— Il faut mettre Natalie au courant.

— Je compte monter dans les Cotswolds demain pour le lui dire. Et je serai présent quand elle confondra O'Donnel. Si d'aventure il devenait violent, il trouverait à qui parler.

Joe prit une inspiration, et demanda d'une voix un peu radoucie :

— Et maintenant dis-moi comment tu vas.

— Très bien. Je grossis. Le bébé est en pleine forme. Il

tourne et envoie des coups de pied comme s'il jouait au rugby. Le médecin assure que tout se passe normalement.

— Tant mieux ! J'en suis très heureux.

Il n'en avait pas l'air, à sa voix qui était redevenue nerveuse.

— Voyons à présent si nous pouvons résoudre notre petit problème, Miranda.

Petit ? Miranda ressortit aussitôt les griffes.

— Nous n'avons aucun problème à résoudre, Joe. Nous savons tous les deux à quoi nous en tenir. La seule chose dont nous devrons parler sans trop attendre est notre divorce. Le bébé sera là dans trois mois, ne l'oublie pas.

Joe marmonna un juron qu'elle ne lui avait jamais entendu prononcer, puis il explosa :

— Fiche-moi la paix avec le divorce. Nous sommes mariés et il n'est pas question que ça change. C'est bien ce que tu veux, non ? Après tout, nous ne nous entendons pas si mal. Il n'y a aucune raison pour que nous divorcions.

Miranda avait l'impression qu'on lui déchirait le cœur.

— Je ne veux aucune faveur de ta part, Joe Wallace. En ce qui me concerne, il n'est pas question que je reste ta femme. Et désormais ne m'appelle plus, et ne m'écris plus, c'est inutile. Je dirai à mon médecin de t'envoyer un bulletin de santé de notre enfant tous les mois, et je te téléphonerai dès qu'il sera né.

Sur quoi, sans lui laisser le temps de répliquer, elle raccrocha violemment.

22.

Joe faillit arracher le téléphone pour le fracasser contre le mur. Cette femme le rendait fou ! Elle avait un caractère impossible et en plus elle était têtue comme une mule ! Dieu du ciel, pourquoi l'avait-il jamais rencontrée ?

— M. Wallace vous demande dans son bureau.

La nouvelle secrétaire de Gabriel venait de passer la tête par sa porte, et sans lui laisser le temps de répondre, elle disparut.

— Bien, m'dame, lança-t-il, railleur, tandis que son sang ne faisait qu'un tour.

Son père allait encore le sermonner au sujet de Miranda, il le savait. Pas plus qu'à Larry, Joe ne lui avait dit la vérité sur son mariage. Ne voyant pas revenir la jeune femme après l'enterrement de Pearl, les deux hommes avaient demandé des explications, et Joe avait répondu très vaguement que Miranda et lui connaissaient des petits problèmes d'ajustement mutuel.

Depuis, Larry et Gabriel sautaient sur toutes les occasions pour tenter de lui en faire dire plus. Et n'obtenant pas de réponse, ils lui donnaient des conseils, prétendant que tout était sa faute. Miranda était une fille tellement épatante ! Et en plus elle était enceinte ! Comme si Joe ne le savait pas...

Eh bien, il était temps de mettre Gabriel au parfum. Joe lui expliquerait, preuves à l'appui, combien sa belle-fille était capricieuse et intraitable. Et de toute façon, ce fiasco était d'abord et avant tout la faute de Gabriel. S'il n'avait pas mis la pression sur son fils pour avoir un héritier, personne n'en serait là.

D'un pas nerveux, Joe gagna le bureau de son père, et y entra sans même saluer la perruche qui remplaçait Dierdre.

Gabriel sursauta puis tenta de glisser dans son tiroir la bouteille de whisky qu'il tenait à la main. Peine perdue : le verre devant lui était à moitié plein. Joe nota aussi le désordre indescriptible qui régnait dans le bureau.

— Tu voulais me parler ? demanda le fils avec une mauvaise humeur non déguisée.

— Prends un siège, Joseph.

Gabriel indiqua un fauteuil envahi de dossiers, de journaux, et de lettres éparses, sur lesquelles trônait un sac en papier graisseux qui avait dû contenir un simulacre de déjeuner.

— Tu veux boire quelque chose ?

L'agressivité de Joe disparut aussitôt. L'espace d'un moment terrifiant, il crut que Gabriel allait lui annoncer qu'il était atteint d'un mal incurable. Jamais Joe n'avait vu son père boire au bureau, et encore moins lui proposer un verre.

— Qu'est-ce qui ne va pas, papa ?

— Rien ne va !

Gabriel servit à Joe une solide rasade de whisky avant de poursuivre :

— Je me suis rendu compte que je voulais épouser Dierdre, mais elle refuse de me parler, et plus encore de rentrer à Londres. Apparemment, elle voit un autre type. Et pour ne rien arranger, Larry m'a donné ses huit jours.

— Comment cela? dit Joe, incrédule.

— Huit jours, c'est une façon de parler. Il partira à la fin décembre. Il est en train d'acheter un café minable dans Pimlico et veut le transformer en restaurant traiteur végétarien. Il dit que le troisième millénaire doit être le signe du renouveau et qu'il est temps pour lui d'aller de l'avant.

Joe était trop abasourdi pour penser rationnellement.

— Où habitera-t-il?

Question stupide! Il est vrai que depuis que Joe avait dix-sept ans, Larry occupait le petit logement dans le sous-sol de l'hôtel particulier.

— Au-dessus de la boutique, semble-t-il.

A cet instant l'Interphone retentit, Gabriel appuya sur le bouton et rugit :

— Je ne suis pas là! Que faut-il faire pour que vous le compreniez, pauvre imbécile?

Joe fit la grimace. Encore une secrétaire qui allait donner sa démission. Depuis le départ de Dierdre, il y en avait déjà eu sept.

— Tu t'es disputé avec Larry, papa?

Gabriel eut l'air gêné.

— Pas vraiment, non. Il m'a reproché d'être un peu sec, ces derniers temps, et de n'être jamais content. C'est vrai que je ne suis pas de très bonne humeur depuis quelques semaines.

Joe s'en doutait et compatissait. Lui aussi avait été difficile après son retour de Seattle.

— As-tu essayé de le dissuader de partir?

— Evidemment! répondit Gabriel avec impatience. Mais il semble que plus personne ne m'écoute, maintenant.

Il faisait allusion à Dierdre, Joe l'avait compris. Pourquoi donc ces deux femmes — celle de son père et la sienne — étaient-elles aussi insupportables ? Un nouvelle vague de fureur le submergea.

— Je viens d'avoir une conversation avec Miranda, annonça-t-il.

Si l'on pouvait appeler cela une conversation.

— Elle t'a parlé de Dierdre ?

Il y avait tant d'avidité dans la question de Gabriel que Joe hésita à le décevoir. Mais il fut bien obligé de secouer la tête négativement avant de reprendre :

— Elle m'a dit clairement qu'elle ne voulait plus me voir, ni maintenant, ni plus tard.

— Ah, ces femmes, et leurs hormones ! rugit Gabriel. Et quand elles sont enceintes, c'est encore pire ! Mais ne t'inquiète pas, Joseph, elle se calmera après la naissance du bébé. Miranda est une jeune femme exceptionnelle, et vous êtes faits l'un pour l'autre. Patience, mon fils. L'avenir est à ceux qui savent attendre.

— Je n'en suis pas si sûr, dans ce cas précis.

Il était temps d'expliquer à Gabriel la vérité sur son prétendu mariage.

— Il faut que je te dise, papa, que quand j'ai épousé Miranda, je savais que nous divorcerions. J'avais même stipulé par écrit avant le mariage les clauses de notre séparation.

Et Joe parla du contrat qu'ils avaient signé, avec Miranda, et de leur projet d'un divorce à l'amiable, avec la garde conjointe de l'enfant, etc. etc. Les mots lui venaient de plus en plus lentement tandis qu'il se rendait compte qu'il s'était comporté comme un fieffé crétin.

Les souvenirs lui revenaient, déchirants, douloureux. Il revoyait Miranda lui disant qu'elle n'avait jamais fait l'amour avant, et combien elle s'était fait violence pour l'avouer. Et lui, l'imbécile, qui l'avait réprimandée !

Il se rappelait comment elle se lovait dans ses bras, et sa manière de le regarder au fond des yeux, après l'amour, comme si elle sondait les profondeurs de son âme. Et lui qui l'avait simplement trouvée délicieuse, alors qu'en réalité, elle était bien plus que cela : elle était unique !

Ah, comme ils riaient ensemble ! Ce qui ne les empêchait pas de n'être pas toujours d'accord. Et ces interminables discussions sur la littérature, la musique, la philosophie parfois. Jamais Joe n'avait rencontré une femme qui le stimule autant intellectuellement, qui l'oblige à réfléchir, à mûrir.

Elle lui avait avoué qu'elle l'aimait, et il l'avait accusée de déloyauté. L'idée d'être responsable de son bonheur lui faisait peur et voilà qu'il découvrait que c'était lui qui était dépendant d'elle.

— Je l'aime. J'aime Miranda.

Pour Joe, c'était une révélation.

— Bien sûr que tu l'aimes, dit Gabriel, d'un ton bourru. Même moi, je suis capable de le voir.

— Mais moi, je ne le savais pas ! Je viens seulement de le découvrir.

Gabriel fit claquer sa langue en secouant la tête.

— Je ne l'admets pas volontiers, mais il faut bien reconnaître que nous autres les Wallace ne sommes pas de grands romantiques, Joseph.

Il poussa un soupir et dit encore, l'air désolé :

— Tout est ma faute, et il ne faut pas m'en vouloir, mon fils. Je t'ai donné un piètre exemple.

— Mais tu n'as été marié qu'une fois, et à ma mère.

— C'est bien cela le problème. Je n'ai jamais voulu tenter l'expérience une seconde fois. Ta mère et moi n'étions pas faits l'un pour l'autre. Nous nous sommes mariés trop vite et nous aurions dû divorcer, au lieu de nous acharner à vivre ensemble.

— Pourquoi ne l'avoir pas fait ?

Joe s'était souvent posé la question.

— Personne ne l'avait jamais fait dans notre famille, ni dans celle de ta mère, on aurait crié au scandale.

Joe songea à tous les dossiers de divorce qui s'empilaient sur son bureau : oui, décidément, le monde avait changé.

— J'ai beaucoup réfléchi depuis que Dierdre est partie, poursuivait Gabriel. J'ai toujours cru que j'étais responsable de l'échec de mon mariage avec ta mère. Mais je me rends compte aujourd'hui que nous n'étions tout simplement pas faits pour nous entendre. Je m'étais juré de ne jamais me remarier pour ne pas commettre la même erreur. Et puis j'ai connu Dierdre, et nous avons été heureux ensemble. Les années ont passé, et j'ai commencé à croire qu'elle ne me lâcherait jamais. Je me suis comporté comme un imbécile, je lui ai fait du mal. Je répugne à le reconnaître, mais tout ce qu'elle m'a dit, le soir de ton mariage, était mérité.

Il était inutile que Joe s'acharne sur son père en lui disant qu'il savait tout cela depuis longtemps. En outre, il était mal placé pour le faire.

— Je voudrais que Dierdre revienne, mais je ne sais pas comment faire, bon Dieu ! s'écria soudain Gabriel en donnant un violent coup de poing sur son bureau. Si elle était ici, je lui demanderais de me pardonner, et je ferais en sorte qu'elle le fasse, mais je ne peux même plus communiquer avec elle.

— D'après Tony, on peut offrir des roses... Il paraît que c'est un bon moyen de se réconcilier, mais à une condition, c'est de les livrer soi-même.

Tony savait sûrement de quoi il parlait car, deux jours plus tôt, il était parti pour une lune de miel anticipée avec Kitty.

Brusquement, Joe sut ce qu'il fallait faire.

— Nous allons aller à Seattle, s'écria-t-il, et nous leur apporterons des roses nous-mêmes. Ensuite nous ramènerons Miranda et Dierdre avec nous à Londres.

C'était le seul moyen. Plus il y pensait, plus il trouvait son idée excellente.

— Je t'assure, c'est la meilleure solution.

Gabriel réfléchit un instant puis un grand sourire apparut sur son visage.

— Tu as raison, Joseph. C'est une idée géniale. Et nous ne préviendrons pas : nous arriverons à l'improviste, ce qui nous donnera l'avantage de l'effet de surprise. Je vais demander à la nouvelle secrétaire de faire les réservations. On part demain !

Il était déjà en train d'appuyer sur le bouton de l'Interphone quand Joe l'en retint.

— Attends ! Demain ce n'est pas possible.

Joe venait de se souvenir de Ronan O'Donnel. Il le lui expliqua, ajoutant qu'il était obligé d'aller à Bethel Farm pour annoncer lui-même ces mauvaises nouvelles à Natalie.

Horrifié par ce qu'il venait d'apprendre, Gabriel proposa tout de suite d'accompagner son fils à la propriété.

— Et nous confronterons ensemble ce charlatan, s'exclama-t-il. Nous ne serons pas trop de deux ! Eh bien, tant pis, nous ne partirons pour Seattle qu'après-demain.

Sur ces mots, il appuya de nouveau sur l'Interphone. Toujours pas de réponse.

— Où est cette idiote ?

Gabriel bondit sur ses pieds et gagna la porte pour glapir :

— Mademoiselle ! Venez immédiatement !

Et sans attendre la réponse, il claqua la porte et regagna son bureau.

— A qui parlez-vous sur ce ton, monsieur Wallace ?

La perruche à cheveux gris avait ouvert la porte et fusillait Gabriel du regard, les bras croisés sur la poitrine.

— Il faut apprendre le savoir-vivre, monsieur. Si vous ne vous excusez pas tout de suite, je vous donne mon congé. Et je vous ferai une telle réputation dans toutes les agences d'intérim, que vous ne trouverez plus jamais de secrétaire.

Gabriel ouvrit la bouche... puis la referma. Après un regard échangé avec son fils, il fit de plates excuses à la femme sur un ton si humble que Joe eut pitié de lui.

— Je crois que je n'ai pas pu me résoudre à épouser Leon parce que j'avais vécu trop longtemps avec des femmes, dit Solange en tartinant un toast que Miranda venait de faire griller. C'est agréable de vivre entre femmes, poursuivit-elle. Un homme ne se satisferait jamais de dîner d'un chocolat chaud avec des tartines grillées, et avec eux, impossible de traîner en pyjamas : ils s'imaginent tout de suite qu'on veut les séduire.

— Même avec un pyjama comme le mien ? demanda Dierdre.

Elle portait une sorte de caleçon long d'homme, d'un rouge criard, qu'elle avait acheté parce qu'elle avait froid la nuit. Cet accoutrement était si confortable qu'elle avait pris l'habitude de le porter à la maison pour traîner.

Miranda but une gorgée de chocolat avant de glisser une tranche de pain dans le toaster. Après avoir pris un bain, elle avait enfilé sa tenue favorite : une ample chemise de nuit en pilou qui avait appartenu à Gram, et des grosses chaussettes de laine. La chemise de nuit était trop courte pour elle, et elle était d'une couleur indéfinissable, plutôt rose délavé, assez laide à vrai dire, mais elle était chaude, confortable, et donnait à la jeune femme l'impression d'être proche de Gram. Miranda n'était pas allée chez le coiffeur depuis son mariage, et maintenant qu'elle savait que Joe ne donnerait plus de nouvelles, elle ne se préoccupait que de sa prochaine maternité.

L'enfant grossissait. La jeune femme était enceinte de six mois, et déjà la rondeur de son ventre l'impressionnait. Comment le corps humain pouvait-il s'adapter ainsi ?

— Dis, Solange, ton nombril était en relief, quand tu étais enceinte ? demanda-t-elle à sa mère.

Ce disant, elle tira l'étoffe de la chemise de nuit sur sa peau pour montrer aux deux autres comment elle était devenue.

Solange frissonna.

— Oh, ne m'en parle pas ! C'était atroce, mais après, tout rentre dans l'ordre.

— Moi j'ai le nombril en relief et je ne suis pas enceinte, fit observer Dierdre en tapotant son ventre, et tout le monde se mit à rire.

A cet instant, le timbre de la porte retentit.

— Si c'est Leon, je vais l'envoyer au diable. Je lui ai dit que...

Solange écarta discrètement le rideau de la fenêtre qui donnait sur le perron d'entrée et dit :

— Bizarre, c'est un taxi.

Sur quoi elle se leva et alla ouvrir la porte. Dierdre et Miranda ne bougèrent pas de la cuisine, tendant l'oreille.

— Bonsoir, Solange.

— Oh, doux Jésus !

Miranda saisit le dossier du siège voisin et s'y agrippa, disant dans un souffle :

— C'est Joe.

Comment ne pas reconnaître cet accent britannique impeccable, et cette voix au timbre mélodieux ?

— Tu n'es pas obligée de lui parler, si tu n'en as pas envie, chuchota Dierdre, entourant la jeune femme d'un bras protecteur.

— Dierdre est là, ce soir ?

— Gabriel ! Gabriel est avec lui ! murmura Dierdre en portant la main à son cœur.

— Que venez-vous faire ici tous les deux ? demandait maintenant Solange d'un ton outré. De quel droit débarquez-vous chez nous sans même un coup de fil pour vous annoncer ?

— Nous ne pouvions pas faire autrement, maintenant que personne ne répond plus au téléphone, rétorqua Gabriel. A présent, pardonnez-moi d'insister Solange, mais je dois parler à Dierdre.

— Miranda ? Miranda ? Où es-tu ?

Joe qui connaissait la maison, se dirigeait déjà vers la cuisine. Miranda faillit filer dans le jardin par la porte de derrière, mais elle n'en eut pas le temps : il était déjà dans l'encadrement de la porte, en pantalon de flanelle grise, blazer sombre et pull-over bleu ciel. Avec ses chaussures bien cirées, il aurait pu être en couverture d'un journal de mode masculine. Et il portait à bout de bras un énorme bouquet de roses rouges.

— Miranda, s'exclama-t-il, il faut que je te parle.

L'espace d'un instant terrifiant, Miranda pensa à son aspect négligé : sa chemise de nuit, son visage sans maquillage, ses cheveux mal peignés... oh, et puis flûte ! Quelle importance après tout !

Dierdre devait se sentir aussi mal à l'aise qu'elle, dans son affreux pyjama, car lorsque Gabriel apparut sur les talons de Joe, Miranda la vit se raidir.

Regardant Dierdre droit dans les yeux, Gabriel s'éclaircit la gorge et dit :

— Pouvons-nous parler tous les deux, Dierdre ?

Joe avança dans la cuisine pour permettre à son père d'y entrer à son tour, et Miranda vit que ce dernier tenait aussi un gros bouquet de roses, jaunes, celles-là.

— Donnez-moi vos fleurs, pauvres idiots, dit Solange d'un ton moqueur. Et si vous avez des choses intelligentes à dire, dites-les ici, autour de cette table. Nous autres femmes, ne nous cachons rien, pas vrai les filles ? Mais attention à vous, les hommes : vous avez fait assez de mal comme ça.

Elle entra à son tour dans la cuisine, longue silhouette parfaite dans son élégant déshabillé de satin chair. Après avoir rempli l'évier d'eau, elle y mit les bouquets à tremper, puis pivota sur elle-même et fusilla du regard les deux hommes.

— Alors ? Quelles sont vos intentions ?

Mais Gabriel ne la regardait pas. Il avait les yeux rivés sur Dierdre, et lorsqu'il parla, sa voix était suppliante :

— Je préférerais vraiment que nous nous expliquions en privé, chère amie.

— Pas question, dit Solange. Ici, nous sommes sur notre terrain, à vous de vous plier à nos exigences.

Miranda se laissa choir sur une chaise et Dierdre prit celle d'à côté. Solange, elle, s'assit en face d'elles deux. Les hommes, après un temps d'hésitation, s'assirent à leur tour.

— Miranda, il y a quelque chose que..., commença Joe en même temps que Gabriel disait : Dierdre, je veux que...

— Ne parlez pas tous les deux à la fois, ordonna Solange. A vous, Gabriel, vous êtes le plus vieux.

L'interpellé hocha la tête.

— En effet, dit-il d'un ton calme que démentait son visage tourmenté. Dierdre, je vous demande pardon pour la façon dont je me suis comporté avec vous.

Il s'éclaircit la gorge par deux fois avant de reprendre :

— Si vous pouviez m'aimer encore, mon amie, si vous pouviez m'aimer autant que je vous aime et si vous acceptiez de me donner une seconde chance...

Il s'interrompit encore avant de s'exclamer :

— C'est vraiment difficile de parler ainsi en public.

Puis, après une profonde inspiration, il conclut comme si les mots se bousculaient hors de sa bouche :

— Dierdre, me feriez-vous l'honneur de devenir ma femme ?

Miranda regarda Dierdre : celle-ci malgré ses yeux pleins de larmes, était radieuse, mais sans lui laisser le temps de répondre, Solange intervint :

— Il faut qu'elle réfléchisse, pas vrai, Dierdre ?

Sous la table, Miranda sentit alors Solange donner un grand coup de pied à l'interpellée, et après quelques secondes, Dierdre finit par hocher la tête.

— Je veux un peu de temps, Gabriel, murmura-t-elle avant de pousser un soupir à fendre l'âme. Vous m'avez blessée très profondément. Il faut que je m'assure que cela ne se reproduira pas.

Gabriel semblait sur le point d'exploser. Il avala sa salive par deux fois et dit :

— Je comprends, ma chère amie, mais laissez-moi au moins la possibilité de vous faire ma cour. Rentrez à Londres avec moi.

Dierdre posa les yeux sur lui, des yeux gris qui reflétaient tout son amour. De toute évidence, elle n'avait jamais cessé d'aimer Gabriel, aussi Miranda crut-elle rêver lorsqu'elle l'entendit répondre d'un ton ferme :

— Pas tout de suite, Gabriel. Je veux rester ici jusqu'à Noël. Je vous donnerai ma réponse à ce moment-là.

Jusqu'à cet instant, Miranda avait évité de regarder Joe, sentant pourtant ses yeux fixés sur elle.

— A votre tour, Joe, et faites attention à ce que vous dites, ordonna Solange.

En entendant la note de mise en garde dans la voix de sa mère, Miranda éprouva un bonheur très doux : c'était si bon de savoir que Solange cherchait à la protéger.

Comme Joe voulait lui prendre la main, la jeune femme la retira vite : le toucher était trop dangereux. Déjà que son cœur tambourinait et que le bébé dansait la java dans son ventre !

Elle consentit cependant à croiser le regard de son mari, mais détourna vite les yeux : ce qu'elle y avait lu risquait de faire renaître son espoir. Or il ne le fallait pas.

— J'avais bien préparé ce que je voulais te dire, commença-t-il à mi-voix, mais je crois qu'il n'y a qu'une seule chose qui compte : je t'aime, Miranda. Je me suis conduit comme un crétin obstiné et égoïste, mais je sais maintenant que je t'aime.

Sa voix était tendre et profonde ; il reprit sur le même ton :

— Je t'aime de tout mon être, et je ne veux surtout pas que nous divorcions, au contraire. Je veux être avec toi pour la naissance de notre enfant, et je veux aussi vivre le reste de ma vie à tes côtés.

Cette fois, sa voix tremblait. Miranda, elle, était éperdue de bonheur. Elle avait tant espéré l'entendre dire ces mots ! Pourtant grâce à un effort surhumain de toute sa volonté, elle repoussa sa chaise, se leva et lissa sa chemise de nuit en pilou rose sur son ventre rebondi.

— Je suis désolée, mais il est trop tard, Joe.

Elle n'avait pas le droit de courir de risque. Elle refusait de lui ouvrir son cœur de peur qu'il ne le ravage une seconde fois. Mieux valait en terminer avec cet homme une bonne fois pour toutes.

23.

Joe la rattrapa dans l'escalier.

— Miranda, il faut que tu m'écoutes.

Certainement pas, cria Solange depuis le rez-de-chaussée. C'est vous qui menez la danse depuis le début. Maintenant, c'est à elle de faire ce qu'elle veut. Et si vous l'ennuyez, j'appelle la police !

Miranda jeta un regard à sa mère : debout en bas des marches, elle se tenait fièrement, les bras croisés sur la poitrine, le menton pointé en avant. Derrière elle, Dierdre lançait des regards inquiets vers Gabriel dont le visage était rouge de colère et de confusion.

— C'est bon, maman, je vais lui parler.

Avec une lassitude immense, la jeune femme se laissa tomber sur une marche d'escalier. Joe s'assit à côté d'elle, et les autres, en bas, regagnèrent le salon.

— Appelle-moi si tu as besoin d'aide, mon chou, cria Solange par-dessus son épaule.

Dès qu'ils furent seuls, Joe voulut caresser le bras de Miranda, mais il se reprit vite, la sentant se raidir.

— Miranda, gémit-il, je ne sais plus où j'en suis. Que puis-je te dire pour que tu me croies ?

— Pas grand-chose, admit-elle. Il y a quelques semaines à peine, tu m'as expliqué que tu ne m'aimais pas et que tu ne m'aimerais jamais. Maintenant tu as changé d'avis. Qui me dit que tu n'en changeras pas de nouveau ? As-tu des garanties à me donner ?

— Non, bien sûr.

Joe passa une main nerveuse dans ses cheveux avant de soupirer :

— Je pourrais évidemment établir un nouveau contrat où il serait stipulé que je t'aime et que jamais je ne te quitterai tant que nous serons en vie. Mais tu serais quand même obligée de me croire sur parole.

Il baissa la tête et glissa ses mains entre ses genoux avant de poursuivre d'une voix lasse :

— Au fond, c'est un peu comme cette histoire de nouveau millénaire. Un jour nous en avions parlé avec ta grand-mère, et tu te souviens de ce qu'elle avait dit ? Qu'il n'y avait aucune raison pour que la fin du monde arrive avec l'an 2000, et que, comme dans toutes les étapes importantes de la vie, il fallait avoir confiance.

Certes, Gram avait dit cela, mais elle croyait à la force de l'amour. Elle avait assuré tant de fois à Miranda que lorsque viendrait son heure de mourir, Jacques l'attendrait dans l'au-delà.

Oh, Gram, j'espère que tu l'as retrouvé, toi qui l'as attendu si longtemps !

La confiance ! Gram avait eu confiance sans aucune garantie, durant toutes ces longues années.

Miranda jusqu'à présent avait toujours vécu sans faire confiance à personne ni prendre aucun risque. Mais la vie c'était comme les photos : on ne pouvait jamais être sûr qu'elles soient bonnes avant de les avoir développées : il fallait courir le risque.

Comme c'était difficile de faire confiance ! Miranda croisa les bras sur son gros ventre. Le bébé bougea. *C'est ton père, petit, qu'est-ce qu'on en fait : on le garde, ou on s'en passe ?*

L'enfant répondit par deux coups de pied.

— C'est bon, j'ai compris.

Miranda leva les yeux vers Joe, cet irrésistible, cet impossible Anglais qui était son mari et qu'elle aimait à la folie.

— D'accord, Joe, je te fais confiance, mais il faudra que tu nous dises que tu nous aimes tous les jours jusqu'à ce que nous en ayons assez de l'entendre.

Ce qui bien sûr n'arriverait jamais.

A son air affolé, elle vit qu'il n'avait pas bien compris.

— Nous, dis-tu ? Tu veux dire toi et Solange ?

— Non. Moi et notre enfant.

— Oh, Miranda ! Quel bonheur !

Il s'agenouilla et prit la jeune femme dans ses bras.

Une image traversa son esprit et il sourit : dans une semaine ou deux, son ventre serait si gros qu'il ne pourrait plus faire ce geste. Soudain, il s'exclama :

— Je vous aime tous les deux, je vous aime de tout mon cœur, de toutes mes forces, de toute mon âme. Laisse-moi prendre soin de toi, mon amour, et t'adorer le reste de ma vie.

Prenant son visage entre ses mains, il l'embrassa, puis inclina la tête pour poser doucement sa joue sur son ventre rebondi.

— Acceptes-tu de rentrer en Angleterre avec moi, Miranda ?

Elle hocha la tête. Elle le suivrait au bout du monde s'il le lui demandait.

— Vous comptez passer la nuit dans l'escalier, tous les deux ?

C'était Solange qui grimpait les marches, et semblait de mauvaise humeur. En passant près de Miranda et Joe, elle lança encore :

— Il y a des chambres vides, tu sembles l'oublier,

Miranda. Quant à moi, je vais m'habiller et appeler Leon pour qu'il vienne me chercher. Les deux autres en bas n'arrêtent pas de se faire des bisous et des câlins, et vous, c'est pareil. J'ai l'impression de tenir la chandelle et ce n'est pas très agréable, mais évidemment, tout le monde s'en moque, on ne fait jamais attention à moi.

Sur ce Solange entra dans sa chambre et claqua la porte avec violence. Miranda regarda Joe, et tous deux éclatèrent de rire.

Solange était Solange. Au cours de ces derniers mois, Miranda avait appris à mieux connaître sa mère, les vieilles blessures s'étaient un peu cicatrisées, les rancœurs s'étaient atténuées, et elle pouvait maintenant l'aimer telle qu'elle était, ce qui lui procurait une merveilleuse sérénité. C'était encore un des aspects positifs de cette phase de sa vie pourtant si éprouvante.

Une grande joie envahit la jeune femme, une joie si intense qu'elle en frissonna.

24.

— Je peux le sentir donner des coups de pied ?

— Bien sûr, Lydia.

Miranda prit la paume de la fillette pour la placer exactement à l'endroit où s'étaient logés les pieds du bébé, c'est-à-dire en haut à droite, presque sous les côtes. Toute cette semaine qui avait précédé Noël, il n'avait cessé de tambouriner contre sa cage thoracique, mais en cet après-midi, veille de Noël, il semblait sommeiller.

Lydia attendait, tous ses sens aux aguets. Enfin le bébé bougea, mais cette fois c'était différent de ce à quoi Miranda était habituée depuis six semaines.

— Moi aussi, je veux toucher, dit Daisy, en posant à son tour sa main sur le ventre de la jeune femme.

— Ouh..., s'exclama-t-elle d'une voix ébahie en ouvrant des yeux ronds comme des soucoupes, on le sent rudement bien.

— Maman dit que moi, j'étais calme, alors que Daisy, elle, bougeait tellement qu'elle pouvait à peine dormir, dit Lydia d'un petit ton supérieur. C'est comment d'avoir un bébé dans son ventre ?

— C'est comme un miracle, répondit Miranda en souriant aux deux gamines. Si vous saviez comme j'ai hâte de le voir, maintenant ! J'aimerais savoir s'il est brun, s'il est blond ou s'il n'a pas de cheveux, et découvrir son visage.

Elle chercha une position plus confortable contre les coussins que Natalie avait installés dans son dos, sur le canapé. En vérité, elle n'était jamais bien, depuis quelques jours.

— Vous êtes sûre que c'est un garçon? demanda Daisy. Tante Natalie m'a dit qu'avec l'échographie, on pouvait savoir si c'était une fille ou un garçon. On vous a fait une échographie?

— Bien sûr, Daisy, mais Joe et moi n'avons pas voulu savoir. Nous préférons avoir la surprise, c'est mieux, tu ne crois pas?

— Peut-être.

L'enfant ne semblait pas convaincue.

Elizabeth qui sortait de la cuisine sourit à Miranda.

— Ça va? Lydia, va dire à grand-père et à Joe que le thé est prêt. Et toi, Daisy, va aider tante Nat à disposer les tasses et les assiettes sur la table.

Les fillettes parties, elle s'approcha de Miranda :

— Je vais vous mettre un autre coussin sous vos pieds, pour les soulever.

Elle prit les jambes de Miranda, en disant :

— Faire de la voiture pendant plusieurs heures n'est guère agréable quand on est enceinte comme vous l'êtes.

Miranda en convint, et ajouta :

— Surtout que Joe conduit à une allure d'escargot depuis quelque temps. En venant, nous roulions si lentement que les autres voitures klaxonnaient derrière nous. Ce pauvre Joe avait peur que le bébé ne naisse sur l'autoroute.

Ils avaient pris la route à 9 heures du matin pour gagner Bethel Farm, et le trajet avait duré deux fois plus longtemps que d'habitude.

Miranda tenait absolument à distribuer elle-même les cadeaux qu'elle avait achetés pour tous les habitants de la ferme. De plus, elle se sentait seule à Londres, et pensait qu'il serait plus agréable d'être à Bethel Farm le matin de Noël quand les enfants ouvriraient leurs paquets. C'est ce qu'elle avait expliqué à Joe qui n'était pas vraiment d'accord pour faire le déplacement. Et puis il y avait Natalie qui était triste et avait besoin d'être entourée, même si tout le monde s'accordait à penser qu'elle était mieux seule qu'avec Ronan.

Joe, depuis un mois, passait toutes ses volontés à sa femme. Il avait donc emprunté la Bentley de son père, et l'avait chargée de tous les paquets. Tout en maugréant que c'était de la folie de prendre la route, si près de l'accouchement, et qu'il aurait mieux valu que Miranda ne s'éloigne pas de la clinique du Dr Meadow, le gynécologue le plus en vogue de Londres..

— Les primipares accouchent souvent avec quinze jours de retard, avait affirmé ce dernier, alors ne vous attendez pas que l'enfant ait de l'avance.

C'était probablement vrai, mais Miranda aurait préféré qu'il se trompe. Elle avait beaucoup grossi, durant ce dernier mois, et supportait de plus en plus mal ce ventre encombrant qui l'empêchait de lacer ses chaussures toute seule ou de s'extirper d'un fauteuil sans l'aide de quelqu'un. La seule compensation était la façon merveilleuse que Joe avait de la gâter. Il avait tenu sa promesse et trouvait chaque jour de nouvelles manières de lui prouver son amour.

Miranda se sentait bien à la ferme, et ne regrettait plus le long trajet depuis Londres. Depuis quelques jours, elle luttait, avec plus ou moins de succès, pour ne pas sombrer dans la mélancolie : elle allait passer son premier Noël sans Gram, et chaque fois qu'elle y pensait, elle avait envie de pleurer. Et tant de choses allaient changer avec le nouveau millénaire !

Il allait falloir qu'elle se préoccupe très vite de Bethel Farm car International Harvester était revenu à la charge. Miranda pourtant n'arrivait pas à se décider à vendre cette propriété qu'elle aimait tant. Elle avait cherché avec Joe d'autres solutions, mais, même si elles existaient, leurs implications financières et légales n'étaient pas simples. En attendant, Natalie et Elizabeth resteraient à la ferme encore un mois au moins.

Il y avait aussi la maison de Seattle. Solange allait déménager pour prendre un appartement proche de sa boutique, et la logique aurait voulu qu'elles vendent la maison, mais Miranda n'avait pas la force de s'en occuper en ce moment.

Solange viendrait à Londres pour la naissance du bébé, mais pas avant janvier : elle était partie en croisière au Bahamas avec Leon après avoir persuadé ce dernier que si vraiment la fin du millénaire devait amener la fin du monde, autant faire la transition sur un bateau de luxe, au large d'îles paradisiaques.

Gabriel et Dierdre étaient absents, eux aussi, partis pour leur lune de miel quelque part en Europe. Dierdre avait réussi à ne pas donner sa réponse à Gabriel avant le 1er décembre, date à laquelle elle lui avait dit qu'elle acceptait de l'épouser et était aussitôt rentrée à Londres avec lui. Terrifié à l'idée de la perdre encore, Gabriel avait tenu à organiser le mariage sans attendre. Tous deux devaient revenir avant la naissance de l'enfant.

A présent qu'elle était à la ferme, Miranda se rendait compte qu'elle se sentait très seule, dans l'appartement de Londres, pendant que Joe était à l'étude. Certes, elle s'était organisée pour sortir souvent, surtout au début, quand elle n'était pas trop fatiguée. Toutes les occasions étaient bonnes alors pour se promener dans la ville et prendre des photos. Elle atterrissait généralement au Gourmet Végétarien, le restaurant traiteur que Larry était en train de rénover avec soin, et ce dernier la nourrissait d'épaisses soupes de légumes agrémentées de bon pain tout frais sorti du four.

La dernière fois qu'elle y était allée, il l'avait émue aux larmes en lui montrant, au fond du restaurant, un petit espace peint en jaune lumineux, où il avait installé un lavabo, et mis une table à langer, une chaise haute et un lit d'enfant, pour que le bébé puisse y être au calme.

Ainsi cet enfant aurait trois chambres parfaitement équipées. Gabriel avait aménagé une belle pièce ensoleillée, à l'étage de l'hôtel particulier, et avait acheté tous les meubles et le matériel de puériculture chez Harrod's. Quant à Joe et Miranda, ils avaient déniché un berceau ancien, une jolie lampe et un fauteuil à bascule pour meubler la chambre du bébé dans leur appartement.

— Tu te sens mieux, mon amour?

Joe et Elijah venaient d'entrer dans le salon. Leurs vêtements avaient une bonne odeur de pluie et de terre mouillée.

Joe se pencha pour embrasser sa femme, et posa la main sur son ventre.

— Mon bébé va bien? demanda-t-il.

Miranda hocha la tête en souriant. Parfois elle avait encore du mal à croire que cet homme si beau, si séduisant, était son mari. Et peu à peu elle avait réalisé qu'en l'épousant, elle avait mis un terme à la fameuse malédiction des Irving... en laquelle elle n'avait jamais cru.

— Ne bouge pas, chérie, je vais te préparer un plateau.

— Pas question. Je préfère prendre le thé à table avec tout le monde.

Son côté obstiné s'était affirmé à mesure que son

ventre grossissait. Inutile de la contrarier, Joe le savait. Il l'aida donc à se mettre debout.

C'est alors que la douleur la prit de plein fouet, sans que rien ne le laisse prévoir. Avec une telle violence que Miranda hurla en s'accrochant à Joe.

Cela semblait ne jamais devoir cesser, et la jeune femme entendit Joe appeler frénétiquement Natalie. Puis, comme la souffrance commençait à s'atténuer, Miranda se rendit compte qu'elle avait les jambes et les pieds tout mouillés.

— C'est la poche des eaux qui s'est rompue, dit Natalie sans se troubler, venez Miranda, montons vous changer.

— Dépêchez-vous parce que nous rentrons à Londres immédiatement, s'écria Joe, frénétique. Je n'aurais jamais dû accepter de te conduire ici. Es-tu sûre de pouvoir marcher ?

Il essaya de prendre Miranda dans ses bras.

— Veux-tu me lâcher, s'exclama celle-ci, je peux très bien monter l'escalier toute seule, et ne compte pas sur moi pour rentrer à Londres !

Maintenant que la douleur avait disparu, elle réalisait ce qui était en train de se passer : son bébé allait naître ici, à Bethel Farm, juste à temps pour que la propriété reste dans la famille Irving.

— Je veux accoucher dans la chambre où Gram a eu Solange, dit-elle, radieuse, et ne t'inquiète pas, Joseph Wallace, je vais te faire le plus beau cadeau de Noël du monde.

Son enthousiasme dura jusqu'à la contraction suivante.

Pendant que Natalie l'aidait à se mettre au lit, Joe était redescendu quatre à quatre pour téléphoner.

— Ce crétin de médecin avait assuré que le bébé n'arriverait pas avant janvier ! cria-t-il à Elizabeth qui faisait manger Elijah et les fillettes. Je le poursuivrai en justice, je vous le dis !

En fouillant son portefeuille à la recherche des coordonnées du Dr Meadow, ses mains tremblaient un peu. Il composa le numéro, et une voix enregistrée l'informa calmement que le médecin était absent pour deux jours, et que l'on pouvait s'adresser en cas d'urgence au Dr Bamfield, son remplaçant.

Ivre de rage, marmonnant des obscénités à voix basse pour que les enfants ne l'entendent pas, Joe composa le nouveau numéro, et tomba une fois de plus sur un répondeur : « Le Dr Bramfield ne peut pas vous répondre pour l'instant. Laissez vos coordonnées et le motif de votre appel après le signal sonore... »

— Ma femme est en train d'accoucher, glapit Joe dans l'appareil, il me faut un médecin immédiatement.

Il eut assez de présence d'esprit pour laisser le numéro de Bethel Farm, avant de raccrocher brutalement.

— Natalie a mis au monde près d'une centaine de bébés, dit paisiblement Elizabeth en posant une tasse de thé devant lui. Rassurez-vous, Miranda est en bonnes mains.

— Mais l'enfant est en avance, gémit Joe, il ne devait pas naître avant le 10 janvier...

— Deux semaines, cela n'est rien, répondit Elizabeth qui contenait mal son amusement. Moi aussi j'ai eu Daisy avec un peu d'avance. La nature sait ce qu'elle fait, vous pouvez me croire.

Joe ne faisait aucune confiance à la nature.

— Tony ! rugit-il soudain, je vais appeler Tony ! Il nous faut tout de même un médecin dans cette fichue ferme ! Ma femme accouche, bon Dieu !

Cette fois, ce fut une voix bien connue qui lui répondit. Joe lui expliqua à toute vitesse ce qui se passait, et conclut sur un ton qui n'admettait pas la réplique :

— Viens immédiatement ! Ne perds pas une minute, je t'attendrai au portail.

Et sans laisser à son ami le temps de répondre, il raccrocha, renversa sa tasse de thé d'un geste involontairement maladroit, et fila dans l'escalier.

— Alors chéri ?

Miranda, vêtue d'une chemise de nuit blanche était assise au bord du lit, et semblait si enjouée et si normale que l'espace d'un instant, Joe éprouva un soulagement intense qui lui donna une sorte de vertige.

C'est alors qu'avec un râle étranglé, elle se plia en deux. Natalie aussitôt l'aida à l'allonger, et lui massa les reins le temps que la contraction passe. Puis elle se tourna vers Joe et lui dit avec une audace qu'il jugea insensée :

— Tout va pour le mieux. Je pense que le bébé sera là assez vite.

La contraction se terminait, Miranda ferma les yeux et tenta de se détendre. Prenant Natalie par le bras, Joe la tira sans ménagement dans le couloir.

— Combien de temps cela va-t-il durer ? demanda-t-il à voix basse sans desserrer les dents.

— Cela dépend de beaucoup de choses, mais si tout se passe comme maintenant, il faut sans doute compter cinq à six heures, au plus. La dilatation s'opère très bien.

— Cinq à six heures ? Autant dire l'éternité ! Joe leva les yeux au ciel, rongeant son frein.

— Poussez, Miranda, oui, comme ça... c'est bien... formidable.

Tony et Natalie étaient-ils devenus fous ? Qu'y avait-il de formidable dans cette souffrance proche de l'agonie ? Miranda ne savait plus où elle était, il lui semblait qu'elle s'était enfoncée dans une nuit profonde où la douleur la guettait, toujours plus forte. Elle n'en pouvait plus.

A présent, les contractions ne lui laissaient plus de répit : elles se succédaient l'une après l'autre, la déchirant, la laissant épuisée. Heureusement, Joe était là, il la tenait dans ses bras, et la protégeait.

— O.K., on y est presque ! Voilà... Je vois la tête, Miranda, une jolie petite tête ronde avec beaucoup de cheveux... Non, Miranda, ne poussez pas... Là, respirez lentement...

C'est à cet instant que la jeune femme crut voir, planant au-dessus d'elle, Gram qui lui souriait. *Les femmes Irving sont fortes, ma poulette.*

Et dans un effort inhumain surgi du fond d'elle-même, Miranda mit au monde la petite fille qu'ils avaient conçue ensemble, Joe et elle.

Épilogue

Sa fille pleurait. Joe s'éveilla et éloigna à regret son corps de celui de sa femme, délicieusement tiède, contre lequel il était lové. Quelle heure était-il ?

Il regarda la pendule : 3 heures du matin. Le nouveau millénaire était commencé depuis trois heures. Un peu plus tôt, avec Miranda ils avaient fêté sa venue en buvant du champagne et en s'embrassant, puis ils s'étaient endormis, avant même que ne sonne la première heure de ce siècle. A vrai dire, en l'espace d'une semaine, ils avaient appris à gérer au mieux leurs heures de sommeil, car désormais à la maison, c'était mademoiselle Jesse-Pearl Irving-Wallace, trois kilos et demi, qui faisait la loi.

Joe se leva doucement, la sortit de son berceau, et la nicha dans ses bras, la tête blottie contre son menton. Puis il disparut dans le couloir en lui murmurant des mots doux.

— On va te changer, mon trésor, on va te faire toute propre avant de réveiller maman pour qu'elle te donne à manger.

Pendant les trois jours qu'ils avaient passés à Bethel Farm, Natalie avait appris à Joe comment langer Jesse, lui donner son bain, et lui faire faire son rot après chaque tétée. Dans la lumière très douce de la chambre d'enfant, il changea la petite fille qui maintenant hurlait à pleins poumons, mourant de faim.

— Bonne et heureuse année, mon petit ange, et bienvenue dans le nouveau millénaire ! Quoi qu'en aient dit les oiseaux de mauvais augure, le monde continue à tourner et tout va bien pour nous autres, humains.

Joe déposa un petit baiser sur la soie dorée qui couvrait la tête si fragile de sa fille avant d'ajouter :

— Tu sais que tu en as de la chance ? Tu es l'héritière d'une merveilleuse propriété dans les Cotswolds : tu pourras y faire du jardinage et élever des moutons, si tu as envie de vivre à la campagne. Sinon, si tu préfères le travail intellectuel, il y aura toujours l'étude Wallace et Houmes. A toi de choisir, Jesse-Pearl.

Celle-ci hurlait de plus belle.

— Qu'est-ce que vous faites donc, tous les deux ?

Miranda venait d'apparaître à la porte, un sourire radieux sur les lèvres. Elle s'installa dans le fauteuil à bascule avant d'ouvrir le corsage de sa chemise de nuit. Joe lui donna le bébé.

— J'expliquais à notre fille les choix de carrière qui s'offrent à elle, dit-il avant de s'asseoir pour regarder sa femme donner le sein à l'enfant.

La scène était si émouvante que, chaque fois, elle le touchait au plus profond de son être. Au bout d'un long moment, Miranda murmura, songeuse :

— Il est bien difficile d'imaginer ce que sera ce premier siècle du nouveau millénaire. J'espère seulement que Jesse-Pearl le vivra pleinement et longtemps.

Joe ne répondit rien. Ce qu'il éprouvait en cet instant était magique : ici, dans cette chambre à peine éclairée se trouvait une femme qu'il ne connaissait pas encore il y a moins d'un an, et cette petite fille qu'ils avaient faite ensemble. Toutes deux représentaient son univers, ses joies et ses espoirs. Il n'en voulait pas d'autres. N'était-ce pas cela, le bonheur ?

Chère lectrice,

Vous nous êtes fidèle depuis longtemps?
Vous venez de faire notre connaissance?

C'est pour votre plaisir que nous avons imaginé un rendez-vous chaque mois avec vos auteurs préférés, vos AUTEURS VEDETTE dans les collections Azur et Horizon.

Les AUTEURS VEDETTE vous donneront rendez-vous pour de nouveaux livres vedette.

Pour les reconnaître, cherchez l'étoile . . . Elle vous guidera!

Éditions Harlequin

AUT-R-R

LE FORUM DES LECTEURS ET LECTRICES

CHERS(ES) LECTEURS ET LECTRICES,

VOUS NOUS ETES FIDÈLES DEPUIS LONGTEMPS?

VOUS VENEZ DE FAIRE NOTRE CONNAISSANCE?

SI VOUS AVEZ DES COMMENTAIRES, DES CRITIQUES À FORMULER, DES SUGGESTIONS À OFFRIR, N'HÉSITEZ PAS… ÉCRIVEZ-NOUS À:

LES ENTERPRISES HARLEQUIN LTÉE.
498 RUE ODILE
FABREVILLE, LAVAL, QUÉBEC.
H7R 5X1

C'EST AVEC VOS PRÉCIEUX COMMENTAIRES QUE NOUS ALLONS POUVOIR MIEUX VOUS SERVIR.

DE PLUS, SI VOUS DÉSIREZ RECEVOIR UNE OU PLUSIEURS DE VOS SÉRIES HARLEQUIN PRÉFÉRÉE(S) À VOTRE DOMICILE, NE TARDEZ PAS À CONTACTER LE SERVICE D'ABONNEMENT; EN APPELANT AU (514) 875-4444 (RÉGION DE MONTRÉAL) OU 1-800-667-4444 (EXTÉRIEUR DE MONTRÉAL) OU TÉLÉCOPIEUR (514) 523-4444 OU COURRIER ELECTRONIQUE: AQCOURRIER@ABONNEMENT.QC.CA OU EN ÉCRIVANT À:

ABONNEMENT QUÉBEC
525 RUE LOUIS-PASTEUR
BOUCHERVILLE, QUÉBEC
J4B 8E7

MERCI, À L'AVANCE, DE VOTRE COOPÉRATION.

BONNE LECTURE.

HARLEQUIN.

VOTRE PASSEPORT POUR LE MONDE DE L'AMOUR.

ROUGE PASSION

De fiévreuses histoires d'amour sensuelles!

De provocantes histoires d'amour passionnées et romantiques qu'on lit d'une seule traite. Aventureuses, parfois humoristiques, et sensuelles, elles mettent en vedette des hommes et des femmes d'aujourd'hui.

ROUGE PASSION... quatre nouveaux titres chaque mois.

GEN-RP

COLLECTION HORIZON

Des histoires d'amour romantiques qui vous mènent au bout du monde!

Découvrez la passion et les vives émotions qu'apportent à la Collection Horizon des auteurs de renommée internationale!

Captivantes, voire irrésistibles, ces histoires d'amour vous iront assurément droit au coeur.

Surveillez nos quatre nouveaux titres chaque mois!

GEN-H

La COLLECTION AZUR

Offre une lecture rapide et

- stimulante
- poignante
- exotique
- contemporaine
- romantique
- passionnée
- sensationnelle!

COLLECTION AZUR . . . des histoires d'amour traditionnelles qui vous mènent au bout du monde!
Six nouveaux titres chaque mois.

GEN-AZ

HARLEQUIN

En août, on vous tente avec un livre SUPER PASSION de la série Rouge Passion.

Les livres SUPER PASSION sont un peu plus sensuels et excitants, mais toujours l'amour triomphe des contraintes, de dilemmes et vient réchauffer votre coeur comme une caresse.

Une histoire SUPER PASSION chaque mois, disponible là où les romans Harlequin sont en vente !

RP-SUPER

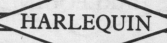

HARLEQUIN

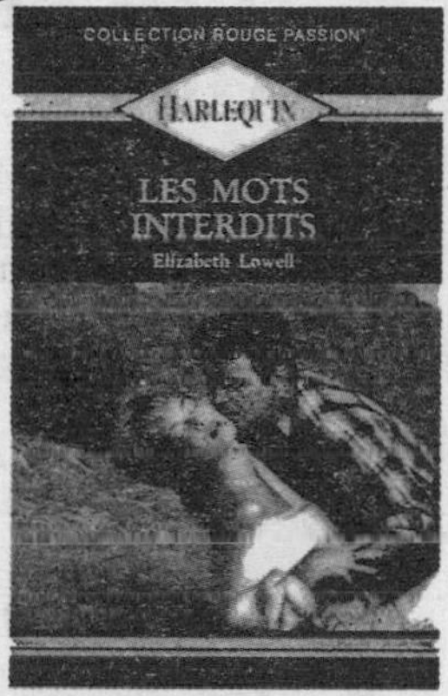

Lisez Rouge Passion pour rencontrer L'HOMME DU MOIS!

Chaque mois, à compter d'août, vous rencontrerez un homme **très sexy** dans la série Rouge Passion.

On peut distinguer les livres L'HOMME DU MOIS parce qu'il y a un très bel homme sur la couverture! Et dedans, vous trouverez des histoires écrites selon le point de vue de l'homme et de la femme.

Les livres L'HOMME DU MOIS sont écrits par les plus célèbres auteurs de Harlequin!

Laissez-vous tenter avec L'HOMME DU MOIS par une histoire d'amour sensuelle et provocante. Une histoire chaque mois disponible en août là où les romans Harlequin sont en vente!

RP-HOM

HARLEQUIN

COLLECTION ROUGE PASSION

• Des héroines émancipées.
• Des héros qui savent aimer.
• Des situations modernes et réalistes.
• Des histoires d'amour sensuelles et provocantes.

LAISSEZ-VOUS TENTER
par 4 titres irrésistibles chaque mois.

RP-1

L'ASTROLOGIE EN DIRECT
TOUT AU LONG
DE L'ANNÉE.

(France métropolitaine uniquement)

Par téléphone 08.36.68.41.01

0,34 € la minute (Serveur SCESI).

Composé sur le serveur d'Euronumérique, à Montrouge
par les Éditions Harlequin
Achevé d'imprimer en mars 2002

BUSSIÈRE

GROUPE CPI

à Saint-Amand-Montrond (Cher)
Dépôt légal : avril 2002
N° d'imprimeur : 20774 — N° d'éditeur : 9246

Imprimé en France